Luc Blanvillain

Nos âmes seules

Ouvrage publié avec le concours
de Jack Chaboud

PLON
www.plon.fr

12, avenue d'Italie – 75013 Paris
Tél. : 01 44 16 09 00
Fax : 01 44 16 09 01
www.plon.fr

ISBN : 978-2-259-22954-8

Tandis que Josie le réprimande, Clément prend soudain conscience qu'il se prénomme Clément. Il crispe un peu ses doigts autour du gobelet de café noir. La machine propose un espresso potable. Josie préfère le thé. Elle le fixe.

— Tu m'écoutes, Clément ?

Non. Il réfléchit. C'est probablement sa mère qui a choisi de le baptiser ainsi. Il faudrait en avoir le cœur net. Dès que possible, il lui posera la question par SMS.

Ici, on se tutoie beaucoup. Les prénoms ponctuent le moindre échange. Si possible, on les abrège. Stéphanie est Steph. Jean-Jacques, JJ. Clément reste Clément, résiste à l'élagage.

— Oui, Jo, je t'écoute.

Elle se radoucit. Ses remontrances sont purement formelles. Elle le chicane sur un « malgré ». Dans un mail adressé à un client concernant les projets impactés par un léger rabotage budgétaire, il a écrit « malgré ce contexte ». C'est négatif. Jo préfère « dans ce contexte », plus soft. Elle a raison, mais Clément ne l'aime pas. Il sait qu'elle a fait la moue, en réunion, quand il a été question de lui confier des responsabilités plus importantes – la supervision des correctifs pour l'ensemble du projet Moody. Du coup, Jacques a choisi Flo et ça tombe plutôt mal, juste avant l'évaluation de Clément.

Jo n'est pas vraiment la chef de Clément. Ils gravitent dans des orbites en partie distinctes. Mais ses moues en réunion sont toujours prises en compte. Elles ont déjà cassé deux fois JJ. Elle veut que Clément en bave un peu. Il réussit trop vite. À vingt-cinq ans, il gagne déjà presque autant qu'elle. C'est un phénomène, ce gamin. Jo doit le reconnaître. Elle est assez professionnelle pour savoir qu'il faudra compter avec lui et le mettre dans sa manche au moment voulu. Mais en attendant, il doit apprendre le métier.

Clément évalue l'opportunité que lui offre le silence songeur de Jo. Il a fini son café, il peut s'éclipser. Jo fait durer son thé, plisse les yeux dans la vapeur citronnée. Elle le drague à moitié. Il ne veut pas lui faire abandonner tout espoir. Les gens draguent toujours Clément à moitié, parce qu'il a souvent quelqu'un. En ce moment, il a Myriam. Cette pensée l'angoisse.

— OK, Jo. Je ferais mieux de m'y remettre. Merci.

Elle accepte, d'un demi-sourire, qu'il convertisse son reproche en conseil amical. Elle aime bien quand il dit « Je ferais mieux de ». Ça fait américain. Elle dévore des polars sur sa liseuse, dans le métro. Le flic y interroge souvent des habitants du terroir qui disent : « Vous feriez mieux d'entrer, inspecteur. »

— Yep, répond-elle. Je te suis.

Mais il parvient à la distancer, mine de rien, dans l'open space. Il progresse à pas souples sur la moquette granit, fixant la rangée de fenêtres qui encadrent les tours de la Défense. Il pleut. C'est déjà septembre. Il bifurque à l'angle d'un placard métallique et frôle le trench de Bri, suspendu à une patère en acier brut. Elle lui sourit, sans quitter des yeux son écran. La grande salle bruisse. Quelqu'un fait couiner son fauteuil et Clément vérifie, d'un regard pardessus son épaule, que Jo, alpaguée par Jef, ne le suit déjà plus. Il se détend et sort son portable de sa poche. Il pianote :

« Eske C toi qui as choisi mon prénom ? Biz. »

Envoyer.

Sa mère n'éteint jamais son téléphone, il le sait. Il sait aussi qu'elle parviendra à lui répondre dans les minutes suivantes, à l'insu des élèves. À leur contact, elle est devenue experte dans le maniement discret des appareils, dissimulés sous les tables. Elle est parfaitement capable de décortiquer un texte de Flaubert tout en communiquant avec son fils. L'écriture intuitive aide bien.

Les tours brillent dans le gris. En se penchant, on voit l'Arche. Clément ne se remet pas de ce spectacle. Dès qu'il a été pris chez Vogal Software, la boîte informatique qui faisait fantasmer tous ses copains de l'école de management, dès qu'il a su qu'il bosserait à la Défense, il a compris qu'il serait dans son élément. Son corps semblait taillé pour cet espace suspendu. Il a intégré intuitivement la disposition des lieux, leur esprit. Les ascenseurs, les couloirs, la répartition des bureaux, les paravents suspendus au plafond par d'élégants câbles d'acier, les perspectives nettes mais aussi les territoires invisibles, les zones interdites, tout s'est offert à lui sans réticence. Vogal n'est pas énorme, loin de là. Le siège occupe à peine dix mille mètres carrés, au treizième étage de la tour Éole. Son manager, Serge Cherkesly, a su profiter des difficultés rencontrées par la Défense, ces dernières années. Les entreprises quittent les tours pour s'implanter intra-muros et les agents immobiliers se sont résignés à louer à la découpe. Cherkesly a arraché un contrat à moins de 600 euros le mètre carré. Cette désaffection pare les locaux d'une aura mélancolique qui ravit Clément. Travailler dans un astronef de verre peu à peu déserté l'exalte autant qu'il déteste le salon de ses parents, tout en coussins et en tentures. Il a conscience du caractère binaire de cette opposition, mais cela ne l'affecte pas plus que d'avoir tout fait, depuis toujours, pour n'être pas Clément.

Son portable vibre dans sa poche : « Oui, c'est moi. Pourquoi ? Biz. Mam. »

Il ne répond pas. Il aime ne pas répondre à sa mère. Classé, ce renseignement fera son chemin, en tâche de fond, et débouchera peut-être sur d'autres questions. En attendant, il doit assister dans moins de dix minutes à une réunion animée par Cherkesly avec les cadres impliqués dans le projet Arcadia, un gros contrat de bannières Internet joliment lookées par le service graphique. Clément ne sera pas présent matériellement à la réunion. On la lui retransmettra via les micros de la grande salle. Il l'écoutera depuis son bureau, tout en répondant à la trentaine de mails qui se sont déjà accumulés dans sa boîte depuis le matin. Il a un peu de retard. Pas trop. Gérable. Il ne pouvait pas faire l'impasse sur la pause Josie, de toute façon. Mieux valait crever direct l'abcès du « malgré ». Josie se contente de signes d'allégeance discrets mais réguliers. JJ le lui a confirmé. Clément a déjà envie d'uriner. Le café. Ces sollicitations fréquentes de sa vessie le gênent de plus en plus. Mises bout à bout, elles lui grignotent du temps. Il a pris l'habitude de passer ses SMS debout, en pissant. C'est ainsi qu'il a fait tomber son smartphone dans les toilettes, le mois dernier. Irrécupérable. Myriam le bombarde de messages plusieurs fois par jour, et s'inquiète s'il ne répond pas. Il regarde sa montre, estime qu'il a le temps de passer aux toilettes avant le début de la réunion.

Il traverse un espace mal déterminé, une sorte de vestibule qui distribue trois couloirs et se prolonge en palier d'où s'élève un escalier de service qu'il n'a jamais emprunté. Il se promet de le faire bientôt. Il n'aime pas que sa carte mentale de l'étage comporte des zones blanches. Tout en avisant la porte des toilettes, il sent son portable vibrer dans sa poche. C'est sûrement Myriam. S'il répond vite, elle laisse passer plus de temps avant le message suivant. Il jette un coup d'œil oblique sur sa gauche et constate avec plaisir que Louis ne regarde pas dans sa direction. Tant mieux. Louis a tendance à commenter – par allusions, mais c'est pire – la fréquence de ses visites aux « lavabos ». L'utilisation de cette formule discrédite confusément Clément. Il le sent. Cette contrariété accroît une rancœur aussi légère qu'injuste à l'égard de sa mère. C'est elle, aussi, qui l'a doté d'un système urinaire peu performant. Louis semble dispensé de tout tracas de cet ordre alors même qu'il occupe le poste le plus proche des toilettes. Cela dit, Clément ne le lui envie pas car il dispose, lui, d'un bureau personnel. C'est une faveur du boss. Précisément pour qu'il puisse écouter les réunions confortablement et lui transmettre directement son ressenti par mail. Tout le monde s'étonne de ce privilège. Clément sait qu'il n'est dû, pourtant, qu'à l'instinct du patron. Celui-ci sait déceler les talents. Et Clément possède un ressenti remarquable. Il discerne, dans les échanges, les moments de flottement, les dérapages, les hésitations révélatrices qui dissimulent souvent des failles organisationnelles. Il propose toujours un excellent synoptique des débats. Chacun sait bien que c'est un rôle de mouchard car les retombées de ses analyses se traduisent toujours par une note comminatoire de Cherkesly adressée aux maillons faibles du projet. Clément possède donc un pouvoir énorme et Louis en est conscient. Il reste discret sur la vessie de Clément, garde cet atout pour une occasion. Heureusement, Louis craint Clément. Ils sont presque amis et font du squash ensemble un jeudi sur deux. Clément laisse gagner Louis.

Distrait par ces réflexions, il s'est arrêté au pied de l'escalier de service. Un deuxième message de Myriam lui parvient, depuis sa poche, et il ne peut s'empêcher d'esquisser un geste pour en extraire son portable. Il se doute qu'elle lui demande son avis sur la couleur des rideaux qu'elle veut acheter pour leur salon. Elle a dû s'arrêter avant le boulot, comme elle l'avait prévu, dans la petite boutique du 11e arrondissement qui fait des coupons de Liberty adorables. Ensuite, la mère de Myriam coudra les rideaux. L'avis de Clément comptera pour rien, mais elle a besoin de son assentiment. Elle a probablement photographié le tissu et lui envoie l'image par MMS. Myriam est cadre dans une boîte de messagerie privée. Elle gagne un peu plus que Clément.

Elle se passionne pour la déco. Chacun des vingt-quatre mètres carrés de leur appartement à Pantin a fait l'objet d'une longue concertation entre eux. Clément avale sa salive.

C'est alors que se produit quelque chose d'absolument inhabituel et de si imprévisible que Clément ne comprend pas, pendant plusieurs longues secondes, ce qui lui arrive.

Une masse tiède s'est posée sur ses épaules et sur son dos. Quelque chose de lourd et de doux. De parfumé. La sensation est complexe. Apaisante. Il tente de se retourner, malgré le poids qui lui bloque les cervicales. Il sent un souffle dans sa nuque. Une main pend près de la sienne.

Il lui faut encore un peu de temps pour analyser les données. Des bribes de pensées le ralentissent, concernant Louis et les rideaux. Puis il conclut que quelqu'un s'est endormi sur son dos. Quelqu'un qui, très vraisemblablement, descendait l'escalier de service. Non. Quelqu'un s'est *évanoui* sur son dos. Il se tord un peu le cou et reconnaît, presque collé à son visage, celui de madame Lemeur, l'agent d'entretien. Elle a les yeux fermés et bave légèrement. Sa bouche semble tordue.

Clément ne panique pas. Il possède quelques rudiments de secourisme, qui datent de ses stages de voile aux Glénans. Il réfléchit calmement. Madame Lemeur descendait l'escalier de service et elle s'est évanouie. Par bonheur, il se trouvait là et lui a évité de chuter brutalement sur le sol. Il ne l'a pas entendue parce que les marches sont moquettées, et que madame Lemeur est la discrétion même. Ils s'aiment bien, d'ailleurs. Clément est l'un des rares à lui parler, quand il peut. Habituellement, madame Lemeur opère après la fermeture des bureaux, mais ses horaires sont complexes. Elle travaille beaucoup. Madame Lemeur est sujette aux chutes de tension. Elle s'en est ouverte une fois à Clément et lui a demandé de garder le secret. Il s'étonne qu'elle ne l'ait pas heurté plus violemment. Même dans ses malaises, madame Lemeur est réservée. Puis il se rappelle qu'une fois, bien des années plus tôt, son père s'était évanoui, en rentrant du travail. Clément l'avait vu, avec stupéfaction, s'allonger calmement sur le sol, comme pour faire une petite sieste, poser sa tête sur le carrelage avant de sombrer dans l'inconscience. Les syncopes n'ont pas toujours le caractère spectaculaire que leur prêtent les romanciers ou les cinéastes. Clément passe déjà mentalement à l'étape suivante. La réunion va commencer. Il doit absolument se rendre aux toilettes et répondre à Myriam. Il fait un pas en avant, se dégage délicatement du poids mou qui commence à lui endolorir les épaules, étreint madame Lemeur. Elle ronflote.

Ils sont enlacés, comme pour un slow. Elle se niche dans le creux de son cou. Il n'est pas exclu qu'elle abuse un peu de la situation. Clément l'attrape sous les aisselles et la couche sur le sol, en position de sécurité. Il s'aperçoit qu'il a sué.

S'assurant sans raison particulière que personne ne le voit, il se penche sur madame Lemeur et saisit délicatement une longue mèche grise qui s'est affaissée sur le visage de l'employée. Il la lui coince comme il peut derrière l'oreille. Le plus raisonnable serait d'appeler mais il est persuadé que cela porterait tort à madame Lemeur. Il se rappelle une rumeur concernant Classeaux, qui chapeaute les agents. Ce n'est pas un tendre. Le mieux serait de taire l'incident. Clément n'est pas inquiet pour madame Lemeur. Elle dort, maintenant, en chien de fusil. Au fond, il ne s'agit peut-être pas d'un malaise. Elle s'est bien endormie. Il lui caresse la joue.

Ce contact la réveille aussitôt. Deux globes blancs vacillent derrière ses paupières mi-closes puis elle ouvre des yeux épouvantés.

— Tout va bien, madame Lemeur. Vous êtes tombée dans les pommes.

Elle tente de se redresser, un peu vite. Porte la main à son front. La mèche retombe et lui donne un air négligé qui met Clément mal à l'aise.

Elle bredouille une phrase confuse. La réunion commence dans cinq minutes. Clément déteste rater le début. Le corps de madame Lemeur est étrange. Clément n'en comprend pas tout à fait la logique. Il a déjà couché avec beaucoup de filles, avant Myriam. Selon Clément – il développe volontiers cette théorie, en soirée, après un verre, mais y croit sincèrement –, les corps ont un centre. Et des lois. C'est difficile à expliquer. Les anatomies s'organisent autour d'un point invisible, situé quelque part dans un membre, un muscle, un organe. Il ne trouve pas le centre de madame Lemeur. C'est comme si elle était faite de billes minuscules. Madame Lemeur le regarde penser.

— Vous allez bien ?

C'est elle qui a posé la question.

Clément a transpiré plus qu'il ne l'aurait cru. Son cou est trempé. Il montre les toilettes :

— Très bien. J'allais… j'ai une réunion.

Elle hoche la tête.

— Désolée. Ça m'arrive quand je me lève trop tôt. Pas eu le temps de déjeuner. J'ai descendu l'escalier un peu vite. Tout s'est mis à tourner.

Ils se lèvent tous les deux. Il l'aide. Elle sourit. Il n'a plus de temps pour les toilettes et se remet en route, après un bref salut, se hâte vers son bureau, en tâchant de ne pas montrer qu'il court. Sa trajectoire croise à nouveau celle de Josie qui lui lance un clin d'œil. Le niveau sonore a monté dans l'open space, depuis tout à l'heure. Plusieurs cadres ont tombé la veste et se regroupent autour du poste d'Arnaud. Il a dû avancer sur le dossier Venturini. Clément atteint son bureau, claque la porte vitrée, enfonce les écouteurs dans ses oreilles tout en frôlant le pad de son portable pour réveiller l'écran. Des voix lui parviennent, des frottements, des toux. C'est bon. Rien n'est commencé. Il essuie la sueur de son cou d'un revers de manche et se concentre. Il ouvre sa boîte mail. Dix nouveaux messages.

Le premier est de Sophie. Elle l'informe qu'elle estime n'avoir pas une visibilité suffisante sur l'avancée des sprints 1 et 2. « À l'heure actuelle », ajoute-t-elle, en assortissant sa précision de points de suspension très allusifs, que Clément juge offensants. Mais il se souvient qu'il est stressé et contrôle son envie primaire de surinterpréter la ponctuation. Il retient l'idée d'urgence et attaque aussitôt la réponse. « Sophie », tape-t-il. Il tape vite. Beaucoup de ses collègues ignorent la dactylo et se servent, au mieux, de deux doigts. Clément a pris le temps d'apprendre à maîtriser parfaitement le clavier, y compris un grand nombre de raccourcis qui lui ont fait gagner des heures, depuis qu'il bosse chez Vogal. « C'est très sioux », a approuvé JJ.

« Sioux » est le nouveau vocable à la mode, sur le réseau. Clément et Louis pensent que le mot a été lancé à dessein pour suggérer l'idée de tribu, peut-être de guérilla. Quelque chose comme une progression invisible et nocturne sur le terrain, qui vous assure une victoire éclair. C'est raccord, en tout cas, avec les vues de Cherkesly, concernant les stratégies client. Levant le nez, Clément aperçoit madame Lemeur qui glisse, dans son tablier pastel, vers un renfoncement qu'il connaît mal, à l'extrémité nord du plateau. Elle sort une clé de sa poche pectorale, ouvre une petite porte qu'il n'a pas vraiment remarquée, puis disparaît.

Tout en expliquant à Sophie que Didier pense pouvoir émettre un avis sur la MEP dès mardi soir – ce qui est très habile et lui fait gagner presque quarante-huit heures : Sophie ne la ramène plus, quand il est question de Didier, et n'aimerait pas trop qu'il apprenne qu'elle utilise des points de suspension contre Clément. Didier fait partie des inconditionnels de Clément –, il entend, dans son casque, la voix de Roland qui expose à Cherkesly son point de vue sur les libellés des optimisations. C'est un point crucial, le patron y a fait deux allusions la dernière fois qu'il l'a vu, au débriefing. En réunion, Roland paraît toujours très sûr de lui mais sa voix, dans le casque, révèle une sorte de tremblement. Les appareils de transmission mettent en évidence les inflexions, les nuances, les accents. Les origines berrichonnes de Roland, par exemple, sont beaucoup plus audibles au téléphone. Il le sait. Il essaie de lutter contre mais ça ne marche pas. Cherkesly l'encourage, au contraire, à accentuer cette particularité, qui peut se révéler très utile au cours de missions en régions. Pour cette raison, le manager garde sous le coude trois cadres bretons, médiocrement efficaces mais très bien infiltrés dans la diaspora celte, qui lui ont déjà décroché deux très beaux contrats, avant que l'agroalimentaire finistérien ne décline.

Clément tend l'oreille. C'est clair, Roland est mal à l'aise. Il a quelque chose à cacher. Clément lance une recherche sur les derniers mails qu'il a reçus de lui, les parcourt et comprend : Roland cherche à noyer le poisson sur le demi-échec de la rencontre avec Mauvigner, le responsable de One Shot, qui s'occupe de l'interface avec la boîte russe sur le projet Virgo. Roland n'a pas pu lui arracher le délai nécessaire à une redéfinition des priorités qui aurait donné un peu d'air à tout le monde, sur les libellés. Cherkesly considérait cette concession acquise et l'a déjà intégrée dans le prévisionnel. Roland est en train de réussir l'escamotage, profitant peut-être d'un moment de distraction du patron, mais il est mal. Clément ne l'adore pas. C'est l'occasion de le mettre sur la touche, ce qui ouvrirait une autoroute à Clément pour décrocher un rôle de conseil dans le programme Slip de France, une entreprise jeune, très axée sur le patriotisme économique, qui veut développer un serveur spécifique sur les plates-formes de ventes privées. L'un des responsables était dans l'école de Clément, ils se sont biturés ensemble bien des fois. Il ouvre une fenêtre de messagerie et envoie un message éclair à Cherkesly : « Délai refusé par Mauvigner. Attention. »

C'est la première fois qu'il se permet d'être aussi direct avec le boss. Il n'a pas tout calculé. L'adrénaline produite par l'évanouissement de madame Lemeur, combinée avec son envie de pisser, de moins en moins supportable, l'a poussé à agir. On verra bien. Les conséquences ne se font pas attendre. Dans les écouteurs, la voix de Cherkesly trahit son agacement : « Dites-moi, Roland, on en est où exactement, avec les Russes ? »

Gagné. Clément en a le souffle coupé. Il n'aurait pas imaginé que ce serait si rapide. Un sentiment de maîtrise et de pouvoir l'exalte. Du calme. Il ferme les yeux et inspire lentement. Roland bredouille. Il apprendra sûrement que la fuite vient de Clément, mais trop tard. Il sera déjà out pour Slip de France. Ça signifie une voire deux semaines plus cool pour Clément, et peut-être un déplacement. Le siège de Slip est à Colmar.

La suite de la réunion est plus pépère. Boosté par son succès, Clément gère, s'autorise une pointe d'ironie invisible à l'adresse de Sophie, bazarde Clo, Arnaud et Fleur. Il fournit en un temps record un protocole très habile à Steve, englué dans l'extraction d'un référentiel. Steve lui sera redevable. Ça peut toujours servir. Au bout d'une demi-heure, il n'en peut plus, file aux toilettes.

Repassant dans le vestibule où madame Lemeur s'est évanouie, il tombe sur une jeune femme qu'il ne connaît pas.

Elle descend précautionneusement les marches et se fige en le voyant, comme prise en faute.

— J'ai horreur des ascenseurs, explique-t-elle.

Clément est certain de l'avoir déjà vue quelque part. Normalement, il ne se trompe jamais. Sa mémoire fixe les visages et les associe à un prénom. En l'occurrence, rien ne vient. C'est irritant. Pour parler à Clément, elle a sorti ses écouteurs de ses oreilles, sans couper la musique. C'est du Lou Reed, il en est sûr, mais quelle chanson ? Clément est fan de Lou Reed. Une version pirate ? Pas impossible. Elle lui sourit, semble attendre qu'il l'autorise à repartir. Il lui adresse un bref hochement de tête et s'enferme enfin dans les toilettes.

Sur son lit, Meryl se tord de peur. Le Xanax n'y fait rien. Il agira peut-être, il faut attendre. Mais les minutes se dilatent. Impossible de penser à autre chose. À chaque déglutition, elle sent la douleur. Sa gorge, probablement déchirée. Elle ne sait pas ce que c'est. Elle mangeait, hier soir, seule à la table de sa cuisine, comme d'habitude. Elle écoutait de la musique. Elle ne pensait à rien. Elle avait eu le tort de ne pas ausculter soigneusement le contenu de la boîte de conserve, comme elle le fait toujours d'habitude. Elle n'a compris son erreur que quand l'élancement douloureux lui a cloué le cou, au passage d'une bouchée. Il y avait quelque chose dans la viande hachée des raviolis. Du verre pilé, des fragments de métal. Et maintenant, l'objet la déchire, entaille ses entrailles. Le Xanax n'y peut rien. Elle va mourir. Elle suffoque. Le téléphone gît sur le matelas. Elle n'ose plus l'appeler. La dernière fois, il a failli hurler. Elle sait que sa patience va se reconstituer, peu à peu, qu'il l'aimera de nouveau demain ou après-demain, si elle ne l'appelle pas trop. Si elle ne retourne pas le voir. Ce matin, il lui a accordé quelques minutes. Il l'a écoutée, patiemment. Il est presque parvenu à la rassurer.

Lui seul en est capable. Son regard, ses mains, sa voix. En l'écoutant, elle avait moins mal à la gorge. Et puis il a eu cette phrase malheureuse, à la fin : « Si tu veux être parfaitement tranquille, je te prends rendez-vous à l'hôpital. Le docteur Dahan te fera passer entre deux patients. C'est un ami. Il te dira lui-même que tu t'es encore fait un film. »

Donc il y croyait, lui aussi. Il n'était pas *absolument* sûr. Il n'excluait pas la possibilité que la boîte de conserve ait contenu du verre pilé et qu'elle soit en train de mourir. Elle a lu des dizaines de pages sur Internet, depuis. Des faits divers. Du verre dans les petits pots de bébés, du métal dans les canettes, du poison dans les antibiotiques. Tous les jours. Ça arrive tous les jours. En voyant son visage se décomposer, il a perdu patience. Elle est repartie encore plus angoissée. Tétanisée.

Elle repense au garçon.

Il s'est passé quelque chose.

C'était une rencontre. Elle n'est pas habituée aux rencontres. Dans sa vie, les gens ont toujours été là. Ou disparaissent. Elle ne rencontre personne. Le garçon l'a regardée. Elle a nettement senti sa gorge se desserrer. Pendant quelques secondes, la vie est revenue. La vie d'avant. Le langage est trop pauvre pour parler de ça. Les odeurs de forêt, les oiseaux, toutes ces petites choses misérables qui font ricaner ses copains, à la fac. Tous les clichés qu'elle adore, sa mère, dans un rayon poussiéreux, assise au bord de son lit. Les oiseaux, surtout, la forêt. C'est Émile, qui ricane le plus fort. Elle a cessé de lui parler de son enfance. De lui servir la version raccourcie de son enfance. Il se marre. Il est si normal. Son visage rond, un peu crémeux, ses cheveux gras noués en queue-de-cheval. Son détachement. Il adore se moquer. Il emploie les mots de son âge, de son temps. Il dit : « C'est énorme. » Il télécharge des séries, il forwarde des trucs marrants trouvés sur Internet. Une pétasse qui se fait bouffer par un crocodile. Il fait son master sur Tristan Corbière, un poète désabusé et ironique, comme lui. Il adore l'ironie. Il a plein de potes, une bourse, une chambre à Nanterre.

Le garçon n'était pas ironique. Elle l'a compris tout de suite. Il l'a regardée. Chez les gens normaux, ça pourrait s'appeler un coup de foudre. Elle, elle a juste senti se desserrer sa gorge et la vie revenir. Un bref instant.

Personne ne peut imaginer ce qu'on ressent quand l'angoisse relâche sa prise. Ni comprendre à quel point le monde paraît neuf, intact, grisant. On ne va plus mourir. On aime les mots idiots, on aime l'air et le soleil dans les vitres. On aime les conventions, les chansons bêtes, les sentiments. Et puis revient la peur. La peur de l'angoisse. La peur d'avoir peur.

Pendant quelques secondes, avec ce garçon, la peur a été suspendue.

C'était une certitude puissante : tu n'as pas avalé de verre. Tu n'es pas en train de mourir. Tu es une fille comme les autres. Tu écoutes de la musique. Quelque chose est possible entre nous. Les années d'autrefois peuvent encore tenir leur promesse. Il te manquait juste quelqu'un.

N'importe quoi.

On sonne. Elle sait que c'est Émile. Elle va lui ouvrir quand même. Si elle reste seule plus longtemps, dans ce lit, elle va crever. Non, pas crever. Souffrir encore, pendant des heures, les heures les plus longues de la nuit. Elle ne peut pas supporter l'idée de passer encore une nuit avec cette peur. Peut-être qu'Émile accepterait de dormir avec elle. Il n'y a rien entre eux. De toute façon, il se doute qu'elle est folle. Il a pitié. On sonne encore, elle tend le bras, appuie sur le bouton d'ouverture de la porte de l'immeuble. Aussitôt, elle croit entendre ses pas dans l'escalier. Elle se lève, titube un peu, la tête lui tourne. Elle entrouvre la porte de l'appartement et se recouche.

— Salut beauté !

Elle aime bien qu'il l'appelle comme ça, même si elle est moche. Elle a eu longtemps des doutes là-dessus, mais son entrée à la fac les a dissipés. Non pas qu'on le lui ait dit franchement. Les gens ne sont pas si méchants. Mais l'indifférence ne sait pas mentir. L'indifférence sexuelle. Un vide poli. Peut-être que sa propre angoisse envoie des signes aux autres. N'approchez pas. Elle est à moi. À moi seule. Elle pourrait s'arranger, comme dit Marylou. S'arranger. Avec quoi ? De quoi ? Traquer les boutons violets qui colonisent ses joues et son front, à n'importe quel moment, s'attaquer aux kilos qui l'enrobent parce que, la nuit, elle se lève et dévore un pot de Nutella, assise par terre dans la lueur jaunâtre du frigo ouvert ? Se maquiller ? Elle ne sait pas. Sa mère avait promis de lui apprendre, le moment venu. Le moment est venu sans elle.

— Salut vieil homme.

C'est leur rituel. Il est vrai qu'Émile a une tête de vieux. Il le reconnaît. On sait exactement comment il sera plus tard. Sa théorie, c'est qu'il est fait pour avoir soixante ans. Il pense – peut-être sérieusement – que chacun a un âge, avant lequel il n'est que le brouillon de lui-même. Après lequel il se parodie sans fin, comme les chanteurs qui passent leur existence à faire leurs adieux. Émile pense qu'il vaut mieux avoir toute sa vie une vocation de sexagénaire que de traîner éternellement une physionomie d'adolescent dégénéré ou de piétiner sans fin sa propre enfance. Elle est d'accord avec lui. Émile aussi est perplexe, à son sujet. Il s'interroge sur sa peau éruptive et blanche, sur ses rondeurs de bébé trop nourri. Il sait qu'elle est vierge et n'ose pas l'interroger sur ce point. Mais peu importe. Il l'aide à vivre, il l'amuse, elle l'aime beaucoup. Même s'il a très peu de pouvoir sur l'angoisse.

— Tu as encore séché, gronde-t-il.

Elle hausse les épaules, observe les bosses que font ses pieds, là-bas, sous la couette. Émile la croit dépressive. Beaucoup d'étudiants en lettres traînent un spleen indicible depuis le lycée. Ils roulent des cigarettes, dans l'air froid, du bout de leurs doigts gourds. Émile ne sait rien d'elle. L'indifférence qu'elle suscite la protège. On ne lui pose aucune question. À part, quelquefois, sur sa chance d'avoir dégoté un T2 confortable à Clichy. Une opportunité, dit-elle. Ils n'insistent pas. Certains viennent laver et sécher leur linge chez elle. Ils causent autour d'un thé. Il s'en faudrait de si peu que la vie soit quotidienne.

— Oui, j'ai séché. Je suis au courant. Je préférerais de l'inédit, si tu as.

Il se lève, consulte la tranche des livres, sur l'étagère. Il ne comprend pas comment elle n'a pas encore été virée de la fac. Il lui suppose des protections, en haut lieu. Comme elle n'en parle pas, il ne pose pas de questions.

— De l'inédit ? Si seulement ! Je m'ennuie, sans toi.

— Tu adores t'ennuyer.

Il se laisse tomber sur le lit. Le poids de son corps est un peu troublant. Elle repense à l'autre garçon, à son regard, et parvient presque à se rappeler la minute de paix qu'il lui a procurée. Puis sa gorge se serre à nouveau. Elle sent la griffure du verre. Elle a lu sur Internet les dégâts causés par le verre pilé, dans le secret des organes. Certains prisonniers l'utilisent pour se suicider. C'est une mort atroce. Mais les premiers symptômes sont presque invisibles. Elle n'a jamais parlé de ses peurs à Émile. Elle doit absolument résister. Elle sait ce qui se passera, si elle le fait. Il sera fasciné. Éperdu de curiosité. Il cherchera des raisons, des causes, dans son enfance. Les étudiants en lettres sont dingues de Freud et de Lacan. Il jouera sur les mots, lui rappellera l'étymologie d'angoisse : « étroitesse ». Voilà pourquoi tu as la gorge serrée. Hop, le tour est joué.

Elle hait les psychanalystes. Elle en a vu combien, depuis que ça a commencé ? Elle y a tellement cru ! À leurs silences, à leurs visages calmes, aux statuettes dans leur cabinet. Des lieux feutrés, gorgés de sens. Des lieux où sa folie ne serait plus solitaire. Certains lui ont expliqué. Tout. L'origine, le développement. Elle a noté ses rêves, ses pensées, dessiné ses terreurs. Elle y a cru. Ils lui ont fait du bien, parfois. Ils l'ont accompagnée. Mis des noms sur ses vertiges, sur ses douleurs, sur ses rages.

Mais maintenant, elle les hait. Pas pour leurs mensonges. Pour leur impuissance.

— Qu'est-ce qui t'arrive, beauté ? Tes yeux sont… loin.

Émile est sincèrement inquiet, pour une fois. Il ne fait pas le malin. Elle sent sa tendresse et rêverait qu'il la prenne dans ses bras, la laisse pleurer dans son cou. Elle se retient aux couvertures. Si elle se confie à lui, elle redeviendra un monstre. Cette créature souterraine dans une nouvelle de Lovecraft, qu'elle a lue trop tôt et qui parlait d'elle.

— Est-ce que tu serais prêt à mourir pour moi, vieil homme ?

Elle frime un peu. Elle en est capable. Elle a appris à frimer malgré l'angoisse. C'est une victoire sur elle dont nul, jamais, ne mesurera la portée. Une affaire d'honneur. De dignité, au moins. L'angoisse ne tue pas, elle humilie. Ce n'est pas d'être inférieure aux autres qui est humiliant, c'est d'être inaccessible à soi-même. D'être trop bien pour soi. Les autres habitent leur corps avec naturel. Arpentent leurs pensées en propriétaires. Elle reste à la porte de son être, comme une mendiante. La peur l'a délogée.

— Non, beauté. Je t'aime beaucoup, mais j'ai une carrière à embrasser.

— Brillante ?

— Étincelante. En quoi mon cadavre pourrait-il t'être utile ?

Ils ont ce genre de dialogue. Aucun des deux n'est dupe. C'est ce qui lui plaît, chez Émile. Cette lucidité qu'il ne pourra jamais avouer. Comme s'ils étaient contraints, pour se parler sincèrement, de revêtir de vieux habits de clowns. De clowns de films d'épouvante. Pourquoi garde-t-il cette queue-de-cheval ? C'est d'un ringard désolant. Serait-il plus beau sans ? Probablement pas.

— Je vais sûrement sécher encore demain.

Il bâille. Elle commence à ne plus l'intéresser. Il cherche un prétexte pour partir. Elle souffle discrètement dans sa paume pour vérifier son haleine. Sa gorge est si sèche. Le Xanax doit commencer à agir. Il l'endort sans l'apaiser. Les traits d'Émile se brouillent, il a une tête de meringue.

— Je dois rentrer, beauté. Appelle-moi si tu tiens vraiment à ce que je meure pour toi. Il faudra que je mette d'abord quelques affaires en ordre.

Il se lève, l'embrasse sur le bout du nez. Ils ne se comprendront jamais. Il ne saura jamais qui elle est. Un jour, il ne sera plus là. Ils se retrouveront vingt ans plus tard. Il aura grossi, des enfants, et voudra encore l'appeler beauté. Sa femme fera mine de s'offusquer mais ce ne sera pas sérieux. Il se trouvera une épouse à son image. Sympa. Compréhensive. Elle aura traversé les mêmes années qu'eux. Ces années sans saveur, sans idées. Le gris sale où se dilue l'enfance.

— Salut, vieil homme. Bonne nuit.

Quand il est parti, la peur se rallume. L'engourdissement provoqué par le tranquillisant la rend plus insaisissable. Elle n'arrive plus à se défendre contre elle. Normalement, elle a des rituels. Le plus efficace, finalement, ce sont les exercices spirituels d'Ignace de Loyola. Fixer sa pensée sur une pièce vide. Sur un visage. Elle ne doit pas penser à sa mère. Elle lui a fait le pire cadeau possible. Une enfance heureuse. Parfaite. Un bouquet de parfums. Peu de jouets, beaucoup d'histoires, beaucoup de temps. Comme si elle savait, sa mère. Que leur vie commune, c'était tout de suite. Elle n'avait jamais rien remis au lendemain. Il n'y aurait pas de lendemain. On les avait peut-être punies d'avoir voulu faire tenir toute leur histoire en si peu d'années. C'était une offense à l'ordre du monde. Ça y est. Elle pense à sa mère. À son parfum. Elle a mal au ventre. Le verre doit tourner dans son estomac, ou glisser dans ses intestins. Ravager.

Nouveau coup d'œil au téléphone.

De toute façon, elle ne pourra pas résister. Elle a besoin de sa voix. Même s'il crie, ce sera sa voix, ce timbre unique, grave. Il ne criait pas, autrefois. Il ne faut pas qu'elle abuse. S'il abdique, elle n'aura plus personne.

Sauf, peut-être, ce garçon.

Elle hésite encore une heure. Se tord. Compose le numéro. Il est furieux.

— Ce n'est pas possible, chuchote-t-il.

Elle entend des paroles autour de lui. Il est en plein boulot. Il est toujours en plein boulot.

— J'ai peur.

— Je t'ai proposé d'aller voir Dahan. Je dois raccrocher.

— Donc, tu penses qu'il y a un risque ? Tu n'es pas sûr ?

Soupir exaspéré. Le volume des voix s'amplifie. Il a dû éloigner l'appareil de son oreille. Il se frotte les yeux, sans doute, après avoir posé ses lunettes sur le bureau. Elle l'épuise.

— Je dois raccrocher.

— Laisse-moi juste venir te voir.

Nouveau silence bruissant. Elle a honte de le supplier. La peur finit toujours par vaincre sa dignité. Elle n'a plus d'orgueil. Tout le monde se trompe. Elle n'est pas dépressive. Elle adore la vie. Elle est terrorisée. La dépression l'aiderait peut-être à désirer mourir.

— Pas aujourd'hui. C'est impossible.

Il finit toujours par céder. Demain. Elle pourra le voir demain. Et puiser dans les quelques minutes qu'il lui accordera de quoi tenir encore un peu. Lui seul parvient à l'aider. Mais c'est de moins en moins efficace. Il va finir par refuser de la voir.

— À demain, alors.

Elle raccroche et attrape le badge *Vogal Software* posé sur la table de nuit. Elle le tourne entre ses doigts comme une amulette.

Elle le verra demain.

Si elle n'est pas morte.

Dans le métro qui le ramène chez lui, Clément relit lentement les messages de Myriam. Il prend le temps d'examiner la photo du coupon de tissu pour les rideaux. Du Liberty, en effet. Il n'a pas d'avis. Comment et pourquoi Myriam l'a-t-elle tant séduit ? Ils se sont rencontrés deux ans plus tôt, dans une espèce de symposium proposé aux jeunes diplômés de plusieurs écoles de management. Ils avaient choisi tous les deux le module Ressources humaines. Clément se rappelle la nuque de Myriam. Pendant deux heures, il ne l'a vue que de dos et a fantasmé sur cette nuque. Elle fixait le paper board, auprès duquel un formateur leur expliquait comment réussir un atelier d'expression de besoins. Il avait écrit *votre* atelier. Toujours faire en sorte que le public se sente concerné. Dans cette logique, apparemment, il avait opté pour un visuel un peu désuet. Pas d'écran, multitude de petits Post-it collés sur une grande feuille. Myriam lui avait avoué à la pause que le côté vintage de l'exposé l'avait plus intéressée que son contenu. Ils avaient ri et s'étaient moqués gentiment de la naïveté des conseils calligraphiés au feutre sur les petits papiers : « challenger les besoins exprimés »,

« communiquer l'ODJ en amont », « préparer la logistique ».

Pure perte de temps, mais c'était mignon. De face, Myriam était belle aussi. Mais le centre de son corps était dans sa nuque et cette caractéristique traduisait souvent, selon Clément, une appétence sexuelle prometteuse, chez la fille considérée. Il avait pu le vérifier le soir même, à l'hôtel. Myriam était une fille très libre, très sensuelle, pas coincée du tout. Elle avait accepté tout de suite de se désinhiber à la Margarita, au bar. Les autres les avaient laissés tranquilles. Tout le monde savait bien, de toute façon, que les symposiums pour jeunes cadres étaient des baisodromes. Moins que les centres de formation aux Impôts, à ce que prétendaient certains (cette rumeur embarrassait Clément, dont le père était adjoint dans un Service des Impôts des Entreprises). Mais tout de même. Leur première nuit avait été très agréable. Réussie. Parfaite. Elle lui avait tout de suite avoué que son père était colonel. Bizarrement, cette information avait excité Clément et ils avaient refait l'amour aussitôt. Elle ne lui avait pas caché non plus son goût pour la déco. Il se rappelait une alternance de caresses, de coïts et de longues discussions sous la couette. Aidé par l'alcool, il avait même éclaté en sanglots, évoquant la sollicitude maladive de sa mère à son égard. Elle prenait son bain avec lui, quand il était bébé. Et cela avait duré assez pour qu'il en conserve quelques souvenirs épouvantés. Myriam l'avait rassuré.

« Je suis ta petite maman », avait-elle murmuré en attirant la tête de Clément contre ses seins.

Ses pleurs s'étaient mués en un long éclat de rire démentiel. Ensuite, il s'était senti beaucoup mieux.

Dès le début de leur histoire, Myriam lui avait fait du bien. À la différence de ses autres copines, elle savait, comme lui, ne pas s'encombrer de soucis. Elle balayait les détails d'un « c'est pas grave » absolument convaincu et définitif. Elle ne lui faisait jamais de reproches. Elle était idéale, en soirée, complice, à l'aise. Quand il la raccompagnait et finissait la nuit chez elle, ils passaient en revue tous les invités de la fête, s'amusaient à les classer, à commenter leurs comportements. L'intuition psychologique de Myriam en aurait sans doute fait une excellente DRH, mais elle l'avait mise au service du management et cela lui avait réussi très vite. Elle avait, sans une once de culpabilité, fait jouer quelques relations de son père pour décrocher un stage puis un poste dans sa boîte de messagerie. Ses parents lui avaient offert l'appartement de Pantin. Les prix, à peine franchi le périphérique, devenaient moins déraisonnables. Clément l'avait rejointe six mois plus tard, abandonnant, malgré les mises en garde de sa mère, sa studette à Montparnasse. Il avait près d'une heure et demie de transport par jour, mais cela ne lui déplaisait pas.

En arrivant à la gare du Nord, il lui envoie un SMS pour annoncer son arrivée. Elle répond par un smiley représentant un phallus rose, très *toon* dans le graphisme, dont le gland est remplacé par un cœur palpitant. Il pouffe. Elle ajoute aussitôt un message : « SC chez N STP ». Elle lui demande de passer prendre un saumur-champigny chez Nicolas. La boutique est dans leur rue, presque au pied de chez eux. Ce coin de Pantin est un village, marché deux fois par semaine, centre commercial sur le trottoir d'en face, pharmacie, boulangerie. Ils joggent le dimanche le long du canal de l'Ourcq. Si elle veut du vin, c'est qu'elle est stressée. Ils vont attaquer ce soir la saison 2 de *Breaking Bad*. Ils regardent les séries au lit, sur leur Mac. Clément n'est pas complètement à l'aise dans leur appartement. Presque rien ne lui appartient. Les colonels – c'est ainsi qu'il surnomme les parents de Myriam, sans le lui dire, bien sûr, et avec un doux remords – ont tout offert à leur fille unique. L'électroménager, les meubles, les murs. Myriam est pragmatique. Pas plus que Clément elle ne fonde de grands espoirs sur la pérennité de leur couple. En cas de séparation, tout sera clair. À la sortie du métro, il fronce les sourcils. Il lui revient qu'ils se sont disputés, le matin même, mais il ne se rappelle plus l'objet du litige. N'en demeure qu'un agacement flottant qui accentue son anxiété. Avec Myriam, les querelles ne sont jamais tout à fait soldées. Elles peuvent reprendre à tout moment, à l'endroit exact où ils les ont laissées. Elle possède une touche « pause » mentale qui lui confère un avantage, dans les conflits. Lui a tendance à se délester des escarmouches amoureuses afin de conserver ce qu'il appelle sa mémoire vive entièrement disponible pour le travail. Elle sait, au contraire, l'art de recycler les conflits privés dans ses opérations managériales. Elle y puise de la vitalité. Sur ce point, leurs fonctionnements sont antithétiques. Elle nourrit son ardeur professionnelle de ses dissensions domestiques, tandis qu'il doit oublier complètement ces dernières pour être opérationnel. Cela lui brûle beaucoup d'énergie. Trop. Son portable vibre : « Ya un pb avec ton prénom ? » Sa mère. Il ne répond pas.

Chez Nicolas, le gérant ressemble à Jude Law. Friande de comédies sentimentales, Myriam le lui a souvent fait remarquer. Clément n'est pas jaloux, juste irrité. Cet état émotionnel n'a pas de nom précis. Il sourit au commerçant, pour compenser. Celui-ci l'accueille avec bienveillance. Clément et Myriam sont de bons clients. Clément a souvent vu traîner, dans l'historique des pages Web consultées par Myriam, des articles sur l'alcoolisme. Elle doit s'inquiéter un peu, bien qu'elle ne lui en parle jamais. Lui préfère qu'elle ait un peu bu. Ces temps-ci, seul le vin rouge lui permettait de retrouver un usage spontané du « c'est pas grave ». Leur boulot les met sous pression, tous les deux, il faut l'avouer. L'évocation du saumur-champigny déclenche chez Jude Law un hochement de tête approbateur. Il emballe prestement la bouteille dans du papier, la glisse dans un sac, retrouve le nom de Clément dans sa machine. Pas besoin de présenter la carte de fidélité. Le saumur-champigny indique à Jude que le petit couple ne fera pas de folies, ce soir. Il garde pour lui ses grands discours œnologiques, réservés aux occasions où ils reçoivent des amis – il leur est arrivé d'accueillir vingt personnes dans leur salon, et de danser. Ces soirs-là, Myriam prend le temps d'acheter de bons crus et de les harmoniser avec les plats qu'elle a prévus. Picard est à deux pas. Ils ne cuisinent pas mais offrent toujours des vins impeccables. Les amis apprécient.

— Ma copine trouve que vous ressemblez à un acteur, révèle soudain Clément.

Il ignore absolument pourquoi il a dit ça. Embarrassé, Jude cligne des yeux. Clément récupère sa carte bleue. Il sourit, hausse les épaules avec fatalisme, comme pour communier fugacement avec le commerçant sur la bizarrerie des femmes, mais ça ne prend pas.

L'autre paraît plutôt troublé. Clément le salue et quitte la boutique.

En frappant les touches du digicode, Clément se rappelle l'objet de leur dispute matinale : une visite qu'il a prévue chez ses parents, le week-end prochain. Ils vivent à Tours. Une heure de TGV. L'occasion de se ressourcer. Myriam déteste l'accompagner mais n'apprécie pas davantage de rester seule à Paris. Les colonels habitent Toulon. Myriam ne s'y rend pas souvent. Ce sont plutôt ses parents qui se déplacent. Le père est retraité, la mère n'a jamais travaillé. Ils prennent une chambre dans un hôtel à deux pas. Ces visites sont toujours pénibles pour Clément. Il se souvient que Myriam a tenté de le dissuader, à mots couverts, de se rendre à Tours. Puis elle a avoué qu'elle s'y ennuyait. Clément a rappelé que rien ne l'obligeait à venir. Ils se sont quittés froidement, après un baiser triste, comme une bise sur les lèvres.

En traversant la cour intérieure, Clément lève la tête vers la fenêtre de leur salon. Une lumière orangée, chaleureuse, jette des éclats sur les pavés. On aperçoit une partie de la suspension en acier et papier, style cornette, et un bout de la couverture shaggy qui orne le convertible. En matière de déco, Myriam a traversé des phases. La plus pénible a été sa période hobbit, pendant laquelle elle rêvait d'acquérir des meubles qui donnaient l'impression d'avoir été taillés directement dans des souches, avec traces de coups de hache et fausse mousse. Elle a tout bradé sur le Bon Coin. Son inspiration du moment est plutôt composite. Une huile, chinée sur les quais, représentant une chaumière dans une clairière, surplombe un mini-bar feng shui et une bibliothèque basse où traînent quelques BD pour trentenaires décalés. Heureusement, Clément possède peu d'objets. Ses passions sont dématérialisées. Il stocke des téraoctets de musique sur des disques durs. La mélodie qu'écoutait la jeune fille lui revient en mémoire. Il rêverait de pouvoir la réentendre calmement. Lou Reed. Ou peut-être un épigone de la période *Berlin*. Il faut qu'il y réfléchisse.

Le baiser de Myriam a perdu toute froideur. Elle est sublime, souriante, il adore sa façon de s'habiller. Un chignon négligé dégage sa nuque. Il l'étreint. Elle sent bon. Une fois sur deux, les échauffourées matinales se résolvent en retrouvailles érotiques. Il pose un peu brutalement le sac Nicolas sur le sol de l'entrée, se cogne la tête au portemanteau palissade, puis bute sur les coupons Liberty, jetés en tas près de la table basse.

Curieusement, il retrouve la référence au moment de l'orgasme. C'est bien Lou Reed. Et c'est bien *Berlin*. L'un des morceaux de l'album, mais dans la version 2006, à Brooklyn, qu'il connaît moins. Il a les fichiers quelque part. Il va vérifier.

— Ça va ?

Elle paraît inquiète. C'est la deuxième fois aujourd'hui qu'une femme s'inquiète de sa santé. La robe de Myriam est remontée jusque sous ses seins. C'est une jolie robe en maille lamée, très revival 80's. Il avise sa culotte, en boule sur la table basse. Myriam veut savoir à quoi il pense. Son pied nu caresse son mollet. Il est toujours en elle.

— Je pense… à Berlin.

Elle pouffe.

— N'importe quoi !

Elle se dégage, s'assied en tailleur, l'examine avec une petite grimace. Elle incarne exactement, à cet instant, le mot « espièglerie », que Clément a toujours trouvé très excitant.

— J'aimerais bien que tu dises des trucs, quand on fait l'amour, l'informe-t-elle en remettant sa culotte.

— Genre ?

— Des trucs drôles et un peu dégueulasses.

Il hoche la tête. Pas évident. Il se rhabille à son tour. À regret.

Plus tard, quand ils sirotent leur vin, devant la fenêtre ouverte qui donne sur la cour intérieure, il raconte sa journée. Myriam se passionne pour les journées de Clément, exige tous les détails, donne son avis, toujours pertinent. Il sait qu'il lui doit plusieurs avancées significatives, dans sa carrière. Elle le rassure, concernant son coup bas à Roland.

— Tu as eu raison. Il est sur la touche. Tu as un boulevard.

Elle ne précise pas davantage, mais il recueille l'oracle avec reconnaissance. Elle est toujours jambes nues et frissonne. Dans l'appartement d'en face, de l'autre côté de la cour, un grand type cuisine en Marcel. La vapeur fait briller son front. Il se déhanche en actionnant le moulin à poivre. Clément vient de retrouver la version 2006 de *Berlin*. La musique, froide et compacte, brouille le sourire de Myriam.

— Tu n'as rien de plus gai ?

Il lui raconte l'épisode de madame Lemeur. C'est une erreur. Myriam ne sourit plus.

— Elle était peut-être enceinte ?

Clément hausse les épaules :

— Pas de risques. Elle a au moins cinquante ans.

Il repense à la grande mèche grise sur le visage de l'employée. Myriam réfléchit de son côté. Ils ne sont plus aussi bien ensemble. Il arrive de plus en plus fréquemment qu'un rien les sépare. Un mot, une pensée, une mélodie qui rouvre des perspectives grises. Il s'efforce de ramener la conversation sur le travail, mais craint que le terrain ne soit miné. Il ne veut pas non plus couper trop brutalement Lou Reed. Il baisse le son et cherche une transition vers la suite : *Breaking bad*, en amoureux.

Finalement, elle préfère regarder une nouvelle série, diffusée sur Arte, réalisée par Jane Campion.

— Tu verras, affirme-t-elle. C'est un peu *Twin Peaks*, comme ambiance.

Argument massue.

— Qui t'a dit ça ?

— Ma mère.

La mère de Myriam constitue pour elle une référence absolue dans presque tous les domaines. Elle consacre tout son temps à se tenir au courant de l'actualité culturelle, court les avant-premières, lit les revues de bout en bout. Au printemps dernier, elle a assisté, à Cannes, à une projection des trois premiers épisodes de la série, sur grand écran, en présence de la réalisatrice. Clément sait aussi que la bande-son de *La Leçon de piano* a accompagné les premiers émois sexuels de Myriam. Il cède.

Malheureusement, la première scène montre une jeune fille de douze ans qui s'enfonce dans les eaux glacées d'un lac. Elle veut se noyer parce qu'elle attend un enfant, à cause d'un viol. Myriam secoue la tête.

— Je crois que je ne vais pas supporter. Désolée.

Ils éteignent. À l'étage du dessus, des pas font craquer les planchers. L'immeuble est ancien. Clément prend conscience qu'il n'a rien demandé à Myriam, concernant sa journée. C'est toujours pareil. Il est trop tard pour se renseigner, maintenant. Il voudrait être plus attentionné, plus à l'écoute. Il cherche une idée. Rien ne vient. Elle paraît réfléchir, dans son coin, dégrisée.

— On pourrait y aller, suggère-t-il.

— Où ?

— À Berlin.

Il devine son sourire, dans l'obscurité. D'habitude, c'est toujours elle qui lui propose de voyager. Il refuse systématiquement. Cherkesly préfère que les nouveaux venus ne prennent pas trop de congés. Louis le lui a confirmé. Myriam comprend, mais elle rêve d'une semaine avec lui, n'importe où. Elle rêve d'une vie avec lui. D'un enfant. Elle ne l'a jamais dit mais il devient de plus en plus difficile de détourner la conversation quand elle sinue vers ces sujets dangereux. Lui ne veut pas être père. Jamais. Il revient à Berlin.

— Tu y as déjà été, non ?

Il sait que oui. Elle le lui a déjà raconté plusieurs fois. En deux ans, elle lui a déjà tout raconté plusieurs fois. Elle a passé quelques mois là-bas, dans un squat, quand elle était étudiante et qu'elle refaisait le monde. Des moments « fabuleux » scandent le passé de Myriam, mais elle ne sait pas raconter. L'évocation de ces épisodes enchantés ennuie toujours Clément. Elle le sait. Elle essaie de broder. Il se détend un peu, on s'éloigne de leur hypothétique avenir commun. L'enfant s'estompe. Tandis qu'elle évoque ses nuits dans des boîtes berlinoises, il se demande comment pousser son avantage, demain, auprès du boss. L'affaire Roland aura des retombées, c'est sûr, mais il ne doit pas laisser les choses refroidir. C'est le problème de Clément, il a du mal à transformer l'essai. Créer des opportunités, ça oui, mais après ? Il n'a pas de vrai plan de carrière. S'il stagne, il est mort. Il a toujours été major, à l'école. Mais les règles étaient claires. Chez Vogal, on navigue au jugé. Tout le monde le mitraille de conseils. Il se demande où il a déjà vu cette fille qui écoutait Lou Reed. De son visage ne demeure que la certitude de l'avoir croisée quelque part. Elle descendait de l'étage supérieur, mais elle ne bosse pas chez Vogal. Elle n'a pas non plus un profil client. Il mesure seulement maintenant que sa présence sur ce palier était complètement incongrue. Il ignore pourquoi cette question le tracasse. Puis il se rend compte que Myriam a cessé de parler depuis plusieurs secondes, déjà. Elle le regarde.

— Tu ne m'écoutes pas. Tu penses à des trucs.

Il hausse les épaules.

— Ben oui, ça m'arrive.

Réponse trop sèche. Il ne faut surtout pas s'engager dans une dispute. Il bat en retraite et la serre dans ses bras.

— Excuse-moi. Je n'arrive pas à déconnecter.

Elle accepte ce mensonge. Beaucoup plus intelligente que lui, elle sait se contenter des apparences. Il faudrait qu'il lui dise quelque chose de gentil, tout de suite. Sinon, elle ne dormira pas. Tout à coup, leur promiscuité physique lui devient insupportable. Son besoin d'elle s'inverse en exaspération. C'est si douloureux qu'il se lève sans raison, fonce au salon. Le voisin cuisine toujours, et danse. C'est curieux. L'exiguïté de leur appartement exacerbe toutes les émotions. Ils manquent d'air. À la Défense, Clément respire. En présence de Myriam, son grand corps est toujours recroquevillé. Les meubles ont trop d'angles, il y a trop de meubles. Trop d'objets. Il s'enferme dans la salle de bains, étroite comme un placard, s'efforce de respirer, se passe de l'eau sur le visage. En sortant, il jette un œil sur son smartphone, qu'il a mis à recharger sur la console. Déjà cinq messages de boulot, un autre SMS de sa mère, comportant un unique point d'interrogation. Elle paraît vraiment inquiète, au sujet du choix de son prénom. La question n'intéresse plus Clément. Il se venge : « Lâche-moi, maman, stp. »

Envoyer.

Il regrette déjà.

Myriam, debout en nuisette dans l'encadrement de la porte, le regarde avec un sourire découragé.

— Viens, dit-elle, je vais te masser.

Il s'abandonne aux mains satinées de la jeune fille, à cheval sur son dos. Sa peau roule sous ses doigts, les contractures se dénouent. Une image apaisée de son système musculaire se forme dans son esprit.

— Qu'est-ce que tu en penses, finalement ? demande Myriam.

Il se redresse.

— De quoi ?

— Du tissu.

Il sourit. Il est heureux de parler rideaux. Sincèrement.

— Je sais que je suis chiante, avec ces histoires de déco.

— Pas du tout.

— Avoue que ça ne t'intéresse pas.

— J'avoue, mais j'adore que ça t'intéresse.

Il ne ment pas. Elle puise dans cette franchise un peu d'espoir pour le futur. De quoi traverser la nuit.

Le lendemain, tous les moments s'agencent avec une miraculeuse fluidité. Roland a dû réfléchir beaucoup. Loin d'afficher une retenue susceptible d'être mal interprétée, il opte pour la franchise enjouée – tactique risquée mais Clément l'approuve, les possibilités sont limitées. Donc, à la première pause-café, Roland le remercie carrément. Libéré des Russes qu'il avait sur la patate – il aime les métaphores potagères, elles donnent une réelle visibilité à son image de type sympa –, il a pu faire avancer le dossier beaucoup plus vite et rattraper pas mal de boulettes. Au final, ça semble s'équilibrer et Cherkesly est content. Clément n'en croit pas un mot mais lui sert un sourire cool, lesté d'un zeste de balourdise infantile. Ainsi souriant, il ressemble au bon gars du fond de la classe et paraît inoffensif. Il offre le café à Roland, « pour se faire pardonner ». Roland accepte. Ils parlent foot. Le sport les a rapprochés d'emblée. C'est une vraie passion pour les deux, que Clément partage aussi avec son père. Tous trois supportent l'Olympique Lyonnais. Un choix élégant et modeste qui signale d'emblée une approche éclairée, presque aristocratique. Ils déplorent le retour de Juninho Pernambucano au Vasco et commentent sa passe miraculeuse dans le match contre le Botafogo, qui n'empêchera pas le Vasco de s'incliner 2-3. Ils méditent un instant sur cette défaite injuste et sirotent leur café. Josie les rejoint. Plus un mot sur le « malgré » d'hier. Elle a dû avoir vent des récentes avancées de Clément et lui lance un clin d'œil soulignant une complicité qui doit sonner, pour Roland, comme un avertissement. S'il ne se ressaisit pas vite, certaines alliances pourraient se configurer différemment. À bon entendeur. Il regarde sa montre : « Bon, les enfants, j'ai du taf. » Il broie son gobelet un peu trop nerveusement et se tache la manche. Il s'éloigne, contrarié.

Plus tard, Clément enchaîne les mails. Il est en mode *Force bleue*. À part sa mère, qui ne l'a jamais complètement compris, personne ne connaît sa passion pour les Power Rangers. Lui-même aurait du mal à expliquer qu'ils l'ont toujours soutenu, au fil de ses études et de sa jeune carrière. Nul n'imagine qu'il doit son 18 au bac français – sur un texte atroce de Verlaine – à la puissance magique des *sentai*. Le Japon l'irrigue. Le mode *Force bleue* signifie qu'il peut atteindre une efficacité décontractée, n'entraînant aucune fatigue. Le sens des messages se forme dans son esprit qui ouvre d'autres fenêtres où s'affichent les implications et les pièges cachés. Il contre-attaque en douceur, déjoue, pare, trouve les formules, clique et continue. Il mesure maintenant l'avantage de devoir si souvent mener deux actions simultanées. Il le doit au patron. Non seulement il devient multitâche mais quand il se consacre à un travail unique, sa puissance de feu est démultipliée. Il parvient à écouter de la musique en même temps. Les autres ne peuvent savoir si ses écouteurs ne lui transmettent pas une réunion, personne ne lui pose de questions. De temps en temps, il lève le nez pour voir atterrir ses mails chez leur destinataire, un peu plus loin dans l'open space qui se déploie de l'autre côté de la vitre. Rares sont ceux qui résistent à la tentation de lui adresser un bref coup d'œil en retour. Ces regards le boostent. Il se lève pour aller aux toilettes.

Chemin faisant, il constate sur son téléphone que sa mère a renoncé à lui poser des questions. Elle doit s'imaginer qu'il a entamé une psychanalyse. Elle-même admire Françoise Dolto. Paradoxalement, cet engouement ne s'accompagne pas, dans la famille, d'une libre circulation de la parole. Son père est un taiseux. Il voue au silence un respect muet. Pendant presque toute son adolescence, Clément n'a pas parlé à ses parents. Peu importe. Il n'aime pas y repenser. À cette époque, le haschich l'enfermait dans des sas d'euphorie déprimante. Il a complètement arrêté à la fin de la seconde pour se mettre à lire avec rage. Tout à coup, la littérature est devenue pour lui une nécessité vitale. Les toilettes sont occupées. Il patiente, envoie un SMS à Myriam pour lui dire qu'il l'aime. Il se félicite, pour une fois, d'avoir pris l'initiative et, juste après, s'inquiète qu'elle ne lui ait pas encore adressé de message. Peut-être qu'elle lui en veut. Il mesure son attachement pour elle. Attachement. C'est le mot. La porte des toilettes s'ouvre.

Stupéfait, il en voit sortir la fille de la veille.

C'est à ce moment seulement qu'il se pose vraiment la question de savoir ce qu'elle fait là. Elle n'a pas le look Vogal. Il ne la connaît pas. Impossible qu'elle appartienne à l'équipe technique. Certains consultants free lance pourraient à la rigueur arborer ces fringues casual mais dans son cas, ça ne semble pas calculé. Ce jean râpé, ces grosses Doc Martens noires, ce manteau trop long, sont dépourvus d'arrière-pensées. Elle n'est pas jolie mais la question ne se pose pas, dans son cas. Son langage corporel élude la séduction. Elle s'évertue à diminuer sa présence, par un affaissement instinctif du buste. Son corps résiste quand même et la rondeur de ses hanches contredit son androgynie affichée. Elle ressemble à une étudiante.

— Excusez-moi, sourit-elle. J'ai cru que j'allais vomir.

Il lève une main lente et se gratte l'oreille. Elle est complètement folle. Où l'a-t-il déjà vue ? Peut-être à une soirée, chez France. Elle est toute pâle. Trois boutons d'acné rose fleurissent sur son menton. Il n'ose pas la contourner pour entrer dans les toilettes. Il a trop attendu, l'envie est pressante. Ce genre de détail dissipe souvent la *Force bleue*.

— Vous êtes malade ?

Il voudrait ne pas trop s'impliquer dans la conversation mais ne peut se permettre d'être grossier. Les retombées sont toujours imprévisibles, surtout quand l'interlocuteur n'est pas identifié. Elle le regarde, droit dans les yeux, et répond par une question :

— Est-ce que ça vous ennuierait de m'accompagner jusqu'en bas ?

Elle désigne les escaliers. Jusqu'en bas. Treize étages. Elle a peur des ascenseurs. Le diagnostic se confirme. Elle est dingue. Il accepte.

— J'ai reconnu *Berlin*, confesse-t-il après quelques marches, en montrant les écouteurs de la fille.

Elle sourit, mais son sourire n'est pas exactement adapté à la situation. C'est comme si elle venait de remporter un pli, aux tarots. Clément évalue s'il aurait été possible pour lui d'uriner avant de descendre. Tous les paliers offrent des toilettes mais il n'ose pas se décider. La gêne, dans son bas-ventre, crispe ses phrases. Et s'il avait des problèmes de prostate ? Son père vient de se faire opérer. Dans sa poche, le portable vibre. Bref coup d'œil. C'est Myriam : « Moi aussi. À ce soir. »

— Vous bossez ici ? tente Clément, sans vraiment désirer connaître la réponse.

Elle hoche la tête, reconnaît que la question était inévitable.

— C'est plus compliqué que ça.

Il hésite à s'en tenir là. Cette phrase n'est pas exactement une fin de non-recevoir, mais pas non plus une invitation à approfondir. Juste la vérité, semble-t-il. Il pourrait rebondir sur le malaise de la fille mais la motivation lui manque. Il descend en silence, pense à Berlin.

— Et vous, demande-t-elle, ça vous plaît, ici ?

Elle, en revanche, a vraiment envie de savoir. On dirait qu'elle s'intéresse à lui. Elle le regarde. Elle regarde son nez. C'est gênant. Clément ne raffole pas de son nez. Il trouve le bout trop gros, incurvé. Il y pense assez souvent, plusieurs fois par semaine.

— Oui, avoue-t-il. J'adore, ici.

Il est surpris par son propre enthousiasme. Au fond, il ne l'a jamais dit à personne. Jamais aussi franchement. Ça lui fait du bien. Il se sent en forme et commence à se demander si la présence de cette fille n'y est pas pour quelque chose.

— J'ai lu que le nez continue de pousser, l'informe-t-elle. Tout au long de la vie. Et les oreilles aussi.

Elle le regarde encore, d'un air sérieux et compatissant, comme si elle avait préféré lui révéler un peu abruptement une vérité désagréable, dont il valait mieux se débarrasser tout de suite. Il se sent bizarrement soulagé, sans savoir de quoi. Cette fille prend au sérieux les problèmes corporels. Elle en parle. C'est peut-être le fruit d'une relation contrariée avec sa propre anatomie, une sagesse issue des concessions à son métabolisme capricieux. Après tout, Clément a certainement appris quelque chose de ses mictions compulsives. Le caillou dans la chaussure oblige à réinventer la marche.

Clément médite quelques instants ce constat, songe à l'obscure croissance du nez et des oreilles. Au lieu d'aggraver sa méfiance à l'égard de la fille, sa remarque le met en confiance. Il renonce à répondre que le cœur bat sans nous demander notre avis. Il sait que c'est différent. Il a envie d'explorer cette différence. Quelque chose le retient de s'enquérir à nouveau de l'identité de la fille et des raisons de sa présence chez Vogal.

Ils descendent à pas lents. Clément perçoit chez la fille un puissant désir de confidence, qu'il accueille par un silence bienveillant. Il calcule que la *Force bleue* lui a dégagé un peu de temps disponible. Il le lui offre. Maintenant que cette descente est devenue une décision, l'envie d'uriner se fait moins pressante.

Les paliers se succèdent. Clément n'a jamais descendu cet escalier jusqu'en bas. Au troisième, la dominante moutarde des cloisons l'oppresse un peu. Un plateau encombré de canettes vides traîne près d'une photocopieuse. Il s'aperçoit que la fille le tutoie.

— Je n'essaie plus de paraître normale, tu vois, avoue-t-elle. Au début, je voulais vraiment. Je faisais des phrases, j'avais un stock de sujets pour les rencontres. C'est fini, maintenant.

Elle jette un bref regard en arrière, comme pour jauger une vie semée d'erreurs. Il hoche la tête. Si elle est folle, c'est léger. Sa folie l'affranchit de certaines convenances et l'en libère aussi, lui. Même le mot rencontre, dans leur cas, paraît excessif. Empesé. Il voudrait quand même connaître son prénom mais elle l'en informera à sa convenance.

Au second, file un long couloir ponctué d'extincteurs et de portes métalliques dont il ne devine pas l'usage. Les murs sont carrelés de marbre veiné. Ambiance columbarium. Des spots se reflètent dans un dallage schisteux. Il respire moins bien.

— Moi non plus, je n'aime pas cet endroit, reconnaît la fille.

Il cherche quelque chose à lui dire. S'enquérir de sa nausée serait une façon d'expier son égoïsme à l'égard de Myriam. Il ne trouve pas les bons mots. Mais elle ne paraît pas attendre grand-chose de lui. Juste qu'il l'accompagne.

Elle a repris des couleurs. Il voudrait aussi lui parler de Lou Reed. Il a peu d'occasions de donner vraiment son avis sur la musique qu'il aime. Les forums l'ennuient. En fait, ce qui lui plairait, ce serait de prendre une bière avec cette fille et de décortiquer chaque morceau de *Berlin*. Myriam ne l'écoute pas quand il se lance dans des considérations trop savantes. C'est le problème des niches culturelles. On s'y réfugie pour se forger une identité qui vous distingue des autres mais après, on a envie d'en parler. Comme toujours, chez lui, les mots font image. Il s'imagine une vraie niche. Une niche de chien avec lui dedans. Il sourit.

— Qu'est-ce qui te fait rire ?

Elle s'est arrêtée, fronce les sourcils. Le sourire de Clément lui a déplu. Elle dévoile sans pudeur une susceptibilité de petite fille gâtée. Il renonce à se justifier puis s'esclaffe. Des tensions qu'il ne soupçonnait pas se résolvent en fou rire. Sa glotte se convulse, il hoquette.

— Non... implore-t-il. C'est pas toi, c'est...

Ils se tutoient, donc. Il montre les alentours. Ils sont arrivés au rez-de-chaussée. D'épais fauteuils de cuir enceignent des tables rondes. Au sol, une mosaïque prune et blanche trace de longues ondes qui mènent aux portes tambour donnant sur l'esplanade des Quatre Temps. Le hall est vide, à l'exception des réceptionnistes indifférentes, assises derrière le guichet. Les feuilles des plantes ne remuent pas du tout. La fille s'assied dans un fauteuil. Il fait de même.

Peu à peu, tout s'apaise, et il sourit à nouveau, différemment. Elle semble attendre.

— Au fait, risque-t-il. Je m'appelle Clément.

Et là, il en est certain, la fille n'est pas surprise. *Elle le savait déjà.*

— J'aime bien, approuve-t-elle.

C'est idiot. Pourquoi aurait-elle été surprise par son prénom ? N'empêche, il est sûr qu'au moment où il l'a prononcé, elle a joué la comédie. Une seconde, mais quand même. Il n'y a jamais réfléchi, mais il lui semble que quand on découvre comment quelqu'un s'appelle, quelqu'un avec qui l'on parle déjà depuis plusieurs minutes, on a besoin d'un peu de temps pour faire coïncider son prénom avec l'image qu'on s'est déjà faite de lui. L'esprit accommode, comme un œil. Il n'est pas impossible que nous affections à notre insu un prénom provisoire aux inconnus. Quand le vrai nous est révélé, nous évaluons sa pertinence, sa justesse. Certaines discordances peuvent créer des malaises indicibles. Clément se rend compte que, depuis toujours, il scrute le visage de son interlocuteur au moment de faire tinter les deux syllabes dont il est affublé irrévocablement. Il y guette un verdict. C'est chaque fois une épreuve microscopique. Or, la fille s'est dérobée. Elle n'a pas détourné les yeux mais son regard était vide. Il lui rétorque, avec un peu de mauvaise humeur :

— Moi je n'aime pas trop. C'est ma mère qui a choisi.

Cette fois, elle prend note. Et paraît satisfaite de l'apprendre.

— Ma mère est morte quand j'avais dix ans, répond-elle sans sourire.

Elle s'adresse à la table ronde, où se reflète un E massif, dont Clément ne trouve pas l'original dans le décor qui les entoure.

— Le plus difficile, devant le corps de sa mère morte, c'est de renoncer à la sollicitude qu'on a pour les corps vivants.

Il ne voit pas exactement ce qu'elle veut dire, mais il se rappelle la mèche de madame Lemeur.

— Sur son lit de mort, poursuit la fille, ma mère avait les lèvres violettes. Le visage change de forme, aussi. Aussitôt, je veux dire. Les traits glissent. La bouche s'éloigne du nez, les yeux s'écartent. Je te jure que c'est vrai.

Il la croit. D'autant plus qu'elle se livre à une imitation de sa mère décédée. Elle s'est appuyée au dossier du fauteuil, provoquant l'apparition d'un double menton blanc. La bouche s'entrouvre. Les paupières s'abaissent. Le visage se déstructure comme un masque en latex posé sur une flaque d'eau.

— Comment tu fais ça ? s'étonne-t-il, épaté.

— Je m'entraîne.

Il perçoit chez elle une forme de logique silencieuse qui n'exige pas d'être expliquée. C'est reposant. Normalement, il déteste les filles qui pimentent de bizarrerie leur banalité physique et vous mettent au défi de les désirer. Rien de tel avec elle. Elle bâille.

— Tu as toujours mal au cœur ? s'enquiert-il.

— Ça va mieux. Merci.

Il aimerait qu'elle reste encore un peu.

— Tu me donnes ton numéro ?

Il a posé la question avec un naturel qui l'étonne lui-même. Dans le monde qu'elle transporte avec elle, l'inconvenance n'a pas sa place. Elle est d'accord, il sort son portable et note. Constate au passage qu'il a dix nouveaux mails pros et deux SMS de Myriam. Il ne l'a pas entendu vibrer. La fille se lève. Il se garde de lui poser la moindre question. Elle lui tend la joue.

— Je file.

La porte tambour la propulse sur l'esplanade. Il fait demi-tour, hésite et décide de remonter à pied. Au troisième, un mugissement étouffé l'arrête. Il s'engage dans un couloir, s'approche d'une porte et l'ouvre. De l'autre côté, le spectacle est sublime. Un immense espace, absolument désert, illuminé par le soleil étincelant. Les rayons se reflètent dans les tours, au-delà des baies, et la lumière se répand sur le sol anthracite. Pas un meuble, pas une cloison, juste l'horizontalité pure du sol qui supprime la perspective. Une surface suspendue, simple et vaste, presque abstraite. Loin, quelque part, quelqu'un passe l'aspirateur. Clément plisse les yeux et reconnaît madame Lemeur. Elle l'a vu et finit par éteindre l'appareil, après l'avoir considéré longtemps.

Ils marchent l'un vers l'autre, se rejoignent au milieu du vide. Une île perdue dans la géométrie. Elle n'ose pas lui demander ce qu'il fait là. Il en profite pour s'enquérir de sa santé. Elle grimace.

— J'ai un souffle au cœur, vous savez.

Il ne trouve aucune réponse appropriée. Madame Lemeur est beaucoup plus petite que lui. Elle tend le bras et désigne quelque chose, dans le lointain :

— Ils ont mis des défibrillateurs à tous les étages, mais personne ne sait s'en servir.

Elle secoue la tête avec découragement, comme si cette incompétence généralisée avait déjà scellé son sort. Il se souvient qu'on lui a déjà proposé de s'inscrire au stage « Premiers secours ». Il se promet d'y participer la prochaine fois.

— Je me demandais, madame Lemeur, vous accédez à tous les étages avec un passe unique ?

Elle le regarde comme s'il était fou, puis sort lentement d'une espèce de sacoche qu'elle porte autour de la taille un énorme trousseau de clés. L'objet semble totalement archaïque.

— Bien sûr que non, s'indigne-t-elle.

Il regrette sa question, qui l'a froissée dans sa dignité professionnelle. Entraîné par la joie de changer de sujet, il avait improvisé l'idée qu'elle pourrait peut-être lui céder un double du passe, afin qu'il vienne, à l'occasion, se ressourcer dans les vides de la tour. La vanité de cette lubie lui saute aux yeux. Il rougit.

— Je dois y aller, madame Lemeur. Bon courage.

Il rebrousse chemin, prend l'ascenseur. Une demiheure a passé depuis qu'il a rencontré la fille. Et c'est seulement en arrivant à son étage qu'il se rend compte que sa vessie est au bord d'exploser. Se ruant dans les toilettes, il bouscule presque JJ, qui s'apprête à avaler deux comprimés blancs à l'aide d'un gobelet à peine rincé. JJ souffre de céphalées chroniques, qu'il appelle son mal au crâne. Ces souffrances persistantes constituent un élément de stabilité qui nourrit indéniablement l'affection que Clément lui porte. Elles contribuent peut-être aussi à le disqualifier, en tant que concurrent potentiel. JJ s'est tout de suite caractérisé par ses faiblesses : il sort d'un divorce difficile qui lui laisse, une semaine sur deux, la garde de sa fille, une enfant dont tout le monde ici sait qu'elle est sujette aux otites. Il est presque chauve et son crâne douloureux luit beaucoup. Au début, Clément était impressionné par les quinze années qui les séparent, alors que JJ n'y a jamais prêté attention. Plus exactement, il n'a pas conscience de cette différence d'âge. Le flux et le reflux de ses migraines, par son caractère cyclique, aide peut-être à émousser sa perception du temps, comme les marées font croire que les plages ne changeront jamais. Attention, ce ne sont pas des migraines, justement. Ses douleurs ont un caractère plus insaisissable. JJ ne nie pas leur dimension psychosomatique. Il la revendique même dans de longues phrases allusives dont il déplore que personne ne cherche à les élucider. Quel que soit l'objet des échanges, ses propos laissent entrevoir un passé difficile, un parcours âpre. Il sourit amèrement. Son cursus atypique l'a conduit de la sociologie à la programmation informatique. Il nimbe de flou la nature exacte de ses attributions et la définition précise de son poste. Il semble être arrivé chez Vogal avant tout le monde, connaît toutes les histoires de la boîte, les coucheries. On lui suppose un lien, peut-être familial, avec Cherkesly lui-même. Il bénéficie du respect dû aux premiers colons. Son nom figure, à un titre ou un autre, dans la plupart des projets, précédé de mentions obscures. Dans son cas, l'abréviation de son prénom dope considérablement son capital sympathie, en créant l'illusion qu'on le connaît depuis toujours. Il est passé à travers deux gros plans sociaux. Son cheminement tortueux dans l'organigramme est constamment rappelé par l'impossibilité de savoir exactement où il bosse. Il change souvent de poste. Chacun doit s'attendre à le voir s'incruster dans son espace privatif. Il s'excuse. On ne peut pas lui en vouloir. On ignore quelles instances, quelles circonstances l'ont conduit là, ce qu'il va y faire et pendant combien de temps. On prend son mal en patience. Clément l'adore, et c'est réciproque. JJ lui a sûrement déjà rendu beaucoup de services, bien que Clément ne soit pas en mesure de dire lesquels.

— Excuse-moi, balbutie Clément en s'enfermant dans les toilettes.

JJ lui fait un petit clin d'œil, grimace et avale ses comprimés. À mesure que le soulagement l'emplit, Clément tente de faire le point sur sa rencontre avec la fille et résiste à l'envie d'en parler à JJ. Celui-ci saurait des trucs, c'est évident, mais Clément ne veut laisser aucune prise à la déception. Il tire la chasse et sort. JJ l'a attendu.

— Je suis au courant, l'informe-t-il, pour Roland. Bien joué.

Chez Vogal, tous les événements internes sont affectés d'un coefficient lié aux rumeurs qu'il propage. Si JJ valide et répercute le coup des Russes, il est probable que la cote de Clément va encore monter.

En remerciement, il demande à JJ s'il n'a pas trop mal au crâne.

— Ça va. Tu es sur quoi, là, tout de suite ?

JJ n'étale pas ses céphalées. Il se cache même plutôt pour gober ses pilules. Mais il apprécie qu'on se soucie de lui. Nul besoin de développer, ensuite, et de nourrir votre empathie de questions plus techniques ou de conseils portant sur les médecines parallèles. Clément l'a compris.

— Là, tout de suite ? Je dois répondre à...

JJ n'écoute pas. Il l'entraîne un peu à l'écart :

— Le boss m'a mis sur un truc dingue. Un truc de hacker.

— De hacker ?

— Oui. Tu as entendu parler des programmes qui permettent de suivre tous les déplacements d'un client dans un magasin, à partir de la puce de son mobile ?

Clément fronce les sourcils.

— C'est illégal pour l'instant, non ?

— Pour l'instant, jubile JJ. Mais quand ça ne le sera plus, on doit être les premiers sur le coup.

Clément croit comprendre, tout à coup, en quoi consiste le rôle de JJ chez Vogal. Il saisit même que JJ vient de le lui révéler à demi-mot, et que c'est une sacrée marque de confiance. Il officie dans les zones interlopes de la programmation. Il développe des applis qui ne verront le jour officiellement que quand la CNIL aura les idées plus larges. Peut-être même œuvre-t-il en sous-main dans les lobbies qui font avancer les idées. C'est plus que respectable. Romanesque. Clément espère que l'info de JJ ouvre pour lui la voie d'une promotion et que tout est piloté à distance par Cherkesly. Cette supposition est peut-être moins sentimentale que l'hypothèse d'une confidence qui aurait échappé à la tendresse de JJ à son égard. Mais elle est plus prometteuse pour sa carrière. Il décide, comme pour la fille, de demeurer dans le statu quo.

— C'est super, JJ, commente-t-il d'un ton qui laisse à son collègue la possibilité d'embrayer sur une bonne nouvelle, mais rien ne vient, à part un sourire de sphinx qui lui suffit pour l'instant.

C'est aussi comme ça que JJ conforte son pouvoir dans le groupe. En distribuant des sourires. Il est très fort.

De retour à son bureau, Clément a déjà un message de la fille : « Je serai demain à la même heure au même endroit. »

Avant de réfléchir au fait qu'il s'agit clairement d'un rendez-vous, Clément s'étonne qu'elle n'utilise aucune abréviation.

C'est un miracle.

Parfois, les grands mots conviennent. Ils donnent le ton et la mesure des mélodies inconnues que le hasard offre à entendre. Sa vie a changé de bande-son. Elle éteint son iPod et marche à travers l'esplanade. Elle sautille, maintenant, et brûle de lui envoyer un autre SMS, mais c'est trop tôt. Ce miracle l'invite à faire ce genre de calculs, des calculs de fille vivante. Il faudrait peut-être dire amoureuse mais on verra demain. Un seul grand mot par jour. Par grand jour. La peur l'a quittée dès qu'elle a revu le garçon. En réalité, elle s'était déjà presque dissipée au moment où elle est entrée dans la tour, ce matin. Elle avait son idée en tête. Elle est allée directement consulter le dossier du garçon. Clément. Elle connaissait déjà son prénom quand il l'a prononcé, et a eu un peu de mal à le dissimuler. C'était la première fois qu'elle faisait une chose pareille, fouiller dans un dossier. On ne le lui a pas interdit. On a été tellement soulagé de la voir sourire. Elle doit s'avouer qu'elle a pris du plaisir à constater le pouvoir de son sourire. Elle se venge, sûrement. Sa propre méchanceté l'enthousiasme. Tout brille, quand la peur se retire. Oui, elle est un peu méchante. Elle n'est pas seulement cette pauvre fille, pliée sur un matelas. Elle se venge de l'humiliation qu'elle s'est infligée, la veille. Elle se venge de la nuit blanche. Quelque chose d'autre la grise. Le pouvoir qu'elle a désormais sur le garçon.

Clément.

Elle garde cette idée dans un coin. C'est une idée très érotique. Il faut la remiser pour qu'elle irradie toutes les autres. Combien de temps pourra-t-elle lui cacher ce pouvoir ? Très peu. Juste assez pour se glisser dans la vie de Clément. Elle veut tout savoir de lui. Elle en a déjà beaucoup appris. Du factuel. De l'intéressant. Du top secret, un peu. Elle sait surtout qu'il dissipe ses peurs à elle. Il n'y avait pas de verre pilé dans la boîte de conserve. Elle est en vie. Elle appelle Émile.

— Salut vieil homme ! Je ne sèche plus.

Il chuchote quelque chose. Elle reconnaît les craquements et les échos de l'amphi. Un coup d'œil sur sa montre. Le cours magistral est commencé. Elle est en retard. À quel moment exact Clément a-t-il opéré son miracle ? Peut-être quand il lui a demandé si elle était malade. Le fait de poser la question. Le regard qu'il a eu à cet instant. Elle s'est sentie sur la même planète que lui. La voix confuse d'Émile lui parvient à nouveau.

— Bonjour beauté. Tu vas mieux.

C'est une affirmation. Elle reconnaît le grincement d'une porte coupe-feu. Il a dû sortir de l'amphi pour lui parler. Elle entend les bruits de pas sur le stratifié squameux des couloirs. La laideur de la fac ne l'attriste pas. Sa peur a modifié sa perception des choses, et l'ordre de ses valeurs. Le beau et le laid ont moins d'importance. Le monde se décline moins en espaces qu'en moments. Le temps des terreurs, les instants lumineux.

— On mange ensemble à midi ?

Oui, c'est sûr, elle va mieux. Prendre un repas en présence de quelqu'un signifie qu'elle n'est plus une créature des bas-fonds. En temps de peur, c'est impossible. Elle doit contrôler chaque bouchée, vérifier que ni son goût ni sa texture ne sont suspects. Que personne n'a versé de poison dans son assiette. Que n'y est pas tombée une goutte de la sève d'un dieffenbachia, par exemple, cette plante d'ornement si commune, que l'on trouve partout. Sa mère lui avait enseigné les vertus et les pouvoirs des plantes. Le dieffenbachia est poison. La digitale. La ciguë. Les promenades à la campagne sont un cauchemar. Surtout aux beaux jours, à cause des guêpes. Jamais de pique-nique. Les dards dans la confiture. Elle ne peut pas non plus aller au restaurant avec un garçon. Elle dépose sur le bord de son assiette des échantillons suspects. Les arêtes. Les bouts durs. Elle mange salement.

Mais pas aujourd'hui, à cause du miracle.

Aujourd'hui, elle sera une fille de son âge, elle prendra son repas au restaurant universitaire, avec un pote à elle. Elle aura faim. Et cette nuit, elle ne s'infligera pas la punition d'ingérer jusqu'à l'écœurement de gros morceaux de pain trempés dans de l'huile.

— Avec plaisir, répond Émile. C'est la fête. Je retourne en cours, là.

Le mot miracle a au moins le mérite de souligner l'absence totale de logique, dans tout cela. On a tort de chercher des causes et de vouloir des lois. Elle n'est pas amoureuse, non, ce serait trop facile. Elle a trouvé, peut-être, celui qui la ramènera du côté propre des choses. Il travaille dans cette tour qu'elle observe maintenant en clignant des yeux. Elle tient toujours son téléphone.

En descendant dans le métro, elle remet ses écouteurs.

Finalement, Myriam accompagne Clément à Tours, le week-end suivant. Le silence climatisé du TGV les berce. Le bout de leurs doigts se frôlent. Clément a revu trois fois la fille. Il sait maintenant qu'elle s'appelle Meryl. Sans accent, a-t-elle précisé. Comme l'actrice Meryl Streep que sa mère adorait. En revanche, il ignore toujours ce que Meryl fait dans les locaux de Vogal, et pourquoi elle descend l'escalier presque tous les jours à la même heure. Au fil d'une allusion, il a cru comprendre qu'elle étudiait la littérature ou la psychologie, et qu'elle effectuait un stage dans une grande entreprise. Mais il n'en est pas sûr. Peut-être Meryl, à cet instant, parlait-elle de quelqu'un d'autre, ou développait-elle une comparaison. Il s'était laissé distraire par un groupe de commerciaux qui transportaient des plateaux de viennoiseries et avaient failli le percuter, sur le palier du quatrième. L'instinct de Clément lui souffle que l'identité de Meryl n'a pas une grande importance et que, compte tenu de la brièveté des moments qu'ils partagent, il vaut mieux qu'ils se recentrent sur la musique, la vie après la mort, les animaux, sujets qu'il aborde rarement avec Myriam. D'ailleurs, les opportunités que lui offre Meryl de formuler un certain nombre de pensées confuses qui l'encombrent trop souvent ont eu des retombées plus que positives : il n'est absolument plus agacé par son propre prénom et a appelé ses parents. Dans l'élan optimiste suscité par ce coup de fil, il a trouvé le ton juste pour persuader Myriam de l'accompagner à Tours, constatant du même coup que certaines tensions avaient disparu entre eux. Les vertus thérapeutiques de Meryl sont évidentes et il craint déjà qu'elle sorte de sa vie aussi mystérieusement qu'elle y est entrée. La relaxation mentale qu'elle lui procure apporte d'autres bienfaits : il travaille encore plus vite et trouve d'emblée la meilleure façon de s'adresser à ses collègues pour leur donner l'illusion qu'ils le contrôlent. C'est ainsi que personne ne lui reproche ses échappées quotidiennes dans l'escalier. Son attachement pour Meryl s'agrémente d'une authentique absence de désir. Il lui est déjà arrivé de nouer des contacts apparemment anodins avec une fille, qui avaient donné lieu, au bout de quelques semaines, à une jungle de fantasmes inattendus, dont l'intensité et la précision semblaient s'être accrus dans le refoulement qu'il leur avait inconsciemment infligé. Mais il espère que cela ne se produira pas avec Meryl. Sa peau trop blanche l'écœure. Il ne puise dans sa féminité fade que l'énergie procurée par la différence des sexes. Pour autant, il n'a pas parlé d'elle à Myriam. Il efface les SMS que Meryl lui envoie de plus en plus souvent, et qui consistent en petites pensées consignées à l'arrache, indignes d'un aphorisme mais toujours vivifiantes. Elle lui adresse aussi des photos de Paris. Apparemment, elle se promène énormément. Il se demande quand elle trouve le temps d'étudier.

— À quoi tu penses ? demande Myriam qui se tord discrètement le cou pour essayer de suivre l'épisode de *Game of Thrones* qu'un adolescent renfrogné regarde sur son portable, deux sièges plus loin.

— Au boulot.

Elle niche sa tête dans son cou. Ses boucles brunes et son nez froid l'électrisent. Par un effet de vases communicants, la neutralité sexuelle de Meryl exalte la sensualité de Myriam. Ils s'embrassent.

— Ça va mieux ? sourit-elle, troublée par l'ardeur de leur baiser.

Il acquiesce et regarde *Game of Thrones* avec elle.

Ses deux parents sont venus les attendre sur le quai. Chaque fois qu'il les retrouve, Clément est frappé par leur âge. Ils l'ont eu tard pour pouvoir, comme le lui a avoué sa mère, profiter de la vie avant lui, et approchent de la soixantaine. Clément leur en veut de vieillir. Sa conception très infantile du temps qui passe lui fait regarder l'âge comme une discrète obscénité. Il est gêné aussi vis-à-vis de Myriam. Les colonels sont un peu plus jeunes que ses parents. Sa mère à lui affiche un look de quinqua urbaine décontractée. Son père s'habille chez Decathlon. Surtout le week-end. Tout le monde s'embrasse. Son père aime beaucoup Myriam. Il se fend d'un sourire doux qu'il a inventé pour elle et qui lui donne un air sénile, agaçant. Leurs prénoms, Thérèse et Laurent, dans la bouche de Myriam, lui semblent ridicules, comme ceux de personnages de série Z. Ils renoncent à discuter, assourdis par le souffle des trains et le roulement des bagages. Un peu plus tard, entassés dans la Subaru, ils quittent Saint-Pierre-des-Corps et rejoignent le centre de Tours par des rues encombrées. Les maisons crayeuses ont toujours découragé Clément. Myriam les trouve reposantes. Les parents ne parlent presque pas, installant l'illusion d'une proximité confiante. Dès que leur fils les rejoint, ils travaillent à reformer le fantôme de leur enfant d'autrefois, glissent dans leurs anecdotes des références locales, des noms oubliés, retissent leur toile. La vie parisienne de Clément est reléguée dans un ailleurs tacite. S'impose, par petites touches, l'idée qu'on est d'ici. Le reste est un artifice. Les années d'étude, la lente mutation des valeurs, l'agitation du monde.

Un mince brouillard ourle la Loire et ses îles ensablées. Myriam se laisse fasciner par le vol d'un échassier. On a pris par les quais, pour lui faire plaisir, malgré la circulation du samedi midi. Tout le monde, sur les trottoirs, semble de bonne humeur. Les gens ont l'air de préparer des fêtes. Personne n'a conscience que son nez pousse en silence.

— Alors, Thérèse, demande Myriam, les élèves sont sages ?

L'idée de parler à un prof l'a toujours amusée. Dans sa famille, ce métier n'a pas bonne presse et elle aime contrevenir sans risque au dédain qu'on lui a transmis à son égard. Mais les questions qu'elle leur concède semblent impliquer, en retour, que la mère de Clément se justifie d'avoir embrassé une carrière paresseuse.

— Ils sont épuisants, soupire Thérèse.

Myriam tique. La notion de fatigue lui semble incompatible avec une activité de fonctionnaire. Clément se sent nerveux.

— Quand on pense qu'ils veulent lui faire faire ce boulot jusqu'à soixante-sept ans, enchérit Laurent, que l'indignation seule pousse à produire une phrase aussi longue.

Myriam est à la fois déçue et satisfaite de constater que leurs réponses débouchent aussitôt sur une déploration convenue. Ces gens sont d'une autre planète. Elle a pitié.

— Il faudra bien payer les retraites, chantonne-t-elle. C'est déjà beau d'avoir la sécurité de l'emploi !

Tout le monde est consterné. Comment a-t-on pu si vite basculer dans l'ornière ? À cet instant, Clément a un peu honte. Il ne sait pas si c'est de lui, de Myriam ou de ses parents. Ces derniers ne sont pas, loin s'en faut, des militants. Il les soupçonne de voter Verts. D'habitude, on évite ce genre de problématique. Mais Thérèse ne sait pas comment revenir à la question de Myriam, portant sur les élèves. Elle enseigne depuis vingt ans dans un collège de Joué-lès-Tours, dans une zone de relégation particulièrement difficile. Les histoires sordides qu'elle racontait à table, tout au long de l'enfance de Clément, l'ont vacciné à jamais contre l'Éducation nationale. D'autant que Thérèse, qui a grandi dans une famille de petits-bourgeois très catholiques et malgré son apostasie tonitruante, a toujours exercé son métier avec un zèle et une dévotion spectaculaires, sans rien obtenir en retour de l'institution. Certes, beaucoup de ses anciens élèves, qui ont réussi dans la drogue, la saluent toujours avec respect quand ils la croisent en ville, à bord de leurs vieilles BM customisées. Mais les petits frères sont plus durs. Et Clément lui en veut d'être aussi gentille avec eux. Il comprend tout à coup qu'il doit probablement à sa mère l'élan qui l'a porté vers Meryl. Elle lui a transmis le réflexe d'aider les autres. De courir à leur secours. Si

Meryl n'avait pas eu l'air si mal en point, peut-être ne l'aurait-il même pas vue. Chaque fois qu'il découvre, par hasard, qu'un de ses actes trouve son origine dans la personnalité de sa mère, il est anxieux. Ces prises de conscience jettent sur sa vie une lumière crue qu'il met toujours du temps à éteindre.

Il faut faire quelque chose. L'ambiance, dans la voiture, tourne au morose. Myriam affiche un air pincé, regarde trop par la fenêtre. Thérèse, qui déteste les disputes, lui lance un regard suppliant. Il se ferme. Un silence désagréable s'installe. Puis le visage de sa mère s'illumine.

— Au fait, Clément, j'ai croisé Alexandre. Il organise une petite fête, ce soir. Vous êtes invités. Il y aura Sébastien et je ne sais plus qui.

« Il organise une petite fête. » Parfois, des formules issues des romans de la Bibliothèque verte, qui tapissaient les murs de sa chambre d'adolescente, éclosent dans la bouche de Thérèse. Myriam sourit.

Cette information n'apaise pas Clément. Il serait heureux de revoir ses anciens potes, mais sans Myriam. Avec eux, il boit beaucoup, comme autrefois. Alexandre est, comme lui, un survivant du haschich. Ils ont arrêté en même temps, se sont motivés en même temps, se doivent cela l'un à l'autre. Alexandre aura bientôt fini sa médecine. C'est complètement fou. Clément et lui ont fait le Kilimandjaro, juste avant qu'il ne rencontre Myriam. Il craint aussi qu'Alexandre, en toute innocence, raconte certains trucs dont Clément préférerait que Myriam ne soit pas informée. Des trucs pas glorieux, avec des filles oubliées. Il s'en veut de décevoir Thérèse qui s'inquiète déjà de son manque d'enthousiasme.

— Merci, grommelle-t-il. Je vais voir.

La perspective de cette soirée a épaissi sa mauvaise humeur et il ne sait plus comment s'en sortir. Il lui faudrait juste quelques minutes de solitude pour se ressaisir. Il ferme les yeux et revoit aussitôt le grand espace vide dans la tour, avec madame Lemeur qui passe l'aspirateur, la lumière presque tangible et le déploiement du paysage. Ça va mieux. Ça va beaucoup mieux. Il réussit presque son sourire. Son père donne l'impression de penser à autre chose. Il s'abstrait toujours dans des limbes auxquels personne n'accède. Il semble subir douloureusement une discordance ontologique avec le monde. Une résignation assumée, presque active, le refus de faire subir aux autres une erreur originelle dont lui-même aurait perdu la mémoire. Pour vivre, il doit penser beaucoup et restreindre l'intensité de sa présence. Clément en souffre, mais comprend. Accepte. Thérèse est incapable d'une telle abstraction. Elle comble les vides. Heureusement, la nouvelle de la soirée d'Alexandre a complètement détendu Myriam que le passé de Clément intéresse. Elles en parlent toutes les deux. Quelques rires tintent. On est sauvés.

À peine arrivé, son père invite Clément à le suivre à l'étage. Ils gravissent les marches étroites qui craquent. Les souvenirs n'épargnent pas Clément. Sa mémoire est hypersensible aux sollicitations sensorielles, comme sa muqueuse nasale l'était autrefois aux virus. Chez ses parents, il attrape toujours un rhume de l'âme. Il se revoit dévalant ces mêmes escaliers, quinze ans plus tôt. Il vient d'avoir dix ans et se félicite d'être toujours en vie. Il suppose donc, sans se le rappeler clairement, que l'enfant qu'il était ne considérait pas l'existence comme allant de soi. Avait-il, comme aujourd'hui, une conscience excessive de la fragilité des choses ? Était-il soucieux ? Probablement. Mais les félicitations qu'il s'adressait mentalement le jour de son dixième anniversaire tenaient plutôt de son goût précoce pour l'exploit. Dix ans, c'était énorme.

— Viens voir ça, dit son père.

Il pousse la porte d'un débarras réhabilité et transformé en cabinet des curiosités quotidiennes. La une de *Libération*, récemment punaisée, déplore le décès de Patrice Chéreau, à côté d'une autre où jaunit déjà Mastroianni. Son père lui montre, au sol, un amas de tubes métalliques, de vis et de boulons éparpillés parmi des fragments de carton, de plastique transparent et de billes de polystyrène. Dans n'importe quel autre cerveau, un tel spectacle aurait activé le réseau neuronal affecté aux accidents graves. Mais celui de Clément est habitué à la façon dont son père aborde le bricolage. Il déduit assez vite qu'il vient de faire l'acquisition d'un objet à monter soi-même, l'a déballé avant de se retrouver bloqué au premier obstacle. Il avait certainement l'intention de l'épater en lui présentant la chose dans la glorieuse majesté de son avènement, mais le réel lui a résisté, comme d'habitude. En raison de la coloration plutôt scientifique des études suivies par Clément, son père lui prête des aptitudes manuelles largement surévaluées. Il soumet à son expertise les joints usés, les appareils en panne et, de façon apparemment plus rationnelle, tous ses plantages informatiques. Il est vrai que, confronté à la nécessité de modifier l'agencement d'une structure matérielle, quelle qu'elle soit – cela inclut, par exemple, les trois mètres carrés de pelouse qui pèlent dans son petit jardin –, Laurent réagit par une sorte de méditation harassée, suivie d'une série d'actions lentes et approximatives débouchant au mieux sur de l'instable branlant, au pire sur des courts-circuits ou des inondations. La plupart des meubles qu'il achète en kit évoquent des installations contemporaines hardies. Le mur du salon porte les traces de dégoulinures brunâtres qui réapparaissent comme des stigmates, malgré tous les efforts de Thérèse pour les nettoyer. Cependant, Clément a beau avoir l'habitude, il ne parvient pas à deviner la forme que revêtiront les tubulures étalées sous ses yeux.

Quand il les relève, il comprend. Son père compulse la notice de montage d'un vélo d'appartement. Il est coincé à l'étape 3, ce qui n'est pas si mal.

— Normalement, il doit y avoir deux petits câbles, dans ce truc, explique-t-il en montrant un cylindre creux, par terre. Je n'en vois qu'un. L'autre est peut-être au fond. J'ai essayé de l'attraper avec ça.

Il désigne un cintre déplié, au moyen duquel il semble avoir voulu, en effet, atteindre quelque chose. Clément soupire. Il décide de lire entièrement la notice, en espérant que les premières manipulations de son père n'ont pas déjà rendu l'assemblage impossible. Il sait aussi qu'il ne disposera d'aucun outil, en cas de nécessité. Ses parents possèdent un marteau, un tournevis et une pince hors d'usage, répartis dans différents tiroirs de la maison.

Néanmoins, il est plutôt soulagé de se voir proposer une tâche qui lui épargnera de parler. Ils se penchent sur les schémas. Son père pose son doigt sur la page. Sa main est ridée. Clément y distingue quelques taches brunes qui le bouleversent.

— Tu veux faire du vélo à l'intérieur ? Pourquoi ?

Son père hausse les épaules :

— Comme ça, je pourrai lire en même temps.

Clément n'insiste pas. Il se concentre. Au rez-de-chaussée, sa mère et Myriam semblent en grande conversation. Il se détend. Une bonne odeur d'épices lui parvient. Thérèse cuisine très bien, avec un certain raffinement. Elle teste les recettes à la mode. Comme la gastronomie touche, dans l'esprit de Myriam, à la décoration et à ce qu'elle appelle « l'art de vivre », il sait qu'il n'a plus à se préoccuper des deux femmes. Il s'investit avec soulagement dans le montage du vélo.

À partir de là, tout se passe mieux. Il résout sans mal la difficulté rencontrée par son père, achève le travail en moins d'une demi-heure, rassemble les bouts de plastique dans le carton éventré, emporte le tout dans une remise où ses parents entassent ce qui attend d'être évacué à la déchetterie, et que Clément devra probablement trier après leur mort. Le repas est un moment parfait. Clément boit un peu, sourit. Myriam lui caresse le genou sous la nappe. Il n'a jamais fait l'amour avec elle chez ses parents. Ils dorment toujours dans sa chambre d'enfant, au second. Il envisage maintenant de façon plus sereine l'invitation d'Alexandre et lui confirme sa venue par SMS. Ce faisant, il voit que Meryl lui a envoyé une belle image de nuage bleuté, sans commentaire. Il efface. De retour au salon, où on prend le café, il entend qu'on parle de la montée du racisme en France et se demande qui a bien pu lancer le sujet. Il est question des attaques dont est victime Christiane Taubira, que l'extrême droite traite de guenon. Thérèse fouille dans un tiroir et y trouve presque tout de suite la petite main jaune « Touche pas à mon pote » qu'elle conserve depuis les années quatre-vingt. Myriam l'admire : « C'est complètement collector. » Thérèse s'indigne de la mollesse du gouvernement qui ne s'est pas inquiété assez vite des insultes adressées à la ministre. Elle juge qu'il aurait fallu porter plainte. Son mari lève la main pour l'interrompre. Il plaide pour la nuance et développe un argumentaire contre la précipitation. Aussi loin qu'il s'en souvienne, Clément l'a toujours entendu introduire dans les discussions des subtilités, des finesses qui désamorçaient l'indignation et empêchaient toute prise de position claire. C'est une des raisons qui ont fait préférer à Clément la brutalité binaire du marché, la loi de la concurrence, aux atermoiements infinis d'une gauche sans idée qui, au bout du compte, épousait l'humeur du temps. C'est aussi ce qui a permis à son père de ne jamais désapprouver franchement son orientation politique et d'éviter d'éventuels conflits. La casuistique paternelle a embrouillé, même dans l'esprit de Clément, les raisons profondes de ses choix et contribué paradoxalement à muer sa révolte en vocation.

Alexandre, au contraire, et Clément ne s'en souviendra à ses dépens que tard dans la soirée, le place toujours face à ses contradictions, avec un malin plaisir.

Assis dans un canapé de cuir, parmi une trentaine d'invités de leur âge, il cherche des yeux Myriam qui se trouve quelque part parmi les danseurs. Tout le monde a trop bu, ça sent l'herbe et Clément est profondément déprimé.

— Je ne fais pas *exactement* du management, explique-t-il pour la vingtième fois. En fait…

— Laisse, rigole Alexandre. On s'en fout…

Il lève son verre. Mais Clément sait qu'il ne s'en fout pas. Il se souvient de leurs longues conversations, au cours desquelles ils avaient formé le projet d'unir leurs talents pour créer une ONG en Afrique. Alexandre n'a pas changé de cap. Il envisage de travailler plus tard pour Médecins du Monde.

Myriam apparaît, écroulée de rire, au bras d'un blond maigre dont le visage évoque à Clément des souvenirs flous mais désagréables.

— Muscard ! lance le blond. Tu te rappelles ? Les cours de sport !

Clément se rappelle. Il voudrait que Muscard lâche Myriam mais ils s'affalent tous les deux sur le canapé.

— C'est dingue ! s'extasie Myriam, tu sais combien a coûté la cabine de douche du jet privé de Sarko ?

— Je suis ébéniste, explique Muscard. J'équipe des avions pour Dassault.

— Dis un chiffre ! insiste Myriam qui a beaucoup trop bu.

— Rien que la cabine de douche, précise Muscard.

Alexandre observe Clément d'un air vaguement miséricordieux. C'est insupportable.

— En fait, coupe Clément, ça ne m'intéresse pas. Il est tard…

Erreur. Myriam lui lance un œil noir. Les hostilités commencent. Ou plutôt, elles ont déjà commencé, sans qu'il s'en aperçoive. Comme toujours avec Myriam, l'origine du conflit ne sera discernable que bien plus tard. Il l'agace. Dans certaines circonstances, il l'agace terriblement. Il se dit que l'amour a les épaules larges. Il tolère bien des sentiments connexes et parasites, la colère, la rancœur, la tristesse. Mais pour l'agacement, c'est moins sûr.

— Tu peux bien dire un chiffre, menace-t-elle d'une voix complètement dégrisée.

Il soupire :

— Quarante mille ?

Concert de rires. Muscard essuie les larmes qui perlent au coin de ses yeux. Il est complètement bourré, lui aussi.

— Quatre cent cinquante... parvient-il à émettre. Quatre cent cinquante mille euros.

Tous les regards convergent maintenant vers Clément. Une réponse intelligente pourrait peut-être le tirer d'affaire mais la mine butée de Myriam l'exaspère, lui aussi. Il regarde sa montre.

— Je suis vraiment épuisé.

— Eh attends ! crie Muscard en lui saisissant le bras, comme pour l'empêcher de se lever. On est obligés de travailler avec des gants de latex. Tu sais pourquoi ? Parce que quand on bosse à la main, ça fait des microrayures sur le bois. Les techniciens de Dassault ont des lasers pour repérer les microrayures. Des lasers, putain !

Les lasers imposent le respect. Chacun se tait un instant pour méditer, en hochant presque la tête. Muscard prend à témoin Joseph, un vieux pote qui passe avec une bouteille dans chaque main :

— Quatre cent cinquante mille. Moi je touche le SMIC.

Joseph a pitié, lève une bouteille. Il a intégré une école d'ingénieurs à Montpellier. Il fait la fête tout le temps. Clément s'aperçoit que Myriam ne l'a pas quitté des yeux. Elle attend quelque chose de lui. Quelqu'un monte la musique. Une daube de Christophe Maé, pour se marrer. Quelques invités se déhanchent façon clip. Des filles lancent des baisers de pétasses Facebook, Myriam lui prend la main.

— Je veux que tu danses avec moi.

Il entend à peine sa voix, couverte par des nappes de synthé pourri. L'haleine de Myriam sent le rhum. Le besoin d'être ailleurs devient irrésistible. Il secoue négativement la tête.

— Viens, on rentre.

— Attends ! proteste Muscard, je viens juste de faire connaissance avec Myriam. Rentre si tu veux, je la ramène plus tard. Tes parents n'ont pas changé d'adresse ?

Clément ausculte l'expression de Myriam. Elle attend de lui qu'il affronte Muscard. Mais quelque chose l'empêche d'agir. Sa volonté s'englue. L'échange avec Alexandre l'a épuisé. Il attend une seconde de trop, passe une main dans ses cheveux. Les traits de Myriam se durcissent, à peine.

— J'aimerais bien rester encore un peu, susurre-t-elle comme une petite fille qui extorque une permission.

Il n'a pas une conscience claire des instants suivants. Il se retrouve dans une nuit très pure, très silencieuse. C'est un quartier sévère. Il sort son téléphone et appelle Meryl.

Elle répond à la troisième sonnerie.

— Je sais qu'il est tard, prononce-t-il, engourdi par l'alcool et curieux de savoir ce qu'il va dire ensuite.

— Non. Je ne dors jamais.

Silence. Il traverse une flaque de lumière tombée d'un toit et se rappelle la façon dont Meryl imite le masque mortuaire de sa mère. Il faudrait dire quelque chose.

— C'est bien. Je suis content.

Pourquoi a-t-il dit ça ? Il aimerait raccrocher, maintenant, pour penser à Myriam. Il faudrait qu'il retourne chez Alexandre.

— Ma copine est restée à une soirée, avec un type que j'ai connu autrefois.

Nouveaux remuements dans le combiné. Il imagine qu'elle s'assied plus confortablement et s'enroule dans sa couette. Ces bruits lui donnent l'impression d'être compris. Mais la réponse de Meryl le dégrise d'un coup :

— Myriam ? Mais pourquoi ? Vous vous êtes disputés ?

Il est certain de ne jamais lui avoir dit qu'il avait quelqu'un dans sa vie. Absolument certain. Il a été tenté de le faire plusieurs fois et se l'est interdit. Un réflexe presque professionnel le retient de s'étonner. Ce qui lui passe par la tête exprime exactement ce qu'il ressent :

— Peut-être.

Les grilles du jardin des Prébendes apparaissent au bout de la rue, dans la lumière orange des réverbères. Il arrive chez ses parents. Il prévient Meryl qu'il va devoir la laisser. Elle acquiesce, ils raccrochent puis elle lui envoie par MMS la photo de sa lampe de chevet.

Il trouve son père à la table de la cuisine. Il feuillette *La Nouvelle République*.

— J'ai des insomnies de plus en plus longues, s'excuse-t-il. Il vaut mieux se lever carrément.

Clément opine et cherche à boire dans le frigo, comme autrefois. Il aimerait bien monter dans sa chambre mais reste un peu. Laurent vient de constater l'absence de Myriam. Son expression trahit une inquiétude excessive.

— Elle voulait rester, explique Clément en ouvrant une canette de Schweppes.

Laurent remue plusieurs fois la tête. Son regard volette sur les entrefilets locaux. Il n'est pas dupe. Plus jeune, Clément a espéré que son père lui donne son avis. Sur ses premières ruptures. Sur ses amis. Sur la mort de sa grand-mère.

— Tu crois que c'est mauvais signe ? demande-t-il d'une voix qu'il voulait persifleuse mais qui se détache avec une netteté désagréable dans le silence bourdonnant de la cuisine vide.

Son père sursaute, lève les yeux, remonte ses lunettes et le regarde avec une douceur triste que Clément ne lui a jamais vue.

— Tu sais, répond-il sourdement, ce n'est pas facile non plus avec ta mère.

Cette fois, les vapeurs de l'alcool se dissipent complètement. Clément n'en croit pas ses oreilles. Il ne veut pas avoir entendu. Mais Laurent continue :

— Je ne sais pas si ça va durer encore très longtemps. Maintenant que tu es parti.

Il tourne une ou deux pages, mécaniquement, reprend son souffle, ouvre la bouche pour poursuivre.

— Et le vélo ? l'interrompt Clément.

Laurent cligne des yeux.

— Le vélo ? Ça va. J'ai fait 7 kilomètres.

Une voiture s'arrête sous la fenêtre de la rue. La lumière des phares dessine des motifs géométriques au plafond. Puis on entend trois coups discrets à la porte d'entrée. Clément se précipite pour ouvrir. Myriam lui tombe dans les bras.

— Désolée, murmure-t-elle. J'ai déconné. Je suis désolée.

Il lui passe un bras autour des épaules et la serre fort. Puis il l'entraîne doucement vers l'escalier. Elle ne remarque pas la présence de Laurent dans la cuisine.

— Tu sais, lui chuchote-t-elle, comment ils sont obligés de les nettoyer, les cabines de douche ? Avec de l'air comprimé.

Le lundi matin, Clément trouve un mémo sur son bureau. Cherkesly veut le voir dès son arrivée. Ses épaules se crispent. Il raisonne. Ce n'est pas si exceptionnel. Le boss aime les contacts directs. Il lui arrive de convoquer ses collaborateurs juste pour faire un point. Pour savoir comment ils vont. Ce n'est pas protocolaire. Clément a même quelques raisons d'espérer de bonnes nouvelles. Pour se donner du courage, il repense à JJ, à Roland. Le boss va lui confier une nouvelle mission. Du lourd. C'est sûr. Il file aux toilettes. En sortant, il croise JJ, justement, et l'informe. Mais il n'est au courant de rien. Donc ses confidences de la semaine dernière ne préparaient pas la convocation d'aujourd'hui. Et alors ?

— T'inquiète pas, l'encourage JJ. C'est forcément tout bon pour toi. Fonce.

Clément hoche la tête, trace vers l'ascenseur. Le bureau de Cherkesly se trouve à l'étage supérieur. Vogal occupe deux demi-niveaux, condition imposée par le bailleur en échange de ses largesses. On s'y fait.

En sortant de l'ascenseur, il tombe sur Max, le type de la sécurité qui garde la porte du boss. Max a un physique de valet de pied, grand, maigre, offrant une ressemblance indiscutable avec l'Edgar des Aristochats. Pour cette raison, peut-être, il semble moins brutal que perfide. Serpentin. Dangereux. Il s'efface devant Clément, sans sourire.

— Bonjour, Max.

— Il vous attend.

Ton impatient. Pas le temps d'échanger des salamalecs. Clément frappe et entre.

Le patron s'attribue un vaste espace qu'il a meublé avec goût. Outre le bureau lui-même, dont le plateau en chêne forme un contraste étudié avec les baies vitrées, il comporte un genre de lounge, une longue table de réunion et une petite mezzanine nantie d'un futon. Les meubles proviennent d'autres pays et d'autres époques. Cherkesly fréquente les salles des ventes et n'est pas moins éclectique que Myriam, à sa manière. Pourtant, la décoration n'a rien d'hétéroclite. La profusion d'objets exotiques, de petits meubles en acajou, de statuettes, impose l'idée d'une cohérence dont le principe est toujours au bord d'apparaître, comme un mot sur le bout de la langue.

— Asseyez-vous, Clément !

Sa poignée de main met à l'aise. Elle ne dissimule aucune intention. Clément dose la fréquence et l'intensité des regards qu'il s'autorise à poser sur le visage du patron. Il s'assied. Le fauteuil visiteur n'est pas conçu, comme dans les polars de Josie, pour vous placer dans une situation d'infériorité. Il est ferme et confortable. Clément ne sait qu'il vaut plusieurs mois de son propre salaire que parce qu'il en a fourni la marque et la description à Myriam. Penser à elle à cet instant lui fait un bien fou, même s'ils ont passé un dimanche triste.

Cherkesly feuillette une liasse. Il aime les tirages papier.

— J'avais pensé à quelque chose, module-t-il.

Clément attend.

— Oui, se rappelle le boss. À propos des dates « au plus tôt/au plus tard ».

Clément acquiesce. Son esprit est clair et aiguisé, comme quand il passait des oraux. Cherkesly fait allusion à la SFG « outil d'ordonnancement ». Un truc un peu mineur. Peut-être pour voir s'il a une vue d'ensemble de ses dossiers. Peut-être pas. Le patron ne passe pas tout son temps à tester son équipe. Mais s'il le fait, c'est qu'il a une arrière-pensée.

— L'ordonnanceur doit pouvoir les modifier manuellement, sans passer par la réactivation, indique Cherkesly en levant les yeux par-dessus ses demi-lunes.

Tout le monde sait qu'il n'a jamais pu s'habituer aux verres progressifs. Clément respire.

— C'est fait, répond-il.

Sa voix est enrouée.

Cherkesly exagère son sourire de satisfaction.

— Depuis quand ?

— Tout à l'heure. J'ai fait partir l'info. Mais j'attendais le retour de Josie.

Une pierre dans le jardin de Jo. Sans risque. Propre et net. Ça ne se refuse pas. Cherkesly pince les lèvres et se tourne vers son écran, vérifie. Tout est nickel. Clément se demande s'il doit se lever. Le patron aime qu'on lui épargne les transitions. Mais non. Il devient tout à coup évident que la question de l'ordonnancement n'était qu'un faux-fuyant. Il n'a pas encore communiqué à Clément le véritable motif de sa convocation. Ce doit être important car on voit bien qu'il cherche une idée pour faire durer la séance. Il attrape son stylo-plume. Pas un Montblanc. Quelque chose d'ancien, une pièce de musée, à tous les coups. Il est satisfait de constater que Clément observe l'objet.

— Il appartenait à ma grand-mère. On n'utilise pas de cartouche. Il faut pomper directement dans une bouteille d'encre.

Il montre la bouteille. Clément approuve, sans trop. On se fait vite une réputation de suce-boules. Un long-courrier traverse obliquement le rectangle de ciel dessiné par la baie. Il va bientôt passer au-dessus du futon. Cherkesly parcourt maintenant une autre liasse. Répit.

— Vous avez suivi un peu les kits pédagogiques ? s'enquiert Cherkesly d'un ton détaché, qui évoque à Clément le bâillement d'un chat.

Les kits pédagogiques. Plusieurs boîtes développent des solutions informatiques pour l'Éducation nationale. Évidemment, Vogal est en première ligne. Cherkesly a des appuis au ministère, qui travaillent sur la fracture numérique. On a déjà bien avancé en ce qui concerne les tablettes et les tableaux interactifs, mais il y a des résistances. Quand les profs seront mûrs, les vannes vont s'ouvrir. Clément n'est pas censé suivre les opérations, mais JJ lui a conseillé de rester très open sur les kits pédagogiques. Son petit doigt le lui a soufflé. Le cœur de Clément s'accélère. Normalement, ce sont plutôt Cédric, Cécile et Roland qui piaffent dans les starting-blocks pour le déploiement du marché culturel. Il rassemble ses souvenirs.

— Un peu. Les jeux intelligents de Monflier, pour pallier les fragilités linguistiques. Hyper-motivant, je trouve.

Cherkesly approuve. En se positionnant d'emblée sur les *serious games*, Clément marque un point. Il sait que le patron connaît mal l'univers des jeux. C'est une bonne façon de mettre en avant l'atout que constitue son âge tout en donnant des gages de modestie. Il suggère implicitement de lui confier une mission apparemment secondaire mais en réalité très ambitieuse qui en ferait un acteur clé de l'offensive, quand elle se déclenchera. De toute façon, c'est forcément à ça que le boss a pensé. Il sait aussi que Clément possède des connaissances littéraires précises et étendues, ce dont ni Cédric ni Cécile ne peuvent se prévaloir. Roland encore moins. Mais il ne faut pas donner à Cherkesly l'impression qu'on a trop d'avance sur lui. Il s'en tient là, laissant au boss la possibilité d'interpréter son silence comme une offre de service. Cherkesly ne dissimule pas qu'il réfléchit, autorisant Clément à soutenir son regard gris.

Justement, le visage du patron le met soudain mal à l'aise. C'est une gêne légère mais têtue. Clément a capté un détail qui s'est perdu aussitôt. Il cherche. Cela tient à la façon dont Cherkesly l'a regardé. Mais Clément sent qu'il fait fausse route en cherchant un dessein dans ce regard. C'est justement au moment où les traits de l'homme se sont fugacement relâchés que le malaise a surgi. Quelque chose est passé sur cette physionomie, qui a maintenant disparu. Clément doit s'avouer que son employeur réfléchit trop longtemps. Sa moue devient de moins en moins vraisemblable. À présent, un grouillement froid se propage dans le ventre de Clément. Le soupçon que les kits pédagogiques n'étaient eux aussi qu'un subterfuge. La vérité est du côté du malaise. Mais l'esprit de Clément la tient à l'écart, comme pour s'en protéger. Une part de lui sait déjà, et refuse de parler.

Cherkesly hésite, puis se lance. Il baisse les yeux. C'est extraordinaire.

— Clément, j'ai...

Sa mère aurait-elle pu prévoir que le leader d'une des entreprises les plus en pointe de la Défense prononcerait un jour ce prénom ridicule ?

— J'ai beaucoup entendu parler de vous, ces temps-ci.

Nouveau sourire, encore plus contracté. Clément a conscience de vivre une situation inédite. Le chef gère mal l'embarras. De quoi s'agit-il ? Le détail qui a frappé Clément se fraie un chemin vers la pleine conscience, mais il y a encore des obstacles. Plus beaucoup. Dans le ciel calme, l'avion n'a toujours pas disparu.

— Il paraît que vous êtes un garçon extrêmement sympathique, intelligent, drôle.

On est où, là ? Clément ne contrôle plus rien. Il bat le rappel des dossiers en cours, se repasse la chronique des derniers jours. Aucun fait objectif n'explique la phrase de Cherkesly. Certes, il s'est correctement positionné à peu près sur tous les fronts. Il a bien joué, progressé, activé les bonnes alliances. Il sait aussi tenir compte de la part d'irrationnel qui conditionne votre parcours dans l'entreprise, les courants d'influence, les mouvements sans cause. Vogal n'est pas la cour des Médicis. Certaines synergies s'y développent selon des dynamiques déconnectées du passionnel, voire de l'humain. La boîte a ses propres exigences, quasi physiologiques, comme tout organisme soumis à la sélection naturelle. Clément est un élément moteur, un facteur d'adaptation à la pression des flux et du marché. L'affectif est une donnée comme une autre et il est presque toujours facile d'en traduire les manifestations. Or ce n'est pas le cas, cette fois. La situation échappe aux interprétations fournies par les indicateurs habituels.

— Allez, Clément, dites-moi que vous avez deviné.

C'est un test. Il va échouer. Il a un métro de retard. Et pourtant la réponse est là, sur le visage de Cherkesly qu'il tente maintenant de déchiffrer sans penser à se dissimuler. Le patron pousse un court hennissement. Un rire. Il a ri.

— Je ne vois pas du tout, s'excuse Clément.

Mais si, justement. Il *voit*. À cet instant précis, au moment où il prononce le mot. Il voit. Il voit que Cherkesly ressemble énormément à Meryl, et comprend qu'elle est sa fille.

Aussitôt s'établit une autre connexion : voilà pourquoi elle est au courant de l'existence de Myriam. La vie privée de Clément n'est un secret pour personne, ici. Il est bien placé pour savoir que le patron a ses informateurs. Mais alors il faut, de toute urgence, reconsidérer le déroulé de son entretien avec Cherkesly et surtout, surtout se rappeler tout ce qu'il a dit à Meryl.

— Pas de panique, sourit le boss. Tout va bien.

Il se lève. Clément hésite une seconde puis l'imite. Ils sont séparés par le beau plateau ciré du bureau. Le stylo-plume gît de travers. L'anxiété de Clément est paralysante. Rien à voir avec l'adrénaline ordinaire, qui stimule sa réactivité. Il est confronté à une peur déprimante, un sentiment mortifère mal différenciable d'une certaine mélancolie découragée. C'est justement pour ne plus connaître ça qu'il a arrêté définitivement le haschich. La redescente l'entraînait trop bas, brouillant sa géographie mentale. Depuis, il a appris à cloisonner ses émotions, à en repérer la cause, le plus vite possible. Son système psycho-affectif est sujet aux avalanches. Il a tout fait pour empêcher la conjonction des flux négatifs, l'alliance des monstres. En l'occurrence, justement, tout s'effondre. Il sait tout à coup pourquoi. C'est la faute de son père, à la table de la cuisine. De l'info qu'il a balancée comme ça, pensant que son fils était prêt à l'entendre, impatient, peut-être, que s'offre une ouverture, guettant cette occasion depuis des années, qui sait ? Clément n'aurait pas cru que l'éventuelle séparation de ses parents lui ferait si mal. Il aurait encore moins imaginé qu'elle le priverait de tous ses moyens à la première attaque d'angoisse.

— On se prend un café ? propose Cherkesly en désignant le coin salon.

Peu après, Clément n'a toujours rien dit. Mais le patron n'en semble pas gêné. Il s'empêtre un peu dans le maniement d'une espèce de mini-percolateur en acier brossé. Clément est enfoncé dans le cuir du canapé, qui sent la vraie vache. Tous les objets paraissent habités par le souci de clamer leur authenticité. Sur le gris du ciel, le long-courrier a laissé une trace blanche. Un parfum délectable monte dans la pièce. Cherkesly explique que la machine doit d'abord broyer les grains et que ça prend un peu de temps. Mais ça en vaut la peine. Il tend la tasse minuscule à Clément. Une goutte brune macule la soucoupe.

Est-il possible que Meryl soit au service de son père ? Pourquoi n'a-t-il jamais vraiment approfondi la question de sa présence dans la tour ? S'agit-il d'une excellente comédienne ? A-t-elle voulu lui donner une sorte d'avertissement quand elle a parlé de Myriam ? Il s'efforce de réentendre sa voix, au téléphone, mais ce souvenir est constamment brouillé par l'image de son propre père dans la cuisine, par le souvenir de leur ennuyeuse promenade du dimanche, le long de la Loire. Ils avaient marché sans un mot, et le silence d'hier nourrit celui d'aujourd'hui. Thérèse et Myriam parlaient, elles, avec un enjouement forcé. Cherkesly le regarde. Aussitôt, les capacités inductives de Clément se remettent en marche. Il comprend que son propre mutisme a peut-être joué en sa faveur. Bon. Mais il ne peut prendre l'initiative d'engager le dialogue sur une voie périlleuse. Il attend, boit une gorgée. C'est dégueulasse. Beaucoup trop fort.

— Alors, Clément, vous comprenez mieux pourquoi nous sommes là ?

Clément fait signe que non, exagère sa perplexité. Cherkesly l'évalue.

— À vrai dire…

Cherkesly secoue la tête. « À vrai dire ! » Voilà qu'il parle comme sa mère quand elle est gênée.

— Que vous a raconté Meryl ?

Clément se bat les flancs. La question est volontairement trop ouverte. Il va forcément se casser la gueule. Obligé.

— Pas grand-chose. On… on discute. Je ne savais pas qu'elle était votre fille.

Comportement inadapté de gamin tancé par le directeur de l'école.

Cherkesly hoche la tête. La tension a un peu diminué.

— C'est une situation inédite, Clément. Mais ça se gère. Comme le reste. Donc, vous discutez ?

Clément porte à nouveau la tasse à ses lèvres.

— Oui. Mais vraiment rien de…

Cherkesly l'interrompt.

— Je ne vous fais pas un procès. Ce n'est pas un crime de parler à ma fille.

Bon, très bien. Alors ?

Cherkesly se met à grommeler, comme pour lui-même :

— Meryl est très fragile. Elle a beaucoup souffert du décès de...

Clément l'aide, d'un hochement de tête. Il est au supplice. Incapable d'anticiper la suite. Son esprit fabrique du neutre.

— Je ne peux pas interdire à ma fille de venir me voir sur mon lieu de travail. Mais elle ne mesure pas tout ce que cela pourrait impliquer. C'est encore une gamine.

Une grimace de tendresse plisse ses joues.

— On va dire les choses clairement, Clément. Ma fille vous aime bien. Elle me parle de vous.

Regard lourd. Menaçant.

— Je voulais être sûr que vous n'abuseriez pas de la situation.

Clément repose la tasse dans la soucoupe. Les yeux de Cherkesly s'accrochent aux siens.

— Je n'ai pas pour habitude d'étaler ma vie privée. Il se trouve que Meryl m'y contraint. Votre relation ne me regarde que dans la mesure où elle pourrait interférer avec les intérêts de la société.

Il a peut-être préparé son topo. Le ton est très professionnel, maintenant. Le patron ne ment pas. Il règle un problème. Et il a raison. Clément se rappelle certaines histoires d'entrepreneurs embarrassés par des scandales. Des liaisons dangereuses. Le chef évalue la situation, mesure les risques, cadre et verrouille.

C'est normal. Le cerveau de Clément fonctionne à nouveau. Le patron attend des garanties. Lesquelles ? Bien entendu, il est en mesure de griller Clément à tout jamais, au cas où celui-ci « abuserait de la situation ». C'est-à-dire ? C'est-à-dire répandrait sur les réseaux d'éventuelles révélations obtenues par Meryl, par exemple. Il pense peut-être au Snapchat, ce service de partage de photos ou de vidéos qui permet à l'expéditeur de légender les documents envoyés et de leur donner une durée de vie très limitée, qui favorise les débordements, le sexting, par exemple. Cherkesly n'a pas envie de retrouver des images de sa fille à poil sur Twitter. Mais ça ne va peut-être pas si loin. La situation est, en elle-même, dangereuse pour Cherkesly dans la mesure où il est exposé. Touché de près. Meryl est une fille nature. Elle peut bavarder, livrer des détails sans nocivité apparente mais on sait bien comme tout fait boule de neige. Et si elle avait des comptes à régler avec son père ? Clément ne le pense pas. C'est plus simple. Si Meryl était une intrigante, il y a beau temps que Cherkesly l'aurait cloîtrée dans une pension pour jeunes filles riches, à Lausanne ou à Boston. Il y a peut-être juste la mort de la mère. Elle ne s'en remet pas. Elle a besoin de chaleur, elle vient voir son père, elle tombe sur Clément, elle l'aime bien. C'est tout. C'est vertigineux. Il faut rassurer le patron. Car l'anéantissement de Clément ne le prémunirait pas contre les ennuis. En fait, à cet instant, Clément a le pouvoir. C'est ce qu'il saisit avec un temps de retard.

Il doit trouver le moyen d'offrir des garanties à Cherkesly sans lui montrer qu'il a mesuré sa propre capacité de nuisance. Se faire un peu plus bête qu'il n'est. Surtout pas trop. En fait, ce doit être la première fois que Meryl fait une irruption sur le territoire professionnel de son père. C'est ça qui le met mal à l'aise. Il est débordé. Une autre pensée glace Clément. Et si Cherkesly avait lu les SMS qu'il a envoyés à Meryl ? Qu'a-t-il dit ? Des petites choses. De toutes petites choses. Mais personnelles. De toute façon, il n'a rien gardé.

— Monsieur Cherkesly, je peux me charger d'expliquer à votre fille qu'il n'est pas... opportun que nous soyons amis.

C'est sorti tout seul. Pas si mal ; « opportun » est même carrément bien ; « amis » aussi. Le mot paraît propre, il peut même suggérer que l'idée d'une relation amoureuse n'ait même pas été envisagée par Clément. Sa réponse circonscrit rationnellement la problématique et ramène la difficulté à un problème de conflit d'intérêts. Elle met en lumière le professionnalisme de Clément et lui prête une naïveté de bon aloi. Cherkesly est tout de suite beaucoup plus souriant. Il se fend d'une protestation presque crédible.

— Je n'ai jamais dit ça, Clément ! Vous me prenez pour un ayatollah ?

— Vous êtes son père, répond Clément.

Il a pensé au sien en le disant. Ce qui a suffi pour donner à sa phrase un poids prophétique et une autorité qu'il ne se soupçonnait pas. Cherkesly apprécie et se détend. Il n'avait parlé à personne des visites de Meryl, c'est évident. Il redoutait d'avoir à s'expliquer là-dessus. Clément juge invraisemblable que personne ne s'en soit ému, puis il songe que l'on prête peu d'attention aux escaliers de service. Outre les équipes d'entretien, y circulent des personnels mal identifiés, parfois des stagiaires, certains consultants, des visiteurs égarés. L'idée qu'on ne pénètre pas dans la tour sans accréditation suffit à dissiper l'intérêt pour ce qui s'y passe. Lui-même n'aurait peut-être jamais rencontré Meryl si elle n'avait pas utilisé les toilettes.

Cherkesly se lève pesamment de son sofa, se masse les reins, fait quelques pas, les yeux dans les nuages. Il se remet à parler, insiste sur le fait qu'il n'est pas là pour légiférer sur les amitiés de sa fille, reparle de sa fragilité, en détachant un peu les syllabes du mot pour les charger d'un sens plus menaçant. Il exige de la discrétion.

Peu à peu, Clément comprend qu'il y a autre chose. Le patron ne compte pas seulement sur la probité de son employé. Il veut qu'il le débarrasse de sa fille. C'est une intuition mais elle s'impose très vite. Débarrasser est trop fort. Il désire que Clément la prenne en charge, l'éloigne de Vogal, la décroche de son père, s'en occupe. Vu sous cet angle, on comprend mieux la gêne du chef. L'entretien avait trois objectifs : évaluer la nature du lien entre Meryl et Clément, désamorcer tout de suite la bombe qu'il pourrait devenir et aussi… et aussi retourner le problème en coup de pouce du destin. C'est que Meryl a dû dire vraiment beaucoup de bien de Clément. Cherkesly a une carte à jouer. Il doit le faire intelligemment. C'est sa spécialité.

— Je voulais que les choses soient claires entre nous, Clément. Vous faites du bon boulot. Il ne faudrait pas que cette histoire vous empêche de bosser.

Cette fois, c'est sûr. Il ne dira rien de plus. Mais si Clément prend de lui-même les bonnes initiatives, le chef saura se montrer généreux. Impossible, pour l'un comme pour l'autre, d'ajouter un mot, de demander ou de fournir des précisions. On improvisera, mais dans la bonne direction. Maintenant, il faut que Clément s'en aille. Le plus vite possible, pour ne pas gâcher la saveur de cet instant.

Pourtant, Cherkesly ne semble pas avoir envie de quitter Clément. Ses traits se sont adoucis. Il se ressert une tasse de café. Clément regarde discrètement sa montre. Il est là depuis douze minutes.

— Vous savez, dit Cherkesly en se rasseyant, on avait une propriété en Sologne. C'est là qu'elle a grandi, quasiment. Pour elle, c'était un genre de paradis.

Et voilà. Clément n'anticipe plus rien. Le patron a l'air de broder mais il y a autre chose. Il y a forcément autre chose. L'angoisse revient.

— Elle possédait une petite chienne. Salomé. Minuscule. Mais une chasseuse. Au début, elle s'est attaquée aux lapins, puis aux chevreuils et enfin aux sangliers. Elle les rabattait. Vous vous rendez compte ?

Non, il n'y a pas de piège. Le souvenir de Salomé s'est imposé à Cherkesly et l'a plongé dans une nostalgie béate que son visage exprime involontairement. Clément frissonne. Il ne supporterait pas que son propre père se livre avec une telle spontanéité. Il est presque soulagé d'être là plutôt que dans la cuisine familiale.

— Ça s'est mal terminé. Forcément.

De nouveau, les traits se durcissent. Il se renfrogne. Clément devine :

— Elle s'est fait tuer ?

Cherkesly opine. Il baisse les yeux sur la moquette. Faut-il demander des détails ? Le patron le regarde. Ce qui est effrayant, c'est qu'à cet instant il a un visage de petit garçon. Il ressemble énormément à Meryl.

Tout à coup, dans un brusque accès de sincérité qui semble lui coûter, il lance :

— Elle est bizarre. Vous avez dû le remarquer. Elle est plus sensible que les autres. Différente. Abîmée. Je ne veux pas que vous jouiez avec ça.

Clément fait ce qu'il faut. Le regarde droit dans les yeux.

— Vous avez ma parole.

Puis il se lève. C'est une bonne idée. Le boss lui sait gré de partir maintenant. Ils échangent un sourire.

— Potassez les kits pédagogiques ! lui lance Cherkesly au moment où se referment les portes de l'ascenseur.

Myriam fait défiler rapidement les pages Internet. Elle est beaucoup plus rapide que Clément pour trouver les infos. Elle a aussi activé ses réseaux, les anciens de son école, Bruno, surtout, dont les parents fréquentent les brunchs du Ranelagh, dans le 16e. Il a dit à Myriam que le patron l'avait convoqué, sans parler de Meryl. Pressentant une promotion, il veut tout savoir sur la famille, au cas où. Myriam est surexcitée. Clément a déjà épluché le pedigree du patron pour préparer son entretien d'embauche mais il n'a pas creusé le volet familial. L'essentiel est connu : les 65 millions d'euros en actions perçus lors de la restructuration du capital de son groupe, qui lui ont valu quelques ennuis avec la commission des infractions de Bercy. Les choses se sont arrangées. À part ça, Cherkesly n'est pas tout à fait un leader typique, et c'est ce qui le rend intéressant. Sa famille a prospéré dans l'acier et c'est lui qui a su faire évoluer les activités du consortium vers des domaines plus contemporains. Un moment tenté par le trading à haute fréquence et le développement d'algorithmes boursiers, il en a flairé le danger à temps. Bien avant 2008. Son coup de génie a été la création de Vogal

Software, une petite frenchy polyvalente, dont l'identité repose moins sur le développement spécifique de logiciels dédiés que sur l'adaptabilité systématique. Derrière tout ce qui émerge aujourd'hui en matière de clouding, d'infogérance, de services managés, on trouve l'ombre portée de Vogal. Cherkesly est le maître du second plan. Jamais exactement dans la lumière, toujours au générique. Il se diversifie comme les virus mutent. Il se rend indispensable auprès des géants, sécurise des domaines parfois négligés par les poids lourds mais qui généreraient sans lui du bug et de la mévente. On compte sur lui. C'est un méticuleux. Ses chercheurs sont présents sur le front des *body scanners*, de la *shop perception*, des *phone blocks*. Il a envoyé une équipe en Israël pour voir si la table 100 % numérique et tactile, proposée dans certains restaurants pour faire patienter les clients, avait un avenir en France. Une table intelligente, qui permet de jouer ou de commander rien qu'en tapotant le plateau. Ce n'est pas Vogal qui la développera mais si quelqu'un se lance, Cherkesly a déjà sous le coude deux versions pilotes de logiciel intégré. Il anticipe, il flaire. Pour les solutions éducatives, il est aux avant-postes. Son réseau est impressionnant. Par sa famille, il est en lien avec la vieille noblesse industrielle européenne, dont les rejetons forment une diaspora innovante d'incubateurs, de startups, de fablab, d'accélérateurs. Par eux, il sait ce qu'il faut savoir. La Défense, pour lui, c'est de la com. Il avait d'abord pensé à Issy-les-Moulineaux, mais paradoxalement les vieilles tours commencent à se bonifier comme du bon vin, aux yeux des grands groupes internationaux. Elles vous ont presque un petit côté vintage, comme les maquettes de vaisseaux spatiaux du siècle dernier. Il a brouillé les codes en organisant son groupe à l'allemande, avec directoire et conseil de surveillance. Mais sa qualité de membre fondateur et d'actionnaire principal fait de lui le P-DG à vie de Vogal. Au fond, résume Myriam, il a réussi la synthèse entre le capitalisme à la papa et le management fashion de l'avenir.

— OK, acquiesce Clément, impatient. Mais sa femme ? Ses enfants ?

Il n'a pas tout dit à Myriam, évidemment. Juste que le patron l'avait convoqué, lui, pour laisser entrevoir une ouverture sur les kits pédagogiques. Cela a suffi à électriser Myriam qui sait flairer les opportunités. Si Clément monte aussi vite chez Vogal, c'est qu'il ira loin. Elle a accepté avec ardeur de l'aider à maîtriser le dossier Cherkesly. Elle sait mieux que lui qu'il lui faut des munitions. Avec un boss de sa trempe, ne rêvons pas, impossible de faire la course en tête. Mais on peut tenter de défricher le champ des possibles, éliminer l'improbable, gagner du temps en concentrant son énergie sur les fondamentaux. Elle comprend que Clément veuille explorer la famille. C'est toujours éclairant, la famille. La vie privée fait partie intégrante de la stratégie marketing. Eh bien, comme dirait Josie, qu'est-ce que nous avons ?

— Sa femme est morte. Cancer. Une fille.

Elle grimace légèrement. Une photo s'affiche sur l'écran, issue d'un site people. C'est l'époque du bonheur. Cherkesly et son épouse. Meryl enfant, défigurée par de grosses lunettes. Elle fait tache. C'est curieux. Elle dépare. La mère était belle, pommettes saillantes, teint slave, sourire taquin, tailleur flou dans un décor presque shabby chic. Clément et Myriam pensent la même chose : il n'aurait pas été très compliqué de relooker voire de retoucher un minimum la petite. C'est tout juste si elle n'a pas un doigt dans le nez. On lui donne une demi-douzaine d'années. Le regard est vague, derrière les verres épais. La peau paraît presque granuleuse et les cheveux gras.

— Non, conclut Myriam. C'est volontaire. Imagine qu'on la vire du décor : la photo fait toc.

Indiscutable. Le salon baigné par une lumière miel qui souligne voluptueusement les formes arrondies des meubles ressemble à un décor de théâtre. D'autres images le confirment : Cherkesly raffine, d'année en année, un visuel très authentique dont Meryl constitue la pierre angulaire. Au début, peut-être son look brut faisait-il scorie, mais le travail des conseillers a été plus qu'efficace. Au lieu d'atténuer la singularité de l'enfant, ils l'ont intégrée à l'ensemble en harmonisant les objets, les couleurs. Ici, un chevalet miniature éclaboussé de taches épaisses suggère une créativité encore désordonnée mais déjà prometteuse. Là, un amas de livres un peu trop bien organisé révèle les appétences culturelles de l'héritière. C'est ainsi que Cherkesly desserre peu à peu la cravate, pose en chaussettes sur un canapé, une main sous la nuque, flâne en tongs dans une ruelle andalouse. Puis c'est le drame de la maladie. On se fait discret. Le scénario orchestre le faisceau de rumeurs, confirmées par un zoom flou sur une perruque. Madame Cherkesly décline vite, plus personne ne s'intéresse à Meryl. Enterrement sobre, visages graves, ravagés. Une ou deux photos de Meryl au cimetière paraissent moins maîtrisées, morveuses. Le veuvage du leader est très clean. Aucune *love affair* connue. Le groupe distille des valeurs de probité discrète, en ces temps dépravés. Les plaisirs que le patron s'autorise manifestent un mysticisme rude, un recueillement digne. Quelques monastères grecs, les landes irlandaises, l'Inde. Ce qui surprend Clément, c'est que la fameuse fragilité de Meryl n'est pas occultée. Dans un long entretien accordé à une Web-revue, Cherkesly confie que sa fille ne s'est jamais remise du décès de sa mère. Clément croit même reconnaître dans les propos tenus par le patron quelques-uns de ceux qu'il lui a servis dans son bureau. Ça le met mal à l'aise.

Heureusement, Myriam est trop excitée par tout ce qu'elle découvre pour prêter attention à sa mine contrariée. Il se dit tout à coup que Cherkesly l'a manipulé. Pourquoi ? Il voudrait poser la question à Myriam mais c'est impossible. Il ne peut plus lui dire qu'il est déjà presque intime avec Meryl. Trop dangereux. C'est une situation incontrôlable. Elle peut dégénérer à tout moment. Il doit se préparer au moment où la fille du patron voudra coucher avec lui. En outre, Myriam a parfois des principes insoupçonnés. Elle s'offusque sans préavis pour un animal maltraité. Les histoires de famille la touchent. Il faut faire attention.

— Je descends acheter du vin, annonce Clément. C'est encore ouvert.

Elle hoche la tête, toujours absorbée. Dans l'escalier, il se dit que quelque chose cloche, dans cette histoire. Que Cherkesly ait choisi de donner une publicité relative aux défaillances de sa fille peut se comprendre. Aucun journaliste ne pourra se prévaloir d'un scoop sur ce sujet et on inverse le sordide en calvaire. Le père anticipe, c'est son job. Au contraire, même, la tristesse de Meryl peut apporter une certaine valeur ajoutée à l'image du groupe dans le grand public. À condition de bien maîtriser le *storytelling*. Clément voudrait l'avis de quelqu'un. Il fait défiler ses contacts, sur l'écran de son téléphone et, tout à coup, l'évidence s'impose.

Appeler.

On décroche tout de suite.

— Maman ?

Clément se trouve maintenant dans la rue. L'espace devient sonore, venteux, grondant. La rumeur du périph lui parvient, l'écho des Klaxons. Il a l'habitude. Mais le combiné lui transmet un frottement étrange, qui lui rappelle le vieux projecteur super 8 que son père utilisait autrefois.

— Non, c'est papa. Je suis sur mon vélo.

Il faut quelques secondes à Clément pour enregistrer ces informations. Il se réfugie sous un porche, vérifie d'un coup d'œil que Jude Law n'a pas fermé. Après tout, pourquoi ne pas prendre quelques minutes pour expliquer la situation à son père ? Clément dispose d'un sixième sens qui lui permet de mesurer les risques de certaines initiatives. Il voit distinctement s'allumer des feux rouges, des signaux de danger. Dans ces cas-là, il renonce, et quand il analyse la situation à froid, un peu plus tard, il se rend toujours compte qu'il ne s'est pas trompé. Or, la voix de son père n'allume aucun signal.

Il lui balance toute l'affaire et, à mesure qu'il lui parle de Cherkesly, de Meryl et des kits pédagogiques, il se dit que cette conversation aura au moins pour mérite d'offrir une mise à plat des faits, qui lui permettra peut-être de trouver un nouvel angle, plus intéressant. Mais, à sa grande surprise, Laurent écoute, comprend et répond.

— Je pense que ton boss ne bluffe pas.

Clément jette un coup d'œil surpris au téléphone.

— Comment ça ?

— Il a vraiment besoin de toi. Il est coincé. Sa fille l'encombre.

La fermeté de son père désarçonne Clément et le met mal à l'aise. D'autant plus que Laurent est arrivé instantanément aux mêmes conclusions que lui.

— Tu ne crois pas qu'un géant comme lui a d'autres moyens de se débarrasser d'une fille un peu... fragile ?

— Il ne cherche pas à s'en débarrasser. Elle t'a repéré, toi. Tu lui plais. Tu la rassures. Cherkesly l'a compris tout de suite. Il tente le coup. Tu as tout intérêt à lui rendre service.

Pour une fois, son goût de la nuance est peut-être justifié. Cherkesly n'est pas l'homme d'affaires sans cœur que Clément s'est représenté. Il se creuse les méninges. C'est la première fois qu'il demande conseil à son père sur un point crucial. Il est surpris de leur aisance. Tout est soudain si naturel. Il perçoit le frottement, en arrière-plan. Laurent pédale toujours.

— Tu ne crois pas que c'est une espèce de piège ?

— Un piège ? Pourquoi un piège ? Sa fille vient le voir au boulot. Il ne peut pas l'en empêcher mais ça l'embarrasse. Elle s'accroche à toi. Il saisit l'opportunité.

Il a raison. Qu'est-ce que ça implique ?

— Et Myriam ? demande Clément.

Il regrette aussitôt mais la question ne paraît pas déplacée à Laurent.

— Myriam ? Motus, bien sûr. Considère ça comme un genre de mission. Un peu spéciale, mais ça reste professionnel.

À cet instant, Clément aperçoit la silhouette de Jude Law qui se déplace dans sa boutique. Il s'apprête à fermer.

— Merci, papa. Je dois te laisser.

— Tu me tiens au courant ?

La voix paternelle est gourmande. Comme si, pour la première fois, son fils vivait une situation vraiment intéressante. Clément raccroche sans répondre.

En remontant avec un bordeaux, il songe que son père n'a probablement pas tort. Les visites de Meryl au siège de Vogal sont forcément récentes, sinon quelqu'un s'en serait aperçu. JJ le premier. Louis. Mado. Tous les croqueurs de ragots. Le visage de Meryl est connu. Auparavant, elle se contentait peut-être d'appeler son père, de lui tenir la jambe quand elle avait besoin de lui. Qu'est-ce qui a changé ? Juste avant de rentrer chez lui, il fait demi-tour, redescend, retraverse la cour intérieure et se réfugie dans le local à poubelles. Il sort son téléphone, appelle Meryl. Elle décroche aussitôt. Il regrette, il n'a rien préparé. C'est une énorme erreur. Il ne peut pas lui parler de Cherkesly. Il faut trouver très vite un sujet mais son esprit est vide. Les poubelles puent.

Et puis non. C'est impossible. Ingérable. Il ne peut pas mentir à tout le monde, taire à Myriam son lien avec Meryl, cacher à Meryl les menées de son père. Tous ces secrets contradictoires vont dévorer sa puissance de travail. Il n'est pas payé pour ça. Tout à coup, il a l'impression d'être un gigolo.

— Ça va ? demande Meryl.

Voix distraite. Elle doit lire un truc en même temps.

— Pas trop, avoue-t-il.

Du calme. Une part de lui cherche le clash. Qu'elle sache de quoi son père est capable. Après tout, la vie de Clément n'est pas chez Vogal. On ne peut pas le virer parce qu'il a refusé de s'occuper de la fille du patron. Pas directement. Ça se fera par étapes. Le temps pour lui d'étoffer son CV en y intégrant tous les projets auxquels il a pris part, ceux qu'on ne pourra plus l'empêcher de piloter. Et basta. Peut-être que c'est devenu trop compliqué, à la Défense. Il trouvera quelque chose pour expliquer à Myriam. Et puis, c'est sa vie.

— Mon père m'a dit qu'il t'avait parlé.

Pincement à l'estomac. Il avait tout prévu sauf la transparence.

— Qu'est-ce qu'il t'a dit exactement ?

Il l'entend sourire, dans le combiné.

— Qu'il allait te dégager du temps pour le passer avec moi. C'est cool.

C'est cool. D'un certain point de vue, en effet, c'est cool.

— Tu ne trouves pas ça un peu…

Le mot juste serait « bizarre », mais il n'a pas le temps de le prononcer.

— Non. J'ai vraiment besoin d'un ami en ce moment.

— En ce moment ?

Elle se tait. Froissement de page tournée. Clément a beau être un garçon très open par la force des choses, il se cabre. Il va falloir qu'il sorte de ce local avant que l'odeur ne le fasse tourner de l'œil.

— Tu as besoin d'un psy, c'est ça ?

Elle réfléchit. Ou elle finit sa lecture. Myriam va finir par se poser des questions.

— Non. J'en ai déjà eu. Tu peux bien être un peu mon ami, non ? On n'est pas obligés de coucher ensemble. D'ailleurs, j'aimerais mieux que tu sois un genre de copine. De vieille copine. Ça te va ?

Clément déglutit. Il comprend que cette phrase désinvolte recèle un ordre de mission. Il aimerait bien en savoir un peu plus.

— Vieille copine ? Je n'ai encore jamais fait ça.

— Ah bon ?

Elle paraît sincèrement surprise.

— Ça consiste en quoi exactement ?

— Tu verras. On va s'amuser. Bisous.

Bisous.

À son air, Myriam saisit qu'il ne faut pas lui poser de questions. Il arrive quelquefois que le visage de Clément se ferme ainsi, que sa mâchoire s'avance et qu'il paraisse ne pas vous voir. Myriam, ça lui donne toujours envie de faire l'amour. Elle lui prend la bouteille, non sans remarquer qu'il s'agit d'un bordeaux, et d'un bon, se demande presque si elle ne préférerait pas être un peu pompette pour baiser et puis non, elle lui ôte son manteau, lui baisse son pantalon.

Clément, du fond du canapé où elle l'a jeté, distingue l'écran de l'ordinateur. Hâlé, aminci, Cherkesly y sourit. La photo date de sa sortie du tunnel, juste avant qu'il ne remonte la pente. Le deuil est fait. Il a revendu la maison solognote, trop de souvenirs, pour s'établir dans la vallée de Chevreuse. L'article ne parle pas de Meryl. Clément est de plus en plus furieux. Vieille copine. Il n'a pas le choix. Il se demande comment il a pu se faire ainsi manipuler. C'est parce qu'il a trop tendance à cloisonner les domaines. C'est une bonne leçon. Un grand manager doit établir une relation dialectique entre sa vie privée et son business. Chercher dans l'un des ressorts et des modèles pour l'autre.

Pourquoi pas ? Marissa Meyer a sûrement puisé dans son histoire avec Larry Page, le fondateur de Google, l'énergie de relancer Yahoo ! Myriam gémit. Voilà l'idée. Retourner la situation à son profit. Combien rêveraient d'être à sa place ? La fille du patron l'a choisi comme vieille copine. Elle lui fait des bisous. Impeccable. On va voir ce qu'on va voir. Myriam halète, semble dépassée par la tournure des événements. Clément s'agite avec rage, s'enfonce et palpite, elle se mord les lèvres. Le voisin d'en face allume la cuisine et apparaît, vêtu, cette fois, d'une chemise noire ouverte sur un torse glabre. Il saisit le batteur à œufs. Clément se demande s'il peut les voir mais Myriam a éteint la lumière. Elle a toujours été discrètement efficace. Seul l'écran de l'ordinateur projette une lueur malade sur les coussins. Les réverbères s'allument, éclairent la cour intérieure. Le voisin de palier rentre chez lui. C'est un vieil homme au ventre rond, qui chantonne tout le temps.

— C'était génial, halète Myriam, la tête renversée, l'avant-bras devant les yeux.

Il ne répond pas, se fend d'un sourire qu'elle ne voit pas. Son portable sonne. JJ.

— Salut Clément.

Voix préoccupée, inquiète.

— Qu'est-ce qui se passe, JJ, un souci ?

Il est rare que son collègue l'appelle. Ils ne sont amis qu'au boulot. De toute façon, JJ, en soirée, ça ferait un peu décalé. Et puis il est toujours coincé une semaine sur deux à cause de sa fille. Justement, c'est à propos de la petite qu'il appelle.

— Elle a encore 39. Je pense que c'est une otite.

Clément a beau chercher, il ne voit vraiment pas quoi répondre. Myriam s'est déjà rhabillée, elle ouvre la bouteille. Elle ne lui en veut pas de passer sans transition de l'amour au téléphone. Elle fait pareil. Et ce n'est pas une question de génération. Leurs parents sont pires, décrochent au beau milieu des repas ou des conversations. Myriam sourit et lui envoie un baiser qui agace un peu Clément. Il sait qu'elle a déjà mentalement porté son orgasme exceptionnel dans la colonne « crédit » d'une existence qu'elle veut parfaite, même si elle s'ingénie à laisser croire le contraire. Il faut répondre à JJ, maintenant.

— La pauvre…

Bien. JJ est amoureux fou de sa fille. En la plaignant, Clément gagne des points d'estime tout en esquivant le problème : comment son malheureux collègue va-t-il s'arranger pour faire garder la petite demain, sachant que l'école ne la prendra pas ? Il a déjà posé beaucoup de RTT. Qu'espère JJ ? Que Clément va la lui garder ?

— C'est déjà la deuxième antibiothérapie depuis la rentrée. On n'en sort pas. Il faut que je fasse faire un examen complet chez l'ORL. On dirait que sa mère s'en fout. Elle plane complètement, avec son nouveau mec.

Clément n'a pas envie de recueillir les confidences de JJ. Celles de Cherkesly ne sont pas encore digérées. Peut-être qu'il a une tête à ça. À entendre les épanchements des autres. Bri lui a déjà dit qu'il avait une bonne écoute et qu'il pourrait faire coach. Puis, tout à coup, Clément perçoit quelque chose dans la voix de JJ et comprend que sa fille n'est pas le véritable objet du coup de fil. Il est inquiet, mais pas pour elle.

— Heureusement, pour cette fois, ma voisine accepte de la prendre chez elle une journée. Elle est en arrêt à cause de son dos mais ça la tue de courir après Léonore. Ils sont tuants, à cet âge.

— Bon, tu me rassures. On se voit demain, alors.

Tentative maladroite pour le congédier, mais Clément n'a plus les ressources. Il est crevé. Myriam lève son verre et lui fait un clin d'œil. Le voisin s'agite dans sa chemise noire. Clément se demande depuis quand exactement les chemises noires ont cessé de représenter le dernier cri du raffinement décontracté. Maintenant, elles sont complètement has been. Seul JJ porte encore une chemise noire un peu grise sous une veste en velours. Il faudrait attirer son attention là-dessus.

— Oui, on se voit demain. Heureusement. C'est pas trop le moment de sécher, je crois.

On y est. Le véritable objet du coup de fil. La voix s'est tendue. Non, JJ n'est pas inquiet. Il est angoissé.

— Pas le moment ? Pourquoi ça ?

Myriam a perçu la crispation. Elle écoute.

— Tu le gardes pour toi, mais à partir de demain, on a un nouveau DRH. Et il a très faim.

Clément a compris. Cherkesly veut rationaliser le fonctionnement. Il a demandé une mise à plat. Pas vraiment un audit. Ce sera plus feutré. Le nouveau va se balader dans les services, très cool, jeter un coup d'œil. Et dans un mois ou deux, quelques têtes vont tomber. Cette perspective n'est pas pour déplaire à Clément, qui déplore certaines lourdeurs. Il y a des nœuds dans le réseau. Il pourrait citer des noms si on les lui demandait. Des noms. Il vient de comprendre.

JJ a peur de se faire virer.

Il est malade de trouille.

Clément s'étonne de ne pas s'en être rendu compte plus tôt. JJ ne sert à rien. Pur parasite. Cela tient sans doute à ce que l'essentiel de son activité consiste dans un brouillage permanent des données le concernant. Il recrée sans cesse son écran de fumée. Non, il n'a certainement remporté aucun « hackathon », ces concours de hackers qui vous confèrent direct un prestige et une visibilité dans le milieu. Non, le chef ne lui a pas confié de mission secrète. JJ est une mine de légendes urbaines. Il faut avouer qu'il est fort. Curieusement, Clément ne lui en veut pas. Il a pitié, plutôt. Depuis combien de temps JJ est-il en mode survie ? Il a eu quelques belles réussites, mais c'était dans le passé. Et chez Vogal, le passé commence la semaine dernière. Cherkesly l'aime bien, c'est sûr, et il a les moyens de bien aimer ses collaborateurs. Mais il est possible que le vent ait tourné. C'est même certain. Sur un point, au moins, JJ est fiable : la prescience des chutes. C'est son tour. C'est triste.

Clément est en avance, il musarde dans les Quatre Temps tout en jetant un œil distrait à ses mails : « Nous dirons que la mise à jour d'une date peut être nécessitée après une décharge complète de l'appareil. »

De quoi s'agit-il ? Il a du mal à se reconnecter. La *Force bleue* l'a quitté ce matin. « Après analyse et comme vu lors de notre conversation téléphonique je propose que vu le faible impact (en dehors de Sud-Est) de limiter la communication aux seules agences concernées et vu le nombre limité d'interventions concernées de les reprendre à la mano en indiquant à la région notre action. » Un bref accès de nostalgie le replonge dans ses rédactions d'autrefois. Il était bon. « Imaginez la maison où vous aimeriez vivre. » Il se demande si son père a raconté à sa mère leur conversation téléphonique de la veille. Il pense que non. Laurent doit être ravi que Clément, pour une fois, lui ait confié quelque chose et demandé un conseil. L'idée que ses parents se séparent un jour paraît surréaliste. Il déambule devant des vitrines de fringues. Les murs, les sols, les plafonds évoquent des écrans digitaux. À l'arrivée des escalators, des tablettes géantes font défiler des images d'hommes et de femmes lissés, sans matière. Les passants sont ici les excroissances un peu sales de leur propre reflet. Comme des résidus charnels. La résistance des corps, leur obstination à vouloir s'incarner paraît sordide. Les silhouettes, sur les écrans de contrôle, les surfaces vitrées, les dalles brillantes, soulagent le regard par leur prestance discrète et silencieuse. Un grand type porte un bonnet de laine et des Converse astiquées. Il poursuit, sur le sol, le poudroiement d'éclats qu'il produit en traversant la lumière irisée des spots. Clément rumine encore l'affaire Meryl. Il faut qu'il compartimente, qu'il lui trouve une case. Que veut-elle au juste ? Il lui a déjà posé la question. Être son amie. C'est juste un peu plus compliqué, à cause du contexte. Dans les grosses boîtes, les mécanismes endogamiques ne sont jamais simples, de toute façon. Les amours et les amitiés sont biaisés. Ce qui persiste à gêner Clément, c'est le pressentiment qu'on ne lui a pas tout dit. Ni Meryl ni son père. Il ne déteste pas être manipulé mais les enjeux, en l'occurrence, sont trop mal définis. Et lui ? Que veut-il ? Sa pensée ricoche sur Meryl et revient à Myriam. Il s'aperçoit qu'il n'a jamais cessé de penser à elle, en sous-tâche. Sentiment triste, fait de tendresse et de colère. Il se demande s'il ne lui en veut pas plus qu'à Meryl mais ne peut définir la cause de son ressentiment.

Il est temps d'y aller. Il traverse l'esplanade en direction de la tour Éole, prépare son badge quelques mètres avant de pénétrer dans le hall d'accueil. Passé la porte tambour, les trois hôtesses lui adressent un petit sourire. Derrière l'imposant guichet ivoire, elles paraissent vulnérables. Clément repense à ce forcené qui a brandi un fusil à pompe devant le siège de la BNP, quelques semaines plus tôt. Plusieurs boîtes ont renforcé la sécurité. Comme les autres, Vogal a fait appel à une société de surveillance privée. C'est symbolique. Un vigile sceptique contrôle les ascenseurs. Clément le salue d'un hochement de tête, passe son badge devant le lecteur. Les deux battants de la cabine s'ouvrent en soupirant, il entre, se voit dans le miroir. L'éclairage est cru, presque agressif. Ascension instantanée jusqu'au treizième. Il se dit que Cherkesly a forcément procuré un badge à sa fille. Il en faut un, même si on prend l'escalier. C'est un détail, bien sûr, mais tous les détails accrochent et le tracassent.

Dès son arrivée, il est distrait de ses ruminations par Charlène (Cha) qui lui présente une femme dont les yeux topaze le fixent brièvement, avec l'intensité d'un objectif photo.

— Ah, salut Clément, lance Cha. Voici Marie. Notre nouvelle DRH.

Clément lui donne dix ans de plus que lui. Camaïeu de velours gris, lunettes à verres oblongs, mince bracelet d'argent. Neutralité sévère, parfum discret. Clément opte pour la froideur. Poignée de main ferme, sourire pro.

— Bonjour, Marie. Bienvenue.

Un chignon flou, concession à la candeur de son prénom, contraste avec la netteté de ses traits, encadrés par deux mèches symétriques, très travaillées. Deux incisives éclatantes de blancheur apparaissent quand elle répond simplement : « Merci. »

Puis elle s'éloigne en compagnie de Cha qui la cornaque à travers le plateau. JJ apparaît aussitôt. Il est blême.

— Salut. Je suis furieux.

Il désigne Marie d'un mouvement de tête, comme si cette vue suffisait à expliquer sa fureur.

— Est-ce que tu peux me rendre un service, Clément ?

Clément est surpris. C'est la première fois que JJ le sollicite aussi directement. Quelque chose va mal.

— Bien sûr. Je t'écoute.

JJ l'attire un peu à l'écart, loin des oreilles indiscrètes d'Erwan.

— C'est le chef. Il m'a inscrit à une séance de coaching. Sans me demander mon avis. Je veux que tu viennes avec moi.

Clément fronce les sourcils.

— Quand ?

— Tout de suite.

En soi, le coaching n'est pas nécessairement significatif. C'est la marotte de Cherkesly. Vogal Software a son propre coach. Pas un consultant. André, un quinqua moustachu, poivre et curry, dont les yeux fatigués vous regardent par-dessus ses lunettes d'écaille. On peut le rencontrer quand on veut, il a le rendez-vous facile. Le boss y tient. Au moindre doute, aux premières fatigues, on file voir André. Mais si le patron vous y envoie, c'est différent. C'est un message. Pas forcément menaçant. Un avertissement confus comme le passage d'un vol d'oiseaux dans l'espace défini par l'augure. Il faut déchiffrer. Dans le contexte, l'interprétation n'est pas très compliquée, malheureusement. Clément se défausse, maladroitement :

— Tu as vu la RH ?

JJ hausse les épaules.

— Bien sûr. Je la connais. C'est la pire. Et ce look, on croirait qu'elle sort d'un film des années quatre-vingt-dix.

Le regard de Clément s'attarde sur le semis de pellicules qui poudre le col noir de JJ.

— Pourquoi tu veux que j'aille avec toi chez le coach ?

En effet. Personne ne fait ça, d'habitude. Rien ne l'interdit non plus. Mais Clément est contrarié. JJ, volontairement ou non, va le compromettre. Il cherche un appui. Il veut que Clément puisse témoigner, au cas où. Mais de quoi ? Devant qui ? C'est très puéril.

— Par principe. Dans ces cas-là, il vaut mieux ne pas être isolé.

JJ ne se fait pas d'illusions. Inutile d'en rajouter. Clément soupire, regarde sa montre. Il est déjà en retard mais ne se voit pas refuser. On y va. Il passe aux toilettes avant.

André ne manifeste aucune surprise en les voyant arriver. Il ne sourit pas mais les invite à s'asseoir. André est large d'esprit. Il en a vu d'autres. Beaucoup d'autres. Il comprend tout ce qu'on veut. Pour lui, l'essentiel est ailleurs et seul l'essentiel l'intéresse. Bureau confortable, chaleureux, tout en boiseries. À y regarder mieux, Clément s'aperçoit qu'André a complètement banni le métal. Même la grosse armoire où il range les dossiers est en chêne. Dossiers papier. Pas d'ordi. Une fenêtre, plutôt étroite, donne sur la tour Phénix. Une lampe, sur pied rustique, diffuse une lumière de chambre d'enfant, tamisée par un abat-jour provençal. On en sait peu, sur André. Il a exercé un temps comme psy, clinicien. Certaines rumeurs en font un ami de la famille Cherkesly. Il a ses partisans, chez Vogal, même si l'on sait que tous les collaborateurs dont il a fallu se séparer sont passés, au préalable, par son bureau. Il vouvoie les gens et tient à ce qu'on en fasse autant.

— Je vous préviens, annonce JJ, je ne suis pas ici de mon plein gré. J'ai beaucoup à faire et j'aimerais bien que ça ne dure pas des plombes.

Clément presse ses paumes l'une contre l'autre.

— Vous êtes très en colère, Jean-Jacques, observe André.

Ainsi déployé comme un vieux drap, le prénom de JJ paraît vraiment ridicule et le vieillit.

— Arrêtez votre char ! Je suis dans le collimateur et vous le savez. Ça fout en rogne.

André ne cille pas. Il a dû beaucoup travailler cette mine impénétrable où n'affleure aucun frisson compassionnel. Un coach n'est là ni pour compatir ni pour juger. Aussi bien, la moindre esquisse de grimace laisserait voir à JJ qu'il ne se trompe pas. André s'installe dans l'entre-deux. Il attend de voir. Cherkesly a dû lui demander de tester JJ. Des primes sont en jeu. Clément regrette vraiment d'être là.

— La colère nous dit toujours quelque chose, énonce André.

Il le fait exprès. Ce bla-bla tarabiscoté, langage recuit de la défunte analyse transactionnelle, JJ le connaît bien. C'est presque un signe de connivence. Ils sont passés par toutes les modes, ces deux-là. Ils savent déconstruire les manœuvres. Mais JJ marche à fond. Sa rage redouble. Clément comprend alors qu'il est à bout, depuis longtemps. Qu'il s'est joué cette scène des centaines de fois. Et qu'André lui sert les répliques qu'il attendait.

— Arrête, André. Tu m'emmerdes. Si tu as quelque chose à dire, vas-y !

Grosse transgression, le tutoiement. Pas tout à fait calculée. Il perd les pédales. André note un truc, avec son stylo-plume, dans un carnet que Clément n'avait pas vu.

— Et vous, Jean-Jacques… Vous avez quelque chose à *me* dire ?

Discret coup d'œil à Clément, pour souligner l'incongruité de sa présence. JJ aussi, le regarde. Ils semblent tous les deux attendre quelque chose de lui. Il se tait. Mais son portable vibre dans sa poche. Il faudrait vraiment qu'il parte.

— Non, renonce JJ. Je n'ai rien à vous dire. Je n'ai pas demandé cet entretien.

— Il s'agit juste de faire un point, enchaîne aussitôt André. M. Cherkesly a remarqué que vous avez été plusieurs fois en difficulté, ces derniers mois. Il réagit. C'est normal.

Clément ignore comment, mais le coach a ouvert une brèche. Les épaules de JJ tombent un peu. Il fixe le carnet du coach.

— En difficulté, si vous voulez…

— Je ne veux rien, Jean-Jacques.

— Vous savez très bien que ma vie personnelle est un peu… difficile en ce moment. Ma fille…

— Oui, Jean-Jacques. Nous le savons.

Le passage au « nous » pétrifie Clément. Les choses se précisent. Il crève de chaud. L'air conditionné doit être mal réglé. Mais non. Les autres ne paraissent pas gênés par la température. Son portable vibre à nouveau.

— Donc oui. J'ai merdé sur deux ou trois projets, j'avoue. C'est ça que vous voulez ? Des aveux ?

André ne relève pas la grossièreté. Mais il confirme en énumérant à mi-voix les dossiers sur lesquels JJ s'est montré décevant :

— Winston, Sorel, les paris en ligne, la climatisation intelligente…

Chaque nom déclenche un tic chez JJ. Clément a eu vent de certaines de ces missions foireuses. Il n'y a pas prêté beaucoup d'attention. Ce qu'il perçoit surtout, c'est qu'André est passé à la vitesse supérieure. D'habitude, il ne possède pas de listing aussi détaillé. Ou n'en fait pas état. Il est expressément missionné pour placer JJ devant sa nullité. Et lui permettre d'en tirer lui-même les conclusions. Cherkesly doit espérer une rupture conventionnelle de contrat.

— Ça va ! clame JJ. N'en jetez plus ! J'ai compris !

Léger sourire peiné d'André.

— Vous savez, Jean-Jacques, si je mets les points sur les i, c'est pour circonscrire.

Il ne précise pas ce qu'il circonscrit, mais le mime avec ses index. Puis il ajoute brusquement que nous portons tous un masque. Ce qui l'intéresse, lui, ce n'est pas le masque. Ce n'est pas non plus le vrai moi, qui échappe à sa compétence. C'est l'air qui circule entre les deux.

JJ a l'air complètement scié. Mais il se reprend.

— Vous pouvez dire au chef que je ne me laisserai pas faire. La RH peut éplucher mon bilan, je n'en rougis pas. Je suis prêt à m'expliquer avec qui on voudra. Mais je ne me laisserai pas virer sans combattre. Je connais vos méthodes.

Un brin mélodramatique, mais tout de même impressionnant. Clément se dit que s'il veut se lever et quitter la pièce, il a peut-être une fenêtre de tir. Mais il renonce. Ce pourrait être mal interprété.

— Nous, les coachs, poursuit André qui paraît maintenant décliner une profession de foi, nous ne sommes pas des thérapeutes. Nous mettons les choses en relation.

JJ baisse la tête. André semble savoir où il va. Il laisse filer trente bonnes secondes. Son art consiste peut-être à casser le tempo. Sa proposition, rebattue, de mettre les choses en relation semble infuser chez JJ, qui finit par lui adresser un regard moins agressif.

— Je ne laisserai pas tomber ma fille, prévient-il.

André acquiesce. Comme s'il appréciait d'en être arrivé à ce point. Comme si on s'approchait d'un compromis, sans que l'échange ressemble de près ou de loin à une négociation.

— Nous aussi, Jean-Jacques, nous sommes votre famille.

Là, Clément cille. Le coup de la famille est vraiment éculé. Presque une blague de cafétéria d'entreprise.

André joue peut-être sur son âge. Son statut de quinqua l'autorise à redorer certains truismes et à leur conférer une force paradoxale qui produit son petit effet. D'ailleurs, Clément doit l'admettre, la lèvre inférieure de JJ a tremblé. Fugacement. André sait ce qu'il fait.

S'impose maintenant la certitude qu'il n'ajoutera rien. On peut en rester là ou pas. C'est à JJ de voir. Clément respire mieux. Il n'aura pas perdu trop de temps et pourra toujours faire valoir qu'il était là. À sa place. André n'a rien dit qui puisse conduire JJ à reprocher son silence à Clément. De toute façon, Clément n'est pas un délégué syndical et JJ n'était pas pris à parti. Il se lève, d'ailleurs. Il a compris.

— Nous nous reverrons plus tard, annonce André.

Cela sonne moins comme une menace que comme une consolation. JJ hoche la tête et sort sans répondre. Clément adresse un sourire décoratif à André qui hoche la tête.

— L'enfoiré, dit JJ, de retour dans le hall.

Clément opine vaguement, offre une sorte d'approbation mitigée qui ne l'engage à rien. Dans certains cas, les mots deviennent vite des pièces à conviction.

— J'ai du taf, JJ. On se voit quand tu veux.

Puis il lui pose la main sur l'épaule et serre un peu. C'est exactement ce qu'il fallait faire. JJ se voûte comme un chat sous la caresse, ferme à demi les yeux.

— Merci, chuchote-t-il.

Clément s'éloigne à reculons, fait demi-tour et se propulse à travers l'open space, vers son bureau. Un pressentiment l'envahit tout à coup. Il est déjà tard. Josie, rouge et légèrement décoiffée, l'intercepte avant qu'il atteigne sa porte.

— Qu'est-ce que tu foutais ?

Elle n'attend pas de réponse. C'est juste un reproche et la confirmation qu'il a mal géré son début de journée. Elle lui annonce que le patron l'attend depuis une demi-heure.

— Cherkesly ?

Elle lève les yeux au ciel. Il court vers l'ascenseur. Quelques secondes pour se relaxer. Myriam lui a enseigné une technique de respiration abdominale très efficace. Il souffle longuement par le nez lorsque la double porte s'ouvre sur Max qui l'accueille en montrant sa montre. Clément plaide coupable, d'un mouvement d'épaule qui ne lui attire aucune indulgence. Quand il pénètre dans le bureau du patron, il le trouve détendu, assis sur le sofa, en compagnie de Victor, Samira, Priscille et Jocelyn.

— Alors, Clément, on se fait désirer ?

Les autres sont soufflés. On le remarque aux efforts qu'ils font pour ne pas le montrer. Clément comprend qu'ils sont sur le gril depuis un bon moment, à l'attendre. Le patron a dû en profiter pour faire un petit check-up de leurs projets en cours. Jamais agréable, quand on n'est pas préparé. Mais chez Vogal, l'évaluation est permanente. 360°. Tout le monde contrôle tout le monde. Cherkesly n'en fait pas mystère, il l'annonce à la fin de l'entretien d'embauche et demande à l'impétrant ce qu'il en pense, en ajoutant que ce n'est pas une question rhétorique. Il apprécie ensuite le degré de bigoterie des réponses. Celles des quatre collaborateurs assis avec lui dans son bureau ont fortement contribué à en faire ses chouchous. Ils sont jeunes, complètement dévoués, naïvement méchants et n'ont foiré aucune mission jusqu'à maintenant.

Ce qui les sidère, c'est la familiarité avec laquelle le patron vient d'accueillir Clément. Cherkesly peut affecter, quelquefois, une bonhomie pateline suggérant qu'il est de bonne humeur, mais ses élans sont calculés.

Pas cette fois.

Tout le monde a perçu son contentement de voir débouler Clément, son sourire spontané. Il le tire d'embarras en lui désignant une place en face de Samira. Ensuite, il passe en mode chef, ça démarre. Il ne laisse pas à Clément le temps de sortir de quoi noter ou enregistrer. De toute façon, les autres ont déjà été briefés et il connaît l'aptitude du jeune homme à mémoriser les données. Donc, voilà, l'espace se dégage, du côté des applications pédagogiques. Vogal Software se voit offrir l'opportunité d'un crash test avant de s'attaquer au gâteau de l'Éducation nationale. L'IDEM Business & Finance School, une grande école privée qui décline son activité sur sept campus basés à Paris, Bordeaux, Lille, Lyon, Brest, Strasbourg et Toulouse, et réputée pour défricher les nouveaux territoires d'expertises qui sont désormais au cœur des problématiques managériales, veut lancer à la rentrée prochaine un programme de mise à niveau en expression écrite. Les bacheliers s'exprimant comme des veaux de mer, aux dires du directeur, Bernard Melut, un vieux pote de promo de Cherkesly, qui n'a pas la langue dans sa poche. Vogal a lancé un appel d'offres plutôt fun, sous forme de concours, auprès des geeks de l'hexagone. Le gagnant verra son programme développé par Vogal et touchera un gros pourcentage sur les licences. L'idée, c'est de faire exploser les cadres et d'offrir du neuf en court-circuitant les éléphants de la pédagogie qui, récemment convertis au numérique, proposent des programmes à faire mourir de rire les étudiants, à peu près aussi sexy qu'un jeu d'arcades pour Atari.

Cherkesly reprend son souffle. Jocelyn se marre. Il adore l'humour du patron.

Son sourire se fige quand il entend la suite : c'est Clément qui pilote le projet.

Apparemment, il avait gardé l'info par-devers lui et il n'est pas fâché de l'effet qu'elle produit. Priscille est verte. Cette mission, c'était pour elle. Forcément. Depuis un an, c'est elle qui potasse les articles de chercheurs en intelligence artificielle, qui étoffe le réseau Vogal infiltré au ministère de l'Éducation nationale, et qui se tape les colloques en régions. Apparemment, elle était au courant du concours, et persuadée d'être bombardée chef. Mais Cherkesly guette sa réaction. Son visage ne change pas. Elle avale l'humiliation et griffonne quelque chose sur un carnet.

— Votre maman enseigne, n'est-ce pas, Clément ?

Bien joué. Le sous-texte, c'est qu'il pourra tester les logiciels retenus auprès d'une véritable professionnelle, pas une consultante forcément vénale. Cherkesly aime l'authentique, les vrais gens, tout le monde le sait. Quelle mère ne sera pas ravie de mettre ses compétences au service d'un fils en pleine ascension chez Vogal ? Du même coup, il justifie le choix de Clément, pour le pilotage. C'est donnant, donnant. Il persuade sa mère de collaborer en échange de la promotion. Priscille doit comprendre. Elle doit aussi remettre à Clément l'intégralité de ses notes, tous ses contacts, tout son boulot depuis un an. Inutile d'essayer de tricher, ça lui retomberait douloureusement dessus, un jour ou l'autre. Elle le sait. Elle doit déjà anticiper le coup suivant : les bénéfices qu'elle tirera de son adaptabilité. Elle prend bien sur elle. Elle ira loin.

Clément confirme. Que sa mère est prof, qu'il a compris, qu'il accepte. D'un simple hochement de tête. Il ne regarde pas Priscille. Cherkesly a déjà embrayé sur la suite : le projet comporte plusieurs volets. Clément organisera sa *dream team* comme il le souhaite – le patron exagère l'accent anglais, pour détendre l'atmosphère –, lui, il verrait bien Jocelyn pour le volet finance, Samira au marketing, Victor pour le Web et Priscille en numéro 2. Mais il fait confiance. On verra. Quoi qu'il en soit, le plus important c'est de ne pas se tromper sur le programme retenu. Ça implique des déplacements, y compris en province. Gros budget. On vise le buzz. Dans un deuxième temps, bien sûr – mais on le prépare dès maintenant –, il faut attaquer les établissements scolaires. Privés d'abord, peut-être, publics ensuite. Il y a longtemps que lui, Cherkesly, se sent une vocation éducative. Quand tous les mômes auront une tablette entre les pattes, depuis la maternelle, on améliorera peut-être les résultats de la France à l'enquête Pisa.

Il pouffe. Ce doit être une plaisanterie. Tout le monde se fend d'un sourire. Cherkesly regarde sa montre.

— Le déroulé du projet, les grandes lignes sont déjà sur le serveur. Vous déménagez en A 40 pour le collectif. Sinon, je vous ai dégagé des bureaux perso dans le même couloir. Jocelyn sera content, c'est tout près de la machine à café.

Manière de rappeler qu'il surveille aussi ça. Il se lève, serre les mains.

Toute l'équipe repasse en silence devant Max. Ils se tassent dans l'ascenseur. Quelqu'un a mauvaise haleine. Clément sait que le contrecoup viendra vite. On va lui tirer dans les pattes. Priscille, forcément, Samira ensuite. Elles forment un tandem et Cherkesly ne l'ignore pas. Il veut voir comment Clément va s'en sortir. Ça l'amuse peut-être. Mais c'est une vraie promotion. Et il la doit à Meryl.

Le deal est clair : continue à t'occuper de ma fille et tu iras loin.

Cela ne signifie pas pour autant qu'il va lui servir de nounou. Au contraire. Il fera tout pour tuer dans l'œuf les soupçons de favoritisme. Chef d'équipe à vingt-cinq ans, c'est invraisemblable. Clément va devoir bosser à s'en faire saigner les yeux, comme disent les polars de Josie. Tiens, d'ailleurs, il est curieux qu'elle ne soit pas dans le coup. Ça sent la fin de règne. Il repense à Marie, la RH, mais ce n'est pas le moment. L'ascenseur est arrivé, retour sur terre.

— Bon, Priscille, j'y suis pour rien, tente-t-il pour désamorcer, sans y croire.

Elle lui lance un regard qui lui fait mal jusque dans les couilles. Aujourd'hui, les métaphores lui viennent bien. Il est mûr pour l'expression écrite.

— Tu m'expliques ? répond-elle. Tu as couché ?

Jocelyn lève les deux mains.

— Hou là ! Si on part comme ça…

— Ouais, confirme Victor. On est déjà à la bourre.

Victor est un anxieux. Un laborieux. Ingénieur en informatique, surdoué, méticuleux. Tout sauf geek et nullement courtisan. Un de ceux qui ne doivent compter que sur leur valeur réelle pour progresser. Pas rassurant.

— OK.

Priscille bat en retraite. Elle a raison.

— Je dois d'abord potasser le dossier à fond, prévient Clément. Je prends la journée pour ça. Rien d'autre. C'est quoi, les missions en régions ?

Curieusement, il n'avait pas bien intégré cet aspect. Les mots de Cherkesly lui reviennent, en désordre.

— Il veut qu'on aille rencontrer les concepteurs sur place.

Clément réfléchit. C'est toujours la méthode Cherkesly. On se déplace pour aller au-devant des prestataires. C'est ainsi que s'est toujours fait le commerce. On n'attend pas dans sa forteresse que les autres viennent vous présenter leurs produits. Le véritable négoce est humble. Il n'y a pas forcément d'explication purement rationnelle à cette démarche mais elle a porté ses fruits plusieurs fois.

— C'est qui, les concepteurs ? Des Steve Jobs en barboteuse qui réinventent l'informatique dans leurs chambres d'étudiant ?

Victor soupire.

— Non. Des petites boîtes indépendantes qui laissent le temps à leurs chercheurs de chercher. J'ai plein de potes qui bossent là-dedans. S'ils ont le sens des affaires, ils développent leurs trucs en profitant des infrastructures et de la paix qu'on leur laisse avant de revendre les brevets aux Américains. Cherkesly le sait, il a prévenu qu'il offrait le double.

— Le double de quoi ?

— Le double.

Clément acquiesce. S'il continue de poser des questions à son équipe, il va se discréditer. Deux techniciens passent justement et se dirigent vers la salle

A 40. Ce qui signifie que le patron a demandé qu'on perfectionne l'installation existante. On tire des câbles. C'est une vraie mission. Pas du cosmétique. Il faut qu'il déménage dans son nouveau bureau. Petit pincement au cœur. Il salue tout le monde et file vers les toilettes.

Le soir, il n'est pas du tout préparé à ce qui l'attend.

Il rentre un peu tard, bien que Louis se soit décommandé pour le squash. Il paraissait gêné. Clément n'a pas posé de question. Les alliances se reforment en permanence et il a des soucis plus importants. Comment expliquer sa journée à Myriam ? Il s'agace lui-même de perdre du temps à anticiper ce récit qui aura lieu, de toute façon. Mais au long du trajet, il a repoussé l'idée que quelque chose se jouera dans sa façon de raconter. En fait, oui, il a peur. Il sent que les éléments refusent de s'ordonner en une hiérarchie narrative acceptable. Il y a JJ, le coach, l'équipe, la mission. Mais surtout, il y a Meryl, en point aveugle, et de quelque façon qu'il tourne les faits, ils demeureront incompréhensibles s'il ne la mentionne pas. Il se reproche maintenant d'être irrité contre l'intelligence de Myriam. Avec sa mère, les choses ont été simples. Un simple coup de fil pour lui demander si elle accepterait de l'aider pour tester des logiciels éducatifs. Elle corrigeait des copies. Elle était folle de joie. Depuis le début – quel début ? –, il n'aime pas la façon dont se superposent ses vies familiale et professionnelle. Dont elles s'entremêlent. Il déteste connaître des détails sur les Cherkesly. Il a triché avec Myriam. Elle va tout de suite pointer l'invraisemblance de son compte rendu, donc il faut parler de Meryl. C'est une question de dosage. Il existe des mots inoffensifs. Ils sont devenus *amis*. La fille du patron *l'apprécie*. Il peut même concéder l'éventuel arrière-plan sexuel. En rajouter un peu là-dessus. Myriam ne déteste pas que des filles aient des vues sur lui. Elle ne lui en voudra pas forcément de ne pas lui en avoir parlé plus tôt. Alors ? Qu'est-ce qui l'embarrasse ?

Il finit par reconnaître avec colère que c'est une affaire de loyauté.

Pas vis-à-vis de Myriam.

De Meryl.

Voilà, il n'arriverait pas à mentir à son sujet sans avoir le sentiment de la trahir. Trahir est trop fort. Déprécier. Salir. Quelque chose comme ça.

Il faudrait acheter du vin mais Jude Law a fermé. Il est vraiment tard.

Il rentre, pressé d'en avoir fini, tracassé. Son baiser, trop fugace, agace Myriam. De son côté, elle a peut-être eu aussi une mauvaise journée mais rien n'est encore irréparable. Ils s'évitent comme ils peuvent, dans l'appartement minuscule. Plus il attend, plus l'annonce de sa promotion paraîtra étrange, presque malséante. C'est qu'il est déjà passé mentalement à l'étape suivante. Il a sous-estimé la nécessité d'une présentation claire et simple des faits. Sa mauvaise conscience exagère l'importance de Meryl. Il se reproche maintenant d'avoir négligé de tout reconsidérer d'un œil neuf et d'évaluer la vraisemblance de cet avancement du seul point de vue de son mérite personnel. Maintenant, il est trop tard. Ce secret l'empoisonne, il attaque, n'importe comment :

— Au fait, j'ai une bonne nouvelle.

Son front plissé le contredit. Myriam prend un air d'ébahissement ironique, qui l'a toujours horripilé. Il contient son irritation et lui résume les grandes lignes de sa nouvelle mission. Elle s'assied en tailleur sur le canapé. Ses yeux s'arrondissent.

— Mais c'est génial !

Cri du cœur. Admiration sincère. Aucun sarcasme. Encore tendu, Clément comprend que sa culpabilité lui a fait faire fausse route. Myriam était prête depuis longtemps à se réjouir de son succès. Mais sa joie presque candide le désarçonne. Il est encore fâché par les remarques persifleuses qu'il s'attendait à essuyer. L'affrontement fantôme lui laisse une vraie rancune, d'autant plus difficile à dissiper qu'elle n'a jamais eu d'objet. Que pourrait-il bien reprocher à Myriam pour apaiser sa propre colère ? Rien. C'est exaspérant. Elle s'est levée d'un bond, l'embrasse de nouveau, de plus en plus alanguie. Il ne veut pas faire l'amour. Il se rend compte que cette façon qu'elle a de lui sauter dessus, cannibale, irrépressible, lui fait peur. Sa mauvaise foi l'incite à penser qu'elle le désire d'autant plus qu'il gravit les échelons de Vogal. Il la repousse, un peu trop brutalement. C'est un geste qu'il ne s'est jamais autorisé. Il le regrette aussitôt mais la colère est toujours là. La colère ? Il n'en revient pas. Il est en colère contre elle. Et cela n'a peut-être rien à voir avec les événements de la journée. La colère couvait déjà bien avant.

Elle fait comme si de rien n'était. La brutalité de Clément ne lui a pas échappé, mais tout son être travaille à la nier, à l'effacer. Il est possible de neutraliser certains gestes, même certains mots, avant qu'ils ne prennent l'épaisseur d'un événement, et que la mémoire les enregistre. Elle fait apparaître une bouteille de champagne.

— Tadam !

Il continue à lui en vouloir de cette exaltation ridicule. Il lui en veut de plus en plus.

— D'où ça sort ?

— Cadeau d'un client à toute l'équipe. Justement aujourd'hui. C'est pas un signe, ça ?

Il acquiesce. Tout va bien se passer, maintenant. Une part de lui propose des analyses, de nature à lui permettre de contrôler sa mauvaise humeur. À quoi tient-elle, finalement ? Il pense que c'est à cause d'André. Sa duplicité, ses faux-fuyants. André est une pute. Il y a des putes dans toutes les professions. Ça lui fait du bien de penser le mot pute. Il se calme. Renonce à s'excuser. Ce ne serait pas cohérent.

— Génial !

Il se met à l'aise, la rejoint, fait sauter le bouchon, l'asperge, ils rient, boivent.

Il n'a pas vu à quel moment elle avait sorti les flûtes. De belles flûtes, achetées il ne sait où. Peut-être sur eBay. Cette pensée le contrarie. Il se ressert, avale trop vite. Le champagne est moyen.

— Tu m'expliques les détails ?

Elle se tient à l'autre bout du canapé, un peu méfiante. Elle veut tout savoir, comme d'habitude. Contrôler la situation. C'est légitime, elle l'a aidé dans ses recherches sur Cherkesly. Ils sont ensemble, sur ce coup-là comme sur tout le reste. Il soupire.

— Franchement, ce soir, je suis naze. Le chef m'a mis la pression.

Elle comprend. Sait ce que c'est. Tant pis. Elle vide une autre coupe et y puise l'audace de s'approcher à nouveau de lui, de poser la tête contre son épaule.

C'est à cet instant qu'une tristesse douloureuse envahit Clément. Il est brusquement certain que leur histoire est finie. C'est une certitude absolue, comme un objet intact, très ancien, découvert au milieu d'un champ de débris. Il sait aussi que sa conviction ne date pas d'aujourd'hui. C'est l'effort qu'il faisait pour se la masquer qui le mettait en colère. Aussitôt, tout ressentiment disparaît. Une pitié intense, libérée par la découverte de la mort de l'amour, se déverse dans son cœur. C'est du moins l'image qu'il s'en fait. Son cœur comme un réceptacle en forme de cœur, et un liquide l'emplissant. Un genre de fontaine baroque. Du marbre vivant. Le champagne l'aide sans doute. Son esprit fonctionne comme un imagier à l'ancienne. Il enlace Myriam et lui serre très fort les épaules.

— On pourrait faire un enfant, murmure-t-elle.

Il ne peut pas voir son visage mais, en se tordant un peu le cou, il parvient à discerner le haut de son crâne, ses cheveux épais. Il devine qu'elle sourit, terrifiée par sa propre phrase, lancée comme une boutade encouragée par l'étreinte de Clément. Une phrase trop souvent refoulée, trop souvent prête à éclore et qui résonne encore, dans sa crudité naïve. Clément est moins frappé par l'ironie cruelle du hasard, que par l'explication apportée a posteriori par les paroles de Myriam à son propre désir de dérobade. Il le comprend, maintenant : ce n'est pas un désamour, c'est un sursaut, une contorsion pour échapper aux mâchoires du piège. Sa promotion a mis la dernière main à un schéma depuis longtemps élaboré par Myriam. Le dessin de leur vie future. Il y avait un enfant, dans l'histoire. Il repense au premier épisode de la série de Jane Campion, que Myriam n'a pas pu regarder, l'histoire de cette jeune fille enceinte à la suite d'un viol. Ce que Myriam n'avait pas supporté, c'était moins le viol, traité comme un simple levier narratif, que le ventre rond de la fille qui s'immergeait dans l'eau d'un lac. La jeunesse de l'actrice la torturait. Les colonels ont instillé en elle cette idée d'urgence génésique, comme un impératif catégorique, à concilier tant bien que mal avec l'ambition professionnelle. Puisque Clément ne veut pas être père, c'est un drame ordinaire. Leur histoire n'avait pas d'avenir.

Il se dégage aussi doucement que possible, mais la tête de Myriam vient heurter le dossier du canapé. Il faut qu'il parte. Elle se redresse, écarte les cheveux de son visage, pose sa coupe sur la table basse, fait durer ce moment vague où l'irrémédiable n'est pas encore certain. Deux voix monologuent, dans la tête de Clément. L'une, apitoyée, crispante, maternelle, réclame des caresses, de la chaleur, l'oubli dans la fusion des corps, l'anesthésie tiède. L'autre exige de l'espace, du vent, de la vitesse, la nuit. L'appartement a perdu son allure familière. Les efforts créatifs de Myriam, tout ce qu'elle y a mis pour habiller leur amour, pour construire un terrier suspendu dans le noir de la grande ville, allumer une lumière, tout s'écroule, se disperse. La tristesse de Clément dénude les murs, efface les souvenirs. Il est déjà beaucoup plus loin. Elle le regarde, maintenant, du fond du canapé. Il s'aperçoit qu'il a remis son manteau.

— Je suis désolé, dit-il.

Il a le temps d'admirer l'élégance de Myriam. Elle se redresse, à son tour, n'exige pas de réponse.

Il récupère son disque dur, avec toute sa musique, et sort à pas lents. Il referme la porte et ne peut l'empêcher de la claquer. Il descend l'avenue Jean-Lolive, vers le métro.

Jusqu'à ce soir, les moments où il se retrouvait avec Myriam constituaient des plages de temps impropres à contenir des événements. S'y reformait chaque soir un continuum qui absorbait les aventures de la journée, une durée spécifique sans devenir. Un banc sur le bord du ring ? Pas seulement. Les comparaisons sont toujours idiotes. En ressortant seul, Clément a la certitude de l'infraction, de la cassure. C'est l'ordre des choses qui est rompu. À aucun moment, il n'a réfléchi à fond à ses *priorités*. Ce mot lui-même est une image. Il n'y a ni priorité ni direction. Les faits se superposent, les déplacements, les retours scandent des périodes sans contours. Peut-être cherchait-il en Myriam la force de la quitter tous les matins. Son départ n'est pas une décision. Ni même un départ. C'est un produit instable, une résultante, une réaction. Clément se laisse envoûter par les figures que dessine la nécessité. Il s'attendrit et s'enthousiasme en même temps. Éprouve aussi intensément la liberté et l'abandon. Peut-être cette soirée se serait-elle déroulée autrement s'il n'avait pas passé sa journée dans le dossier que lui a fourni Cherkesly. Un monceau de fichiers à lire et à comprendre. Une avalanche de données dont la masse excluait mathématiquement la possibilité de demeurer dans le canapé, avec Myriam, après qu'elle aurait prononcé le mot « enfant ». Dans les moments de crise, il aime admirer sa propre grandiloquence.

Il s'est toujours protégé des émotions par l'élaboration de théories.

Il lui reste deux solutions pour cette nuit : JJ ou Meryl. Il n'envisage JJ que pour la forme. Meryl répond tout de suite. Un bref coup d'œil à l'écran lui permet d'apercevoir la petite enveloppe bleue d'un SMS. Myriam. Il l'ouvrira plus tard.

— Est-ce que tu accepterais d'accueillir ta vieille amie à une heure pareille ?

Un silence passe. Le temps pour Meryl de refermer puis de rouvrir la bouche.

— À une heure pareille ?

Il consulte sa montre.

— J'ai des choses à te faire écouter.

Elle lui explique où se trouve son appartement, par rapport au cimetière des Batignoles. Il n'en a pas pour si longtemps. Il descend dans le métro.

Sous terre, il consulte les SMS de Myriam. Il s'aperçoit qu'il en a plusieurs de retard. Dans un message expédié le matin, elle lui annonce l'arrivée de ses parents, le week-end suivant. Il se demande si la connaissance de cette information aurait eu une incidence sur la suite. Il a dû recevoir le mot à peu près au moment où il s'enfermait dans son bureau pour travailler le dossier et passer les premiers coups de fil techniques. C'était la première fois, depuis qu'il était chez Vogal, qu'il s'immergeait aussi totalement dans un dossier. Les colonels montent souvent à Paris. Leur façon de prévenir le plus tard possible ressemble à une tactique et dénote, à tout le moins, beaucoup d'indifférence pour la liberté de leur fille. À la lumière nouvelle jetée sur sa vie par son départ, il se confirme qu'il les déteste. Pire. Il les abomine.

Pourtant, il s'est fait plusieurs fois la remarque qu'en cas de rupture, quelque chose d'eux lui manquerait. Leur façon frontale d'attaquer les problèmes. Mais Clément a peut-être fantasmé cette vigueur, absente chez son propre père. Les grades, comme les prénoms et les titres, délivrent une feuille de route. Il se soupçonne d'avoir aimé se croire le gendre d'un colonel. Des gens fatigués regardent leurs mains, dans la rame encore pleine. Les autres SMS de Myriam ne sont pas aussi désespérés qu'il l'aurait cru. Elle est certaine qu'il rentrera dans la nuit, après quelques heures d'errance et de musique solitaire. Il doit la détromper. Il repense à ses anciennes ruptures. Aucune n'a ressemblé à celle-ci. Il perçoit que sa réticence à vivre pleinement les moments qu'il a partagés avec Myriam était comme une conséquence anticipée de leur séparation. Elle était prévue de tout temps. Programmée. S'il la considère indépendamment de toute chronologie, leur histoire lui paraît plus lisible. Elle se structure autour de son dénouement. Tous ses moments le préparaient. Il en va peut-être toujours ainsi. Les amants repoussent de nuit en nuit l'échéance qu'ils connaissent depuis le début. Non pas parce que toutes les histoires finissent, mais parce que chacune d'elles offre sa propre provision de durée, qui en constitue la singularité. Qu'en est-il de ses parents ? Leur séparation proche gouverne-t-elle depuis longtemps leur vie commune ? Ces poussières de moments que Clément appelle son enfance gravitent-ils en silence autour d'une étoile morte ?

Il n'a pas le moral. Et Lou Reed, dans les écouteurs, n'aide pas beaucoup. Son portable vibre. Il regarde s'afficher la photo de Myriam qui tente maintenant d'appeler. Elle doit penser que c'est trop bête. A-t-elle compris aussi vite que lui que tout était joué ? La pensée de l'enfant qu'ils auraient pu avoir lui contracte les mâchoires. Les colonels avaient l'âge actuel de Myriam quand ils l'ont conçue. Et ce fait contenait la débâcle triste de Clément, un quart de siècle plus tard.

Clichy lui fait l'effet d'un pays neuf. Il ne vient jamais par ici. Il ne vient jamais nulle part, en fait. Paris se résume à quelques lignes, à quelques points. Encore de la géométrie. Il marche sous une bruine baveuse qui dilue les halos des réverbères. Ce n'est pas romantique pour autant. Il longe la façade d'une entreprise de ravalement et d'isolation. En face, une palissade métallique taguée remue dans le vent d'automne. Une grue surplombe un immeuble trapu. Dans la rue Poyer, des véhicules utilitaires mal garés semblent confirmer son pressentiment que des vies entières peuvent se dérouler sans beauté ni fantaisie. Par contraste, le souvenir d'un parfum de tabac blond lui confirme qu'il est injuste avec son enfance. Il doit à ses parents de lui avoir indiqué les voies qui mènent dans l'épaisseur des choses. Il pense à son père, probablement occupé à pédaler. Lui aussi a connu des périodes d'efforts physiques gratifiants au cours desquelles son corps, drogué à la sérotonine, lui promettait l'immortalité. Il dépasse une pharmacie, s'attarde sur la devanture d'un restaurant pakistanais fermé, tourne dans la rue Fanny, s'arrête devant une crèche. Au-dessus de l'entrée, il rêve un peu devant le nom « Clichy-la-Garenne ». Il se rappelle que les lapins ont joué un rôle important dans son imaginaire enfantin, mais n'arrive plus à comprendre pourquoi. Ne reste que le souvenir d'une émotion. Il est arrivé chez Meryl. Joli petit immeuble. Le coin est plus résidentiel, moins désespérant. Il rappelle presque le temps mythique où les voisins se parlaient. Il sonne à l'interphone.

— C'est au deuxième, précise la voix crachotante de Meryl. Il n'y a pas d'ascenseur.

À sa grande surprise, elle n'est pas seule. Un garçon un peu gras, à queue-de-cheval, se lève quand il entre et lui tend une main gênée. Clément soupçonne brièvement que Meryl lui a demandé de venir parce qu'elle avait la trouille de le recevoir seule mais le garçon semble avoir anticipé cette explication car il désigne le lave-linge qui tourne dans la cuisine, presque en même temps qu'il se présente :

— Émile. *En fait*, j'attendais que le programme se termine. Je vais filer.

Il insiste sur le « en fait », comme si c'était une référence, une citation. Mais Clément ne la saisit pas. Émile paraît nerveux. Il a tenté trop vite d'établir une complicité. Meryl est en chaussettes, vautrée sur un pouf. Elle ne bouge pas mais lui sourit et hoche la tête, comme pour confirmer que tout est normal. Dans le silence qui suit, le lave-linge lance l'essorage avec une énergie sans âme. Clément trouve qu'il est un peu tard pour faire une lessive mais les voisins sont peut-être très tolérants. Il est contrarié par la présence d'Émile. Il avait envie de partager tout de suite ses réflexions avec Meryl. Il est surpris de s'avouer qu'elle a déjà imposé entre eux son style dépourvu d'affèterie et de préliminaires. Il voudrait aussi clarifier à fond leur relation. À mesure qu'il se rapprochait d'elle, ses nouvelles responsabilités chez Vogal se sont rappelées à son souvenir. Puis la bizarrerie de sa présence dans cet appartement lui saute au visage. Il a de quoi se payer l'hôtel. Tandis qu'il tente de réfléchir à une explication, il se souvient qu'il n'a emporté ni vêtements de rechange, ni brosse à dents. Au lieu de se justifier, il se dit qu'il trouvera bien des boutiques où s'habiller demain matin aux Quatre Temps. Une tenue complète. Tant pis. Peut-être un parfum. Mais ça va le mettre en retard.

Émile le regarde, de biais. Qu'est-ce que Meryl a pu lui dire à son sujet ? Une légère déception le traverse à la pensée qu'un autre type est assez proche d'elle pour se trouver dans son appartement à presque dix heures du soir. Ou alors, c'est un membre de sa famille. Il a une tête de cousin inoffensif. Peu importe. Il cherche un endroit où poser son disque dur.

— Très honnêtement, lance-t-il en s'approchant de la cheminée, je me suis disputé avec ma copine.

Au moins, on ne peut pas faire pire. Il n'a pas prononcé « très honnêtement » depuis son entrée en classe préparatoire. À l'époque, il se cherchait un genre. Cependant, ses éclaircissements empesés semblent satisfaire les deux autres qui adoptent simultanément une sorte de pose méditative.

— Tu veux un thé ? suggère Meryl.

Il déteste le thé. Il accepte. Bientôt, il se retrouve assis sur une chaise en bois dur, trop petite pour ses jambes, à tenter de reconstituer la *setlist* du concert de Lou Reed, à l'Olympia, le 17 septembre 1973.

— Il était complètement défoncé, précise Émile.

— Nico était là, ajoute Meryl.

Sur ce dernier point, Clément n'est pas sûr. Il s'abstient. Pour la drogue, en revanche, c'est incontestable. Mais pas trop difficile non plus. Tout le monde sait qu'à l'époque, Lou fréquentait des *speed-freaks* et consommait des cocktails de speed, alcool, coke et Mandrax. Le temps d'évoquer l'enregistrement pirate réalisé à Amsterdam par Marc Zermati, le lave-linge s'arrête dans un hoquet.

— Le speed fait maigrir, assène Émile, comme pour avoir le dernier mot, que Clément lui concède.

Un coup d'œil à Meryl qui les regarde avec un œil mi-clos et un sourire amusé lui fait comprendre qu'Émile a réveillé sa passion pour les blind tests, sa rage de vaincre quoi qu'il arrive dès que s'amorce un quizz. Surtout sur le rock seventies. Le thé a refroidi mais il se sent bien. Il n'a plus pensé à Myriam depuis un bon bout de temps. Il observe Émile qui extrait un à un de la machine ses vêtements froissés, sans paraître gêné par le caractère intime de cette opération. Il secoue ses caleçons et les jette à mesure dans un grand sac plastique bleu Ikea. Meryl s'étire. Ainsi détendue, elle est plus jolie, mais la ressemblance avec son père s'accentue. Clément jette un œil sur son portable où s'entassent les SMS et les appels en absence de Myriam. L'exaltation retombe, la tristesse reprend le dessus. L'évidence de sa grossièreté va bientôt l'assaillir. Jusqu'à maintenant, il s'est persuadé que son départ revêtait un caractère de nécessité, reléguant au second plan l'artifice conventionnel des excuses et des explications. C'était un acte très américain. Quand il se résoudra à le regarder en face, il n'y verra plus qu'un odieux caprice. Il retarde cet instant.

— Je vais vous laisser, annonce Émile qui a traîné jusqu'à la porte d'entrée son gros sac bourré de linge.

Clément se demande où il habite puis s'en fiche. Meryl ne bouge toujours pas de son pouf. Elle a l'air alanguie, presque shootée. Ses gestes et ses sourires sont en retard d'une seconde sur la réalité.

— Bisou, finit-elle par répondre. À demain.

Clément lève sa tasse pour saluer le départ d'Émile.

— Combien dure la version de « Sister Ray » à Glasgow, le 24 septembre ? lâche-t-il avant de passer le seuil.

Clément hésite :

— Six minutes ?

— Huit.

Il disparaît. Meryl pousse un gloussement. Clément sort son portable, parcourt les textos désespérés de Myriam et renonce à écouter les messages vocaux. Il se sent de plus en plus mal. Meryl se tait et redevient grave.

— Qu'est-ce qu'on va faire ? s'enquiert-elle en bâillant.

Il la fixe un moment, préoccupé. Son regard la traverse. Il hésite à repartir. Ce serait le mieux. Cela circonscrirait son acte, lui fixerait des limites dont on pourrait reparler plus tard. S'il reste, il ouvre un gouffre. Des souvenirs très nets de leur appartement se forment dans son esprit. Pas des images. Des souvenirs. Il ne rentrera pas.

— Si tu veux bien, je vais dormir sur ton canapé.

Elle approuve. Il tique. Sa phrase lui paraît teintée d'un sentimentalisme de sitcom. Le moment qu'il traverse ne doit être entaché d'aucune équivoque. Le besoin de tout clarifier auprès de Meryl le reprend. Il doit faire une drôle de tête.

— Ça va ? demande-t-elle. Tu reveux du thé ?

Il traverse l'espace qui les sépare, tandis que, bras tendu, elle attrape un radiateur pour se hisser hors de son pouf. Elle se trouve donc en déséquilibre quand il attrape sa main libre et la presse avec urgence.

Pendant qu'il lui parle, elle tente de se redresser mais ses chaussettes glissent sur le plancher vitrifié.

— Meryl, que ce soit bien clair. Il n'y aura jamais rien de sexuel entre nous.

Prononcée, la phrase ressemble à un de ces serpents que les méchantes fées vous condamnent à cracher. On croirait la voir se tordre hideusement par terre.

— Est-il pour autant nécessaire d'être vulgaire ? demande-t-elle en dégageant sa main.

D'un coup de reins, elle est enfin debout. Il est moins frappé par la justesse de sa remarque que par ce qu'elle suppose d'éducation. C'est une réponse aristocratique. Elle provient, par-delà le temps et la mort, de la mère de Meryl. La pauvre en tremble encore d'humiliation.

— Je suis désolé.

Mais il est surtout satisfait d'avoir mis les choses au point. Il progresse. Auparavant, il ne détestait pas cultiver certaines ambiguïtés avec les filles. C'est peut-être de la maturité.

— Tu es con.

Oui. C'est plutôt ça.

— Attends, Meryl. On est adultes. Tu me vois débouler chez toi après m'être engueulé avec ma copine. Tu ne crois pas que tu es en droit de t'imaginer des choses ?

Elle remplit la bouilloire.

— Bien sûr que si.

— Ben alors ?

— Alors quoi ? C'est toi qui décides ce que j'ai le droit de m'imaginer ?

Elle pose la bouilloire sur son socle, sans colère apparente. Le bruit de l'ébullition est presque aussi gênant que celui du lave-linge.

— Aujourd'hui, plaide-t-il, j'ai eu... une grosse promotion, au boulot.

— Et alors ?

— Alors je pense que c'est à cause de toi. Grâce à toi.

— Et ? Tu penses que j'attends des contreparties sexuelles ?

Mon Dieu. C'est dégueulasse. Et c'est forcément ce qu'il a pensé. À son tour, elle lui prend les mains.

— C'est aussi à cause de moi que tu t'es disputé avec Myriam ?

Il sursaute. Le prénom le gêne.

— Peut-être. Ou grâce à toi.

Pendant plusieurs minutes, il parle à Meryl de son refus d'être père. Sans avoir compris comment, il se retrouve avec une nouvelle tasse fumante dans la main. Il vérifie brièvement que les toilettes ne sont pas trop éloignées du canapé. Il espère que la chasse d'eau ne fait pas trop de bruit.

— Et tu ne pouvais pas lui expliquer tout ça à elle ?

Il hausse les épaules.

— Non. Elle aurait été trop triste.

Meryl semble d'accord.

— Tu sais pourquoi je me suis jetée sur toi ? De cette façon ?

Cet assaut de loyauté embarrasse Clément, mais il se souvient que c'est ce qu'il souhaitait.

— Je ne sais pas trop. J'ai pensé que c'était un jeu. Un truc de pouvoir. Avec ton père.

Tant pis, c'est dit. Elle paraît stupéfaite puis envisage honnêtement cette interprétation. D'une grimace, elle reconnaît que ce n'est pas absurde.

— Le pouvoir, finit-elle par répondre, c'est toi qui l'as.

— Moi ?

— Tu me guéris.

À son tour, elle raconte. Ses terreurs. Le nombre de fois où elle s'est vue, sentie mourir. Où elle a éprouvé les convulsions de ses organes, senti les hémorragies internes, reconnu les attaques du cancer, de l'infarctus, de la paralysie. Elle lui révèle qu'avant son arrivée, elle était persuadée d'avoir subrepticement avalé le contenu de la boîte de médicaments contre le reflux gastro-œsophagien qu'Émile transporte toujours dans sa sacoche, pendant qu'il avait le dos tourné. Emportée par la confidence, elle évoque la façon dont elle se fait vomir, sans bruit, n'importe où. Ses vérifications incessantes. Elle désigne le petit carnet où elle note combien de Xanax elle a pris depuis l'achat de la boîte. Pour être sûre de ne pas avoir tout avalé.

Abasourdi, il pose, sans choisir, l'une des questions que cette confession a suscitées :

— Tu crains de t'empoisonner *volontairement* ?

Elle acquiesce, comme si c'était évident. Ou comme si ça n'avait plus d'importance.

— Quand je te vois, murmure-t-elle, je n'ai plus peur. De moi.

Il plonge les yeux dans le fond de sa tasse, où le thé a trop infusé.

— C'est complètement dingue, conclut-il.

Elle lui tourne le dos, regarde par la fenêtre un clignotement lointain.

— Tu vois, dit-elle, entre nous, ce n'est pas sexuel. C'est médical.

Ils prolongent le silence. Finalement, Clément est satisfait par les allégations de Meryl. Son rôle à lui n'est plus aussi équivoque. Ce qu'il s'avoue moins, c'est qu'il n'a pas besoin de se forcer pour se sentir plutôt bien avec elle.

— Et sinon, prolonge-t-il, tu fais quoi de tes journées ?

Elle hume la vapeur.

— Des études ?

Elle pose la question. S'il hoche la tête, on s'en tiendra là.

— Non, tu es toujours chez toi.

C'est vrai. Elle ne fait pas d'études, alors.

— Je lis.

Elle désigne une liseuse sur sa table de nuit. Ça, c'est vrai. Elle lit. Elle télécharge tout ce qu'elle peut et s'anesthésie à la fiction. Les histoires n'ont jamais de fin.

— Tu écris un livre ?

Hypothèse intéressante. Elle a déjà noirci quelques pages. Trop noirci. Elle s'est arrêtée à temps.

— Non. Il y en a déjà beaucoup.

Elle aimerait bien pouvoir lui dévoiler un talent caché, un don. Clément est de ceux qui accroissent et modifient le monde. À ses yeux, l'immobile devient vite invisible. Il hausse les épaules.

— Tu as les moyens, après tout. J'en ferais peut-être autant à ta place.

— Tu ferais quoi ?

— Rien.

Mais ils savent tous les deux que c'est faux. Meryl est d'une nature dolente, comme disent les vieux auteurs. Si sa mère était encore vivante, heureuse comme autrefois, elle ne la découragerait pas de s'adonner à la paresse. L'angoisse de Meryl la dispense au moins de la mauvaise conscience. C'est un équilibre comme un autre. Clément, lui, a toujours travaillé. Il sursaute.

— Quoi ? s'inquiète Meryl.

— Je viens de comprendre un truc.

C'est à cause de son père, lisant le journal dans la cuisine. Il raconte la scène en détail à Meryl, qui écoute sans hocher la tête.

— Ils vont vraiment se séparer ?

Elle est affectée. Clément aussi, par ricochet. Il ne s'est pas encore donné le temps d'être triste. Se quitter, à bientôt soixante ans, est-ce un renoncement ou un sursaut ?

— En tout cas, je viens de comprendre que j'ai toujours bossé pour ça.

— Pour quoi ?

— Pour qu'ils restent ensemble.

Il est conscient que ça ne veut rien dire, mais ne voit pas comment approcher de plus près cette vérité. Cesser d'aller de l'avant, se relâcher, c'était précipiter la séparation parentale. Il n'aurait pas pu le dire à Myriam parce que partager la vie de Myriam empêchait absolument que cette vérité lui vienne à l'esprit. Au temps où il lisait des livres futuristes, il s'était déjà douté que les individus étaient des planètes, dotées d'atmosphères spécifiques. Sur la planète Meryl, son esprit procède par bonds désordonnés. Il quitte la ligne formée par ses propres traces et bascule dans les vieux cratères.

— Moi, dit Meryl, j'évitais de bouger pour que ma mère reste en vie.

Il approuve, joyeux d'être si bien compris.

— Voilà ! C'est exactement ça.

Plus tard, ils se connectent ensemble sur un site que Meryl veut lui montrer. Créant aussitôt un sentiment de proximité gênante, une femme apparaît sur l'écran. C'est une belle femme aux traits asiatiques. Coréenne, précise machinalement Meryl. Clément appréhende qu'elle se déshabille. Il voudrait déjà du temps pour ordonner ce qu'il sait de Meryl, sans y ajouter du porno coréen. Mais non. La femme mange. Elle porte des baguettes à ses lèvres, puis les plonge dans différents récipients colorés. De la vapeur traverse ses yeux. Elle mâche élégamment, bouche fermée, creusant légèrement les joues. Ses sourcils soulignés lui dessinent une expression impartiale. Le mot ne convient pas mais il vient à l'esprit de Clément. Elle donne l'impression de ne pas juger ceux qui la contemplent. Ou de les juger équitablement. D'ailleurs, il ne surprend aucun regard caméra.

— C'est un site payant, dit Meryl.

Clément interprète cette information comme une invitation à scruter mieux l'écran. Il y a forcément quelque chose d'autre à voir. Il note seulement la qualité de l'image, la lumière professionnelle, les couleurs, le cadrage. Pour autant, il ne perçoit aucune intention artistique. Juste la volonté qu'on voie bien.

— Et ça marche ?

La question est bête mais il commence à se sentir vraiment fatigué. Meryl hausse un peu les épaules.

— Les gens se connectent pour avoir de la compagnie quand ils mangent. Elle a des milliers de visites quotidiennes.

Clément se gratte l'oreille.

— Les gens seuls ?

— Je suppose.

Elle cesse de regarder l'écran et plonge ses yeux dans ceux de Clément.

— Quoi ?

— Ça ne me dérange pas que tu m'utilises.

Il s'apprête à s'offusquer mais reconnaît dans les mots de Meryl la marque Cherkesly. Et comprend ce qu'elle veut dire.

— Je prends acte de ton offre de service.

Vaine ironie. Elle parle sérieusement.

— Tu te tortures pour de vieilles raisons. Tu veux séparer le boulot, l'amour, mettre des noms sur les émotions. Tu es trop honnête. Sers-toi de moi si ça te rassure. Joue-la-toi « Loup de Wall Street ». Sois un salaud. Je suis consentante. Tu ne peux pas savoir ce que c'est, d'être libéré de l'angoisse par une présence. Tu es ça pour moi. Cette présence.

Il reporte son attention sur la Coréenne qui mastique avec grâce. Meryl a bien fait de l'inclure dans leur échange.

— Tu me prends pour…

— Non. C'est toi. Tu as peur de l'ambiguïté. Il y a trop de paramètres. On n'échappera pas à une petite part de sordide. Alors si ça te fait plaisir, je peux être ton cheval de Troie chez Vogal. Mon père me sous-estime. J'ai accès à ce que je veux. Demain, je peux te dire qui sera viré, ce qui se prépare, ce qu'on pense de toi, tous les coups bas à venir, je peux…

— Tu es folle ! Arrête !

— Oui, je suis folle. C'est rassurant, non ?

Il rougit. C'est exactement ce qu'il pense. Elle est émue par son érubescence de jeune homme et lui ébouriffe les cheveux.

— Du calme, petit. Je peux aussi être autre chose pour toi. Une magicienne, genre. J'ai des avis sur ta vie, je peux t'offrir un autre regard. Te faire plus de bien que tu ne l'imagines. T'emmener dans des coins où ni toi ni moi ne serions allés sans l'autre. On peut former une équipe pour rien. Tu n'as jamais pris au sérieux l'inutile.

Il est de plus en plus fatigué. Les phrases de Meryl finissent pas le bercer.

— Ça me tente bien, tout ce que tu dis.

Il est sincère. Et si elle donnait corps à un manque immense dont il n'avait pas eu conscience jusqu'ici ? Si elle était le Nouveau Monde qu'il ne soupçonnait pas ? Il s'emballe.

— On va faire comme ça, résume-t-elle. Tu peux me demander tout ce que tu veux. En échange de ta présence, je serai ta sorcière cachée. Tu peux même revenir sur ta décision, pour le sexe. Je suis intéressée.

Il sourit nerveusement. Pas elle.

— Tu es toujours aussi cash ?

— Pardon ? C'est toi qui me poses cette question ?

— Désolé.

— Tu veux absolument connaître la place que je peux occuper dans ta vie. Pour le moment, je visite. Je suis folle, mais très puissante. Tu verras.

Puis elle le salue et gagne sa chambre, emportant l'ordinateur.

La nuit n'a pas été si mauvaise. Meryl a dormi vite. Il l'a entendue ronfler. Il est resté longtemps assis dans le noir, à écouter de la musique. L'*Animal tour* et la *dual guitar attack*. Sa médecine à lui. Il n'a pas rappelé Myriam qui a fini par se décourager. Il était idéalement seul, parfaitement triste, parfaitement traître. Peu à peu, les éléments de la crise qu'il traverse lui sont apparus plus clairement. La voie qu'il a choisie implique de maîtriser la vitesse. Dans le monde de ses parents, les événements se produisaient lentement, s'annonçaient à l'horizon comme des paquebots. Le bateau ivre, c'est un fantasme de fonctionnaire. Lui doit maîtriser les flux. Il est toujours dedans. Toujours après, toujours déjà. C'est autrement grisant. Son plan est prêt. Ce soir, après sa journée de travail, il ira s'expliquer avec Myriam, s'excuser, reconnaître sa muflerie, l'imputer à la brutalité de sa prise de conscience : il ne veut pas d'enfants. Ça n'a rien à voir avec elle. En toute logique, il n'a pas le droit de prolonger leur vie commune, de renforcer leurs liens, d'exiger d'elle le sacrifice de ses projets. Il faut rompre tout de suite. Douloureusement. Tragiquement. Alors qu'ils s'aiment encore. Il ne supporterait pas de déjouer toujours l'espoir qu'elle nourrirait de le faire changer d'avis. Cela fausserait tout entre eux. Il veut vivre dans la vérité. Ensuite, il reprendra ses affaires et ira vivre chez Meryl le temps de trouver un nouvel appartement. Il est en droit d'espérer de Vogal des appointements plus conséquents. Il pourra même bientôt les réclamer. Meryl ne voit aucun inconvénient à lui prêter son canapé aussi longtemps qu'il le faudra. Il a aussi un peu réfléchi à ce qu'elle lui a raconté. Mais le sommeil lui est tombé dessus brutalement et c'est elle qui l'a réveillé en lui tendant une nouvelle tasse de thé. Il était déjà plus de huit heures. Il avait bavé sur sa chemise.

Dans le métro, il souffre. Une sorte de feedback amoureux. Inévitable, bien sûr. La vie avec Myriam est si douce. Était. Il comprend maintenant, de l'intérieur, comment ses parents ont pu vivre ensemble si longtemps. À elle seule, la proximité crée de la douceur. La chaleur d'un autre humain. Le monde extérieur n'en propose pas. Elle ne s'achète ni ne se décrète. Deux personnes suffisent à former un petit troupeau. Le couple offre une grégarité liminaire tout à fait suffisante, plus légère pour les transhumances et non moins rassurante. S'il formulait ces pensées à voix haute, Clément passerait pour cynique, mais sa rupture lui a dévoilé le caractère clanique de la conjugalité. Sa souffrance est celle d'un banni.

C'est à son tour de se heurter au répondeur de Myriam. Il informe sa boîte vocale qu'il passera ce soir. Il ne sait pas exactement à quelle heure. Il comprend qu'elle lui en veuille.

Il piaffe ensuite en attendant l'ouverture du Célio des Quatre Temps. Il a prévenu Samira qu'il serait en retard. Curieusement, elle a semblé recevoir cette information comme la marque de ses nouvelles prérogatives et en concevoir un certain respect à son égard. Le rideau de fer à peine relevé, il se rue dans la boutique, prend une chemise neuve, un caleçon et des chaussettes. Sentir sur sa peau ses sous-vêtements de la veille est un supplice. Il ne s'imaginait pas si maniaque. Il demande à garder ses achats sur lui, fourre les vieilles fringues dans un sac et les jette dans la première poubelle venue. Ce geste lui semble presque plus libérateur que celui d'avoir quitté Myriam. Car c'est sûr, maintenant, il l'a quittée. Il voudrait juste qu'elle le reconnaisse, qu'on s'engage dans la voie d'un armistice, d'une rupture bien construite.

Bref moment de terreur quand il ne retrouve pas son badge dans sa poche intérieure. Il s'aperçoit qu'il l'a glissé – quand ? – dans celle de son pantalon. Il traverse le hall à petites foulées. Meryl lui a offert un peu de son parfum et un rasoir avec lequel il s'est entaillé deux fois le menton. Ce matin, elle n'était pas très loquace. Il s'est contenté de demander ce qu'elle faisait aujourd'hui, mais ne se souvient plus de la réponse.

Jocelyn l'attend devant l'ascenseur. Sa vue reconnecte Clément aux dossiers. Jocelyn l'accable aussitôt de données. Il fait défiler des écrans sur sa tablette. C'est un trentenaire un peu fort, à l'allure de biker. Il est fan de Jacques-Antoine Granjon et rêve de monter sa boîte. Il y travaille avec un pote informaticien. Il revendique son côté pure player mais prétend garder les pieds sur terre et cultiver les fondamentaux. Il a fait des études de commerce, très poussées, pense qu'il faut s'appuyer sur un business model marchand. Il est très discret sur ce qu'il veut vendre mais Clément sait que ses parents sont antiquaires. Il se demande si Cherkesly n'a pas intégré Jocelyn à l'équipe pour les mettre à l'épreuve, tous les deux.

De fait, Jocelyn est grognon, fâché de devoir obéir à plus jeune que lui. Pour faire simple, il n'apprécie pas Clément. Il croit, à tort, l'impressionner par sa carrure. Il rappelle les grands types baraqués assis au fond des vestiaires, au lycée.

— Va falloir planifier les déplacements aujourd'hui, insiste Jocelyn. On a déjà pris du retard.

Clément s'arrête net. L'autre, entraîné par son élan, fait deux pas puis revient.

Ils sont au milieu du plateau. Un bref coup d'œil panoramique confirme à Clément que Jo, Cha et Roland les observent attentivement.

— J'ai dû mal comprendre, murmure Clément.

Ébahi, Jocelyn tripote sa tablette, comme s'il voulait en extraire une écharde.

— Quoi ? Je disais que…

— La mission, c'est toi qui la pilotes ? Rappelle-moi.

Roland ricane. Josie se détourne pour cacher son hilarité.

— Je disais juste…

Clément l'interrompt, d'un mouvement sec de la main.

— On se réunit dans une heure. Tu peux informer les autres.

Au moment de gagner son bureau, alors qu'il a déjà posé la main sur la poignée de la porte, il perçoit des voix. Elles lui parviennent par-delà le fatras de pensées qui bourdonnent dans sa tête. L'adrénaline produite par son microconflit avec Jocelyn le stimule encore, active des émotions parasites et des souvenirs adventices. Ce n'est pas forcément une bonne chose. Au cours d'un stage de communication non violente, on leur a appris à ne pas se laisser infester par l'affectif. C'est simple. Il faut penser à une pomme, la creuser mentalement et y enclore ce noyau d'énergie négative. Miraculeusement, alors, la pomme grossit, sa rondeur rougeâtre rassure – il est préférable de ne pas se représenter une Granny ou une Reinette, plus déprimantes selon la plupart des études – et finit par vous nourrir, par vous rafraîchir. Cependant, les voix insistent et s'ajoutent au tumulte intérieur. Il reconnaît celle de JJ. Il parle fort. Clément renonce à s'enfermer dans son bureau, oblique vers l'ouest, s'engage dans le couloir qui mène au distributeur puis bifurque en direction de la salle de repos. La porte est entrouverte. Les voix proviennent de l'intérieur.

Il ralentit, se concentre. À l'évidence, JJ occupe désormais une place importante dans son schéma relationnel.

La séance avec le coach l'y a conforté mais il s'y était déjà installé avant. Sa propre fragilité entre en résonance avec celle de son collègue, et c'est dangereux. Même animé des meilleurs sentiments du monde, il est contre-productif d'offrir à quelqu'un une bienveillance dont on n'a pas soigneusement démêlé les motifs. L'enfant qu'il n'aura jamais avec Myriam l'incline à l'autoapitoiement. JJ est père. Laurent, cycliste immobile, vient encore compliquer cet entrelacs. En bonne logique, Clément n'avait aucune raison de se précipiter à l'aveuglette, à l'appel de la voix de JJ. Il en prend conscience, fourre toutes ces données dans la grosse pomme rouge qu'il a imaginée puis, incapable de résister à la curiosité, pousse la porte de la salle de repos.

JJ s'y trouve en effet, en grande conversation avec José, directeur commercial. Marie, la RH, les écoute, un peu à l'écart. Mais Clément remarque surtout la petite fille brune qui serre très fort la main de JJ. Ses yeux gonflés indiquent qu'elle a pleuré.

— Je pose la question, clame JJ. Qu'est-ce que j'en fais ? Je la jette à la rue ?

La petite fille retient un sanglot et, cherchant en vain le regard de son père, croise celui de Clément qui lui adresse un sourire idiot mais rassurant. Elle le dévisage, sourcils froncés.

— JJ, soupire José. Calme-toi. Tu pètes un câble, là.

Il n'échappe apparemment pas à JJ que la vulgarité de l'image sied mal au directeur. José est un raffiné.

— Je pète un câble ? s'indigne JJ. Je me suis toujours demandé d'où venait cette expression. De la télé, sans doute.

Il semble y réfléchir sérieusement. José, de plus en plus embarrassé, cherche l'appui de Marie, qui se tait.

Puis, guidé par le regard de l'enfant, il avise Clément, dont la vue le rassérène aussitôt. Clément est piégé. Il va devoir intervenir. José l'apprécie. C'est lui qui s'est chargé de ses deux dernières éval, court-circuitant Marc, le senior qui s'occupait de Clément, au début. C'est une faveur. JJ lui a laissé entendre que cela augurait une augmentation intéressante, peut-être du 5 ou du 6 %. Bien sûr, depuis sa récente avancée, les données ont changé. Il est vraisemblable que Clément passe directement senior. Si on se fie aux grilles, il pourrait compter sur du 10 %. Par superstition, il préfère tabler sur 9, bien que le sourire de José, à cet instant, soit vraiment prometteur.

— La petite est malade, annonce José, comme s'il se justifiait.

À leur tour, JJ puis Marie découvrent Clément, qui se maudit de n'être pas allé directement à son bureau. Il faut absolument qu'il soit prêt pour la réunion. Jocelyn l'attend au tournant. Un bref sourire s'allume sur les lèvres de Marie. Elle est curieuse de voir comment il va gérer le problème.

— Bonjour, Clément, prononce JJ, d'une voix plus grave que d'habitude. Son intonation, son air préoccupé traduisent sa volonté de souligner la complicité qui l'unit à Clément. Il le veut dans son camp, ce qui, en l'occurrence, n'est pas très fair-play. Il fait presque comme si la présence saugrenue de la petite fille avait nécessairement du sens pour Clément, comme si, en cet instant, d'autres logiques étaient à l'œuvre que celle de la grande entreprise, anonyme et inhumaine. L'enfant fait symbole. Cette instrumentalisation de la fillette irrite moins Clément qu'elle ne devrait. Il se surprend à presque apprécier la défense de JJ mais ne doit rien en laisser paraître. Marie le scrute. C'est une vraie pro. N'importe quelle débutante serait montée sur ses grands chevaux, dans ce genre de situation. Elle masque au contraire l'amusement que celle-ci lui procure. Elle guette. Clément en déduit que JJ n'en a plus pour longtemps. On joue les prolongations. Une idée le traverse alors. Aussi absurde que lumineuse.

— Jean-Jacques, intervient José, l'air endolori, tu poses ta journée pour t'occuper d'elle et on n'en parle plus.

Il refuse le JJ qui gommerait la hiérarchie. L'emploi du prénom est un moyen terme compatible avec le fait qu'ils ont à peu près le même âge. JJ secoue la tête.

— Impossible. Je suis sous l'eau.

— Emporte les dossiers chez toi, supplie José.

— Non. Trop de monde à voir. Je lui ai donné du Doliprane, elle va se reposer ici. C'est une salle de repos, non ?

A priori, rien ne s'oppose vraiment à cette solution. Il arrive que certains fassent monter leurs enfants dans la tour, pour les présenter aux collègues. Mais c'est plutôt pendant la pause de midi ou à la fermeture. Et les visites n'excèdent pas une heure. On n'a jamais vu un gosse poireauter toute une journée dans la salle de repos. JJ a, effectivement, pété un câble. Il désire l'incident, ou joue la provocation. Il a pu se renseigner sur les avantages d'une mise à pied, vis-à-vis des Assedic, mais ça ressemble plutôt à du n'importe quoi.

— J'ai peut-être une solution, intervient Clément.

Tout le monde le regarde, maintenant, y compris la petite. Il s'approche de JJ, lui pose une main sur l'épaule.

— Je peux te parler deux minutes en privé ?

C'est un test, mais il le sent bien. Exclure aussi franchement de la conversation la RH et le directeur commercial peut apparaître comme un affront. Mais si sa nouvelle position dans l'échiquier Vogal est connue d'eux – ce dont il ne peut douter –, son geste va, au contraire, leur signifier qu'il est de leur côté, qu'il prend en charge le contretemps JJ. Il l'entraîne dans le couloir, pousse la porte de la salle de repos. José et Marie, derrière la vitre pelliculée, évitent de se regarder.

— Tu déconnes, JJ, chuchote Clément.

JJ ne s'indigne pas. Il hoche la tête.

— Je sais. De toute façon, je suis foutu. Je vais leur pourrir la vie tant que je pourrai.

— C'est ça, ton jeu ? Tu utilises la petite ?

Celle-ci n'a pas lâché la main de son père. Elle est très mal coiffée. JJ a, semble-t-il, vainement tenté de lui faire un palmier en nouant un gros élastique poilu dans ses cheveux rétifs. Clément remarque tout à coup qu'elle est particulièrement sage et silencieuse. Aussi peu réaliste que les enfants dans les films.

— Je ne l'utilise pas. Elle a une otite et ma voisine ne peut pas la garder. Je suis coincé.

Clément ferme brièvement les paupières.

— Tu me fais confiance ?

À cet instant, le visage de JJ se met à trembler. De haut en bas. Comme si une tension terrible, trop longtemps contenue, se relâchait d'un coup. Clément, qui redoute de le voir éclater en sanglots, préfère ne pas attendre sa réponse et compose le numéro de Meryl. Elle répond tout de suite, comme d'habitude.

— Salut, grogne-t-elle, la voix ensommeillée.

— Salut. Dis-moi, j'ai un énorme service à te demander.

Bref coup d'œil à JJ qui s'est accroupi devant sa fille et lui parle tout bas.

— Tout ce que tu veux ! lance Meryl.

Il est désarçonné par son enthousiasme et se sent sale, calculateur, sans savoir exactement ce qu'on pourrait lui reprocher, en l'occurrence.

— Est-ce que tu accepterais de te rendre disponible pour aider un copain qui est dans la galère ?

Le mot « copain » a frappé JJ qui se force à ne pas regarder Clément et continue de câliner sa fille. Le mot « disponible » fait rire Meryl.

— Oui. Absolument. Tu veux quoi ?

Clément lui explique. Il faudrait garder l'enfant. Toute la journée. Venir la chercher, attendre dans le hall qu'il la lui descende, et la ramener ce soir. Tout à coup, il se dit qu'il a tort. Il vaudrait mieux que JJ ne voie pas Meryl. Et puis, après tout, peu importe. De toute façon, elle est d'accord. Complètement d'accord. Il ne l'a jamais entendue si joyeuse.

— Bon. Merci. Vraiment. Tu m'appelles quand tu es arrivée en bas ?

Il la remercie encore, raccroche. JJ s'est redressé.

— Ça m'embête un peu de confier Léonore à quelqu'un que je ne connais pas…

Clément s'approche, s'accroupit à son tour devant Léonore.

— C'est un super prénom, ça ! Je ne t'ai même pas dit bonjour, Léonore.

Sans lui sourire, elle montre son oreille gauche.

— J'ai eu très mal, toute la nuit.

— Moi aussi, quand j'étais petit, j'avais toujours des otites.

JJ, en faisant craquer ses articulations, descend à leur altitude.

— C'est vrai ? Et ça a duré longtemps ?

— Jusqu'à ce qu'on me pose des drains.

— Elle a déjà des drains. Mais les otites ont repris depuis le divorce. Il y a des choses qu'elle ne *veut pas entendre*.

Clément approuve, poliment. Il se redresse, et JJ l'imite. Ils reprennent en même temps leur taille d'adultes.

— En tout cas, ma copine est ravie de la garder. Elle va la bichonner.

— C'est *ta* copine ? Mais elle bosse !

— Non. C'est *une* copine.

Dont acte. Encore une expression que JJ doit détester. Mais il n'insiste pas.

— Je te remercie, Clément.

— Reste avec elle jusqu'à ce qu'elle arrive. Je viendrai la chercher.

Il a utilisé spontanément l'impératif. Cela ne lui déplaît pas. Il se demande s'il est tenu d'expliquer quoi que ce soit à José et à Marie qui, maintenant, conversent derrière la vitre, et décide que non. Passant la tête par la porte, il se contente de les interrompre d'un « C'est bon ! » rapide et indique, d'un mouvement de tête, que JJ va leur fournir les détails. Puis il agite la main, rappelant qu'il a beaucoup à faire, et fonce vers son bureau. Il a géré comme un chef.

Meryl l'appelle au beau milieu de la réunion, qui s'est bien déroulée jusque-là. Jocelyn est rentré dans le rang sans problème. On a dû lui faire comprendre qu'il ne fallait pas trop jouer. Preuve supplémentaire de la nouvelle autorité de Clément. L'équipe a bien travaillé. Samira a listé les développeurs à visiter. Victor a eu le temps de bricoler un PowerPoint pour définir exactement les attentes du logiciel. Priscille s'est entretenue avec un coach en orthographe free lance et a fait des fiches sur trois chapitres clés d'un bouquin de Sciences de l'éducation, histoire de mettre à jour leurs dictionnaires sur la question. Ça jargonne beaucoup mais, pour l'essentiel, ça recoupe, en plus flou, les grands axes de la com. Clément l'interrompt d'une petite moue désolée quand son portable sonne.

— Je suis en bas, dit Meryl.

— J'arrive.

Il range lentement son téléphone puis, voyant que les autres s'attendent à une pause, demande à Priscille de briefer l'équipe sur les Sciences de l'éducation. Il revient dans dix minutes. Résistant à la tentation de se retourner, il enfile le couloir et rejoint la salle de repos où JJ colorie un bonhomme réalisé par sa fille, au dos d'un listing.

— Franchement, insiste JJ, je préférerais t'accompagner.

Le visage de Clément se glace.

— Tu as confiance ou pas ? Tu crois que j'ai que ça à faire, franchement ?

JJ baisse les yeux sur le palmier raté de Léonore. Clément s'en veut. Chaque fois qu'il parle sèchement à JJ, l'image de son père interfère. C'est mécanique et exaspérant. Son exaspération le libère aussitôt de la culpabilité. Il prend la main de Léonore.

— Tu viens avec moi, Léo ? Je t'emmène jouer avec... une dame très gentille.

Léonore réfléchit un instant.

— Est-ce qu'elle a des Barbie ?

JJ rosit d'embarras :

— Elle est en plein dans la période.

— Viens, dit Clément. On va lui demander. Dis au revoir à ton papa. Tu le retrouveras ce soir.

Il se crispe en franchissant la porte, mais Léonore ne proteste pas. Elle agite la main en direction de JJ, un peu comme Clément l'a fait, tout à l'heure. Elle est habituée à s'adapter. Ce sera peut-être un atout, plus tard. Dans l'ascenseur, elle ne parle pas. Ils traversent le no man's land qui sépare les ascenseurs du hall d'accueil, franchissent les portes métalliques coulissantes et trouvent Meryl, assise dans un des fauteuils de cuir. Dès qu'elle les voit, elle se lève et accourt. Elle s'est un peu maquillée. Sa joie fait plaisir à voir.

— Est-ce que tu as des Barbie ? s'enquiert aussitôt Clément.

Meryl hoche la tête brièvement, comme pour valider la question.

— On va en acheter.

Pour la première fois, Léonore sourit. Toute trace de fatigue et de douleur a disparu de ses traits.

— Plusieurs ?

— Plein.

Clément a à peine le temps de donner ses instructions, pour la suite. Léonore trépigne déjà. Meryl l'entraîne vers la sortie en montrant son téléphone. Elles franchissent les portes tambour, et Clément, un bref instant, se dit qu'il les aurait bien accompagnées.

Heureusement, le travail l'absorbe dès son retour en salle de réunion et il ne pense à rien d'autre pendant plusieurs heures. JJ le dérange au milieu d'un coup de fil à l'un des développeurs. Il lui fait signe de patienter, attend qu'il ait quitté le bureau puis achève tranquillement son entretien téléphonique. Ensuite, seulement, il rappelle JJ. En une journée, il a acquis des gestes et des réflexes de leader. C'est très rapide.

— Tu as eu des nouvelles ? demande JJ, inquiet.

Un tic agite la lèvre de Clément.

— Je bosse, je te signale.

JJ capitule. Pas le courage de s'engager dans un duel verbal. Clément a pitié de lui. À quoi a-t-il pu occuper son temps ? Il ferait mieux d'assurer ses arrières et de prévoir un plan de sortie Il faudra que Clément lui en parle. D'homme à homme. Très bientôt. Il appelle Meryl.

À l'autre bout du fil, il entend aussitôt de la musique et des éclats de rire enfantins. Il met le haut-parleur. JJ se détend et sourit.

— Tout va bien ! crie Meryl pour couvrir le vacarme. On fait une boum. Je te la ramène ?

Clément, finalement, ne voit pas bien l'intérêt de faire retraverser Paris à Léonore. Ils vont passer la prendre chez Meryl, tant pis. Après tout, si JJ répand la nouvelle qu'il est ami avec la fille du grand chef, cela nourrira les jalousies et accroîtra son pouvoir. Double bénéfice. On verra bien.

— Non. Garde-la au chaud. On arrive.

— Je vous prépare du thé.

La fatigue lui tombe dessus dès qu'il franchit les portes de la tour. Il a travaillé comme un fou, y compris à la cantine, où il a emporté son portable. Cherkesly ne lui a pas vraiment facilité la tâche. Clément a dû rédiger un descriptif complet du projet pour José qui a fait mine de ne pas être au courant, alors qu'il l'était parfaitement. Dans la liste des développeurs pressentis, certains étaient des mauvais coucheurs, d'ores et déjà grillés soit parce que leurs programmes ne correspondaient pas exactement à la demande, soit parce que leurs exigences, en termes d'intéressement, relevaient du délire. C'est probablement Victor qui les lui a mis dans les pattes, à la demande – explicite ou non – de José. Un genre de baptême du feu. Marie non plus ne l'a pas quitté des yeux. C'est-à-dire qu'il l'a croisée par hasard au moins trois fois et qu'elle lui a adressé deux mails, factuels mais urgents. Elle doit espionner pour le boss. Mais Clément n'a commis aucune erreur. Il a gardé en réserve la grosse pomme de soucis pour le soir. Il aimerait bien, maintenant, pouvoir penser à Myriam, qui lui manque. Il a besoin de sa chaleur. Elle ne lui a laissé aucun message. JJ n'arrête pas de parler. Il raconte les détails de sa propre rupture. Sa femme et lui sont encore en excellents termes. Il l'a connue sur Attractive World, un réseau pour cadres surmenés et bien de leur personne. Ils étaient faits l'un pour l'autre. Tout correspondait. Goûts, projets, emplois du temps. Ils sont restés ensemble sept ans, ce qui est assez exceptionnel, dans la CSP où ils évoluent. Leur ressentiment respectif est tout à fait gérable. Ils ont splitté sans éclats. D'un commun accord.

Meryl et Léonore ont une mine superbe. Elles sont toutes les deux pieds nus. Le lit est défait, l'appartement en vrac. Clément dénombre à la louche une bonne trentaine de poupées, plus un carrosse, une villa, une piscine entourée de palmiers. La petite saute dans les bras de son père et le matraque d'anecdotes hachées. Il est question d'un restaurant, d'un parc, d'un manège. Meryl remet d'aplomb ses lunettes.

— J'ai l'impression de vous avoir déjà vue quelque part, s'interroge JJ.

Mais Meryl n'a pas le temps de répondre. On sonne à l'interphone. Puis Émile fait son entrée, accompagné de deux garçons et d'une fille. L'appartement devient minuscule. Après quelques minutes confuses au cours desquelles s'échangent des remerciements et des rires, JJ, Clément et Léonore se retrouvent sur le trottoir. La nuit est tombée depuis longtemps.

— C'est qui, cette fille ? insiste JJ.

— Une amie, je te dis.

Comme Léonore, épuisée, éclate en sanglots, JJ n'insiste pas. Il pense que, pour le lendemain, sa voisine devrait être disponible. Il remercie encore une fois Clément et s'éloigne vers le métro.

Resté seul, Clément inspire profondément, et se décide à appeler Myriam.

Mais lorsqu'il arrive au pied de l'immeuble de Pantin, elle n'a toujours pas répondu. Dans le métro, en équilibre au bord du sommeil, il a laissé son esprit tisser des scénarios. Dans certaines versions, Myriam a déjà changé la serrure. Les affaires de Clément sont répandues sur le palier. Il les rassemble et retourne chez Meryl. Trop vaudevillesque. Et puis, Myriam est ordonnée. Elle aura fait le sac. Les sacs. Le grand sac à dos Decathlon avec lequel ils sont allés en Croatie, l'été dernier. La petite valise souple qu'elle lui a offerte pour son anniversaire. Il a aimé leurs voyages. Le couple qu'ils formaient en voyage. L'immobilité leur a été fatale. Myriam est chic en avion. Ses bagages sont légers, conçus pour l'accompagner en cabine. Ils auraient dû se trouver un job à l'étranger, tout plaquer pour les îles.

Plus vraisemblablement, elle l'attendra, immobile sur le canapé. Elle aura pleuré. Il prépare des mots pour elle, les soupèse, les teste, les articule à mi-voix, les élimine. Aucun ne convient. En face de lui, un grand homme noir aux cheveux gris le dévisage sans gêne. Il semble avoir tout deviné, lui prodiguer des encouragements muets. Une grand-mère maigre serre précautionneusement la barre métallique. Deux jeunes filles chuchotent. La providence a voulu que ce soir, dans cette rame, soient rassemblés des humains compatissants, comme pour contrebalancer le chagrin de Clément. Un équilibre s'opère. Tous les passagers sont entre deux âges. Nul ne vocifère dans son téléphone. Les regards flottent, les têtes ballottent, les sourires tristes donnent à rêver d'une fraternité provisoire mais sincère qui désespère Clément. Il désire un monde dur, sarcastique, en accord avec ses résolutions. Sa mère, autrefois, l'irritait avec son optimisme. L'espoir l'épuise. Sa mère ne comprend pas qu'il s'amuse autant chez Vogal. Qu'il y est enfin libéré des sentiments. Ou plutôt que les sentiments deviennent des paramètres du jeu. Il n'est pas insensible, au contraire. Mais l'émotion l'englue, le ralentit, le rive au sol.

Bercé par cette compassion flottante, il s'endort presque, quand un souvenir le submerge, terriblement précis. Une scène d'enfance. Il a une dizaine d'années et hésite à poser une question à son père. Il sait bien que cette question énorme, fondamentale, urgente, lui vaudra une réponse sèche et amusée. Une petite humiliation de plus. Clément n'aime décidément pas l'humour. Il porte un masque renfrogné, déprimant. À force de petites brimades spirituelles, Laurent a rendu son fils intelligent, timide et triste. Clément aime seulement la science-fiction. L'anticipation. Les livres énormes où remuent des univers entiers, avec leurs lois complexes, leurs créatures, leur histoire, leurs guerres. Les moqueries de Laurent ne sont jamais parvenues qu'à raffermir la foi du garçon dans ces peuples brillants et lointains, si solidement différents de tout.

Ce dimanche-là, Clément souhaite connaître l'opinion de son père sur la téléportation. Dans l'ouvrage qu'il vient d'achever, l'auteur fournissait des indications techniques si précises, si troublantes, que Clément est tenté de se laisser persuader qu'il sera bientôt possible à un corps vivant de se transporter instantanément dans le lieu de son choix, quels que soient les obstacles, et malgré l'épaisseur des murs. Il s'avoue à moitié qu'un tel progrès, fondé sur l'utilisation rationnelle des flux d'énergie sidérale, encore complètement négligés par la science, ne manquera pas de lui donner accès à l'intimité de plusieurs jeunes filles qui le font rêver, surtout l'une d'elles, dont il a oublié le nom. D'après l'auteur, donc, l'être humain n'utilisant qu'un faible pourcentage des potentialités de son cerveau (Clément aime le mot cerveau) méconnaît totalement son aptitude à entrer en relation avec des réseaux d'ondes qui le traversent constamment, ondes émanant des trous noirs, et dont la moindre des vertus serait de lui permettre des déplacements ultrarapides. La notion même de déplacement est d'ailleurs contestable, car il est illusoire et primaire de croire que nous existons en un seul point de l'espace et du temps. Il s'agit tout simplement d'actualiser, d'activer nos innombrables *moi virtuels*. Se représenter, par exemple, dans la chambre d'une fille, puis s'y trouver effectivement, après avoir actionné les bonnes manettes cérébrales. Il est tout à fait loisible d'espérer en plus se rendre invisible, impalpable, inodore, indétectable, sans se départir de nos aptitudes sensorielles. Aptitudes qui ne manqueront pas de se développer dans l'avenir. Car cinq sens, c'est bien peu. Certes, on a fait du chemin et des progrès, depuis qu'il y a des hommes qui pensent, mais notre pouvoir ne manquera pas de croître de façon exponentielle dans les années à venir. Clément n'ignore pas qu'au début du XIXe siècle, on ne se déplaçait pas plus vite que les Romains, et que moins de cent ans plus tard, on atteignait les cent kilomètres heure. Il voudrait savoir ce que son père en pense, mais n'ose pas le lui demander.

La sonnerie du métro le fait sursauter. Il est arrivé.

En traversant la cour, il voit de la lumière dans l'appartement. Cela le rassure. Le pire aurait été que Myriam ne soit pas là. Il gravit les marches, presque impatient d'en découdre. Qu'on en finisse. Elle ouvre la porte avant qu'il ne glisse la clé dans la serrure.

— Je t'ai entendu monter.

Elle ne sourit pas, mais ses yeux sont presque secs. Elle porte une robe à fleurs noires, en maille côtelée qui lui descend aux genoux, assortie à de grosses bottines de cuir. Il a vu cette tenue dans la vitrine de Zara, ce matin. Elle a dû l'acheter sans réfléchir et elle lui va parfaitement. Une belle endeuillée.

Encore troublé par la réminiscence des espaces infinis, il se fige. Et comme il ouvre la bouche pour dire quelque chose, un deuxième souvenir l'engloutit, probablement libéré par le premier. À moins que ce ne soient les fleurs, sur la robe de Myriam.

Il revoit le visage de la première fille dont il a été vraiment amoureux. Et son nom lui revient en même temps. Un nom qu'il n'a pas prononcé depuis des années. Florence. Florence Féal.

Sous l'influence déniée de sa grande sœur, elle s'intéresse au mouvement hippie, porte des coiffures hippies, un grand sac mou, des chaussures fleuries et les cheveux longs. Il leur a fallu beaucoup de temps pour défricher un terrain d'entente, un jardin secret qui contiendrait ses fleurs à elle, et ses étoiles à lui. Mais ils ont fini par le trouver, et on les y dérange peu. Ils rentrent ensemble du collège. Il la raccompagne chez elle. Elle vit avec sa mère et sa grande sœur. Son père est parti, ce qui accroît son prestige. Ils regardent ensemble le film *Hair* et des scopitones des Beatles. Elle apprend la guitare. Il espère un peu que ses goûts changent et qu'elle acquière suffisamment de maturité pour s'intéresser au fantastique et à l'anticipation. Par bonheur, bon nombre des romans qu'il consomme ont pour cadre des planètes pratiquant un collectivisme décontracté, agreste, permettant de penser à fond, derrière l'apologue, les prolégomènes à la doctrine beatnik. Elle l'écoute parler, assise sur son lit, les pieds lovés dans une petite couverture de sconse. Tout est calme et doux, chez Florence Féal. Tout est pelage, plancher, lumière dans le verre épais des vieilles fenêtres. Il se rappelle la cheville de Florence Féal, qui exerce sur lui un attrait de prédilection d'autant plus troublant que la jeune fille, qui ne s'en doute pas, consacre beaucoup trop de soin à laisser entrevoir la naissance de ses seins pour songer à dissimuler sa cheville, laquelle est offerte en quelque sorte innocemment aux regards lubriques de Clément, sans intention de séduire et, par là, irrésistiblement séduisante. L'érotisme et l'inquiétude se partagent donc Clément, s'alimentant l'une l'autre, et le plongeant dans une torpeur douce. Il regarde le jour décliner derrière les vieilles vitres. Une branche se balance.

Quand il s'aperçoit que les larmes ruissellent sur ses joues, il est trop tard. Myriam l'a pris dans ses bras.

Un peu plus tard, ils partagent un mezzé très convenable, sans presque parler. Elle l'a trouvé chez un traiteur libanais qu'elle ne connaissait pas mais qu'on lui a recommandé, au boulot. Il fait passer une bouchée avec une gorgée d'Almaza. Elle a bien fait les choses. Il boit encore, pour se donner du courage, mais peine à s'enivrer.

— Myriam. Pour hier soir…

Sa propre voix le hérisse. Ainsi que sa façon d'attaquer par le prénom. Comme chez Vogal. Elle lui pose la main sur le poignet.

— Non. Pas la peine.

Il lève les yeux et aperçoit, au-delà du visage grave de Myriam, la silhouette du voisin pénétrant dans sa cuisine. Il porte une sorte de sous-pull moulant. Peut-être un Damart Thermolactyl.

— Pas la peine de quoi ?

Le voisin l'a distrait. Sa question manque de délicatesse. Il l'a posée presque sans y penser, en piochant dans le baba ganousch.

— De m'expliquer. De te justifier. C'est de ma faute, de toute façon.

Il la regarde. Le souvenir de Florence Féal manque de le submerger à nouveau. Pourtant, Myriam ne lui ressemble absolument pas. Si Florence Féal devait ressembler à quelqu'un, ce serait plutôt à Meryl. Meryl est la version disgracieuse de Florence Féal. Mais ce n'est peut-être pas pour sa grâce qu'il aimait cette dernière. Il se demande s'il voudrait la retrouver, par Copains d'avant. Elle est peut-être sur LinkedIn. C'était une fille douée.

— Qu'est-ce qui est de ta faute ?

Myriam a dû passer les vingt-quatre dernières heures à repenser à la scène d'hier soir, à l'analyser, à envisager ses suites possibles. Elle a choisi l'option « c'est pas grave », qui lui réussit toujours aussi bien. Mais s'il continue à ne pas se sentir complètement concerné par leur réconciliation, la suture se fera mal et la cicatrice bourgeonnera. Le voisin allume la radio et commence à danser.

— Tu sais bien. L'enfant.

Il hoche la tête et s'aperçoit qu'il lui en veut toujours pour cette histoire d'enfant. Au fond, s'il ne lui est pas plus reconnaissant de lui pardonner si vite, c'est parce qu'il a le sentiment intime d'être l'offensé, dans cette affaire. À la limite, il aurait presque attendu des excuses.

— Je ne veux pas d'enfant, Myriam. Jamais.

Il a insisté durement sur le dernier mot et vérifie son effet dans les yeux de Myriam. Elle accuse le coup, cligne deux fois des paupières.

— Pas la peine de dire des choses définitives. On a le temps. Je me suis emballée, c'est venu comme ça, à cause de ta promotion.

Il secoue négativement la tête. Le déroulé précis des détails ne change rien. Il ne sera jamais père. Il ne partagera pas des moments obligatoires avec un être qui l'agace. Il a agacé son propre père pendant des années. Le souvenir de la question qu'il n'a jamais posée, sur la téléportation, lui en a apporté la preuve. Son père a attendu qu'il grandisse, aussi patiemment que possible, en supportant ses délires successifs sur les mondes parallèles. La seule perspective d'avoir un fils tel que lui l'angoisse. Il n'aurait pas eu avec lui-même la patience dont son père a fait preuve à son égard.

— Ce n'est pas une question de temps, Myriam.

Elle boit, lentement, et confirme, d'un mouvement de tête, qu'elle a bien entendu.

— Ce qui compte, pour moi, c'est ce qu'on vit, tous les deux.

Ça ne veut absolument rien dire. Elle a répondu pour que le silence entre eux ne tourne pas au poison. Leur avenir éventuel dépend des mots qui vont être prononcés maintenant, des gestes qu'ils vont faire. Mais ils ont du mal à improviser. Ils sont épuisés. Il se demande si elle aimerait savoir où il a passé la nuit et s'étonne qu'elle ne lui pose aucune question à ce sujet. Il soupèse l'éventualité de lui parler de Meryl. Le voisin mime un tango lascif avec une grosse salière. Clément aimerait bien connaître l'opinion de Myriam sur JJ, sur sa fille. Il voudrait aussi lui parler de Marie. Myriam est plus au courant que lui sur les stratégies RH. Dans sa boîte, on pratique aussi l'éval à 360°. Au cours de ses entretiens trimestriels, Myriam livre des infos sur ses collègues, y compris sur ses supérieurs. Et tout le monde en fait autant. C'est dans les mœurs. Elle pourrait lui fournir des axes d'analyse utiles. Mais cela supposerait d'expliquer ce qui se passe avec Meryl et il préfère garder pour lui cette partie de sa vie. Il ne redoute pas vraiment la jalousie de Myriam. C'est plus complexe. Au fond, Meryl constitue, en ce moment, son secret le plus intime. Sa véritable liberté.

— Qu'est-ce que tu comptes faire ? demande-t-il.

Ils sont tous les deux surpris par la question. Prise en mauvaise part, elle pourrait constituer un défi : validant l'hypothèse que, dans leur différend, Myriam est coupable, il veut savoir ce qu'elle propose pour se faire pardonner. Qu'il envisage les choses sous cet angle prouve à Clément combien il s'est déjà détaché d'elle. Leur rupture ratée de la veille lui avait donné l'illusion d'un lien secret, solide. Mais l'indulgence de Myriam a fait naître en lui ce qu'il doit bien se résoudre à considérer comme une forme de dédain. Peut-être, s'il avait trouvé ses affaires dispersées sur le seuil, serait-il retombé amoureux. Elle le regarde et sourit. Il comprend qu'elle a interprété sa question comme une demande de pardon. Une supplique.

— Rien, répond-elle. On oublie.

Amnésie. Amnistie. L'enfant disparaît dans les intermondes. Plus tard, au lit, l'érection ne vient pas.

— On n'est pas obligés de faire l'amour, concède Myriam.

Cette générosité l'irrite.

— Heureusement !

Il se retourne et fait la gueule. La mansuétude de Myriam lui semble maintenant très politique. Elle s'inscrit dans un plan plus vaste. Clément a fui donc il n'est pas encore mûr mais, dans quelques années, quand il aura un poste plus important, une situation, elle reviendra à la charge. Sa mauvaise foi le grise, il cherche et trouve des indices du machiavélisme de Myriam, réinterprète ses paroles, leur trouve un double-fond, puise dans sa détestation des colonels des indices du piège où on cherche à l'enfermer. Il a eu raison de partir et se demande ce qu'il fait dans ce lit. L'odeur forte de l'houmous imprègne tout l'appartement. Il fait mine de ne pas entendre que Myriam pleure tout bas.

Quand elle finit par s'endormir, il se rappelle qu'il n'a pas rechargé son portable. Il se lève. La fenêtre du voisin est noire. Il a un message de Meryl :

« Merci pour cette journée. Je me demande si ce n'était pas l'une des meilleures de ma vie. »

Elle est vraiment bizarre, à faire des phrases complètes, complexes, par SMS.

Il efface.

Avant même que José ne lui adresse la parole, le lendemain, Clément se souvient que le directeur commercial a le dos très poilu. Il le revoit au SPA de l'hôtel Hilton, à Prague, lors du séjour de Team Building organisé par Cherkesly en janvier dernier. Le grand chef lui-même ne participe jamais à ces moments forts, mais nul ne lui en fait grief car il compense son absence par une générosité exceptionnelle pour une boîte de cette taille. Le jeu de piste dans le cimetière juif, la poursuite dans le zoo, les courses en rollers autour des palais baroques de Mala Strana ont époustouflé tout le monde sans exception. Personne ne s'est soustrait aux séances de bain à remous, à l'hôtel. Quelqu'un avait lancé l'idée de faire parvenir au chef, via Facebook, une photo de tous les employés en maillot dans les bulles, brandissant leur badge. Dans le souvenir de Clément, c'était JJ. À son retour, l'équipe avait retrouvé les photos, affichées en frise géante dans la salle de repos. Plus nettement encore que celle des maisons de Josefov, l'ancien ghetto, c'est l'image du dos poilu de José se hissant péniblement hors de la piscine qui s'est imprimée dans l'esprit de Clément.

Elle perturbe toujours un peu sa concentration, au cours de leurs échanges.

— Vous allez bien, Clément ?

Son usage imperceptiblement précieux du vouvoiement confère à José une distinction de surveillant général qui consolide sa réputation – tout à fait usurpée pourtant – de probité sourcilleuse. Clément est contrarié de le trouver sur le chemin de son bureau. Ce n'est pas un hasard. José l'attendait, avec un objectif précis. Mais les nouvelles fonctions de Clément et l'ascendant qu'il a pris depuis hier sur Myriam ont libéré chez lui un désir d'indépendance. Il aspire à se déplacer sans obstacle d'un point à un autre. Aussi bien, José ne l'a pas nettement intercepté. À un débutant, sa présence aurait pu paraître fortuite, mais Clément a remarqué le bref coup d'œil latéral jeté dans sa direction par le chef de service au moment où il est sorti de l'ascenseur. Et José s'est désintéressé un peu vite de l'écran de Cha, qu'il faisait mine d'examiner.

— Très bien, José, merci. Quelque chose pour moi ?

La formule lui est venue spontanément. D'où sort-elle ? Peut-être – mêlée au souvenir du Hilton de Prague – d'un de ces vieux films américains de ciné-club qu'il regardait avec sa mère, dans lesquels des messieurs *descendent* dans des hôtels et s'enquièrent, auprès du réceptionniste, si l'on n'a pas laissé de message à leur intention. En tout cas, elle semble convenir à José qui a, précisément, quelque chose pour Clément.

— C'est au sujet des déplacements en régions.

Clément se rembrunit. Ses nouvelles responsabilités ne l'affranchissent pas complètement de la tutelle de José, qui demeure son supérieur, même dans le cadre d'une mission spécifique. Il est d'ailleurs probable que Cherkesly l'a briefé avec précision, conférant au projet des logiciels pédagogiques une valeur d'épreuve qualifiante. Clément prend sur lui et sourit.

— Justement, on doit finaliser ça ce matin. Hier, on a bien écrémé les offres...

José balaie les explications d'un mouvement de main très féminin. Il n'est pas là pour s'immiscer. Il veut juste transmettre un point précis. Clément se tait et écoute.

— M. Cherkesly m'a fait savoir qu'il voudrait que vous vous chargiez du voyage à Brest.

L'info a été lâchée sur le ton de la confidence. José a rapproché son visage. Il sent le café et l'eau de toilette Black XS, un peu cheap pour lui. Brest. Clément hausse les sourcils. Il y a bien, en effet, parmi les prestataires, un petit développeur brestois, mais il ne l'a pas placé dans le premier cercle des priorités. La boîte a peu de références. Elle devait surtout accréditer la fiction de l'ouverture régionale de Vogal, qui sert, disent les mauvaises langues, les ambitions politiques de Cherkesly.

— Ah bon ? J'avais pensé que Samira aurait pu aller en Bretagne au cas où on n'aurait pas trouvé notre bonheur avant.

Le visage de José se ferme. Clément s'attend presque à prendre trois heures de colle.

— Clément, il n'est évidemment pas question d'arrêter votre choix avant d'avoir étudié de près *toutes* les offres. C'est pour ça qu'on vous paie, non ?

Mesquin. Peut-être que José n'a pas très bien pris l'annonce des nouvelles fonctions de Clément. Il faut être très prudent, avec lui. Il confirme d'ailleurs l'impression que la méticulosité qu'il exige confine au bizutage en rappelant que Vogal est passé à côté d'une appli de stretching pour tablettes, qui a fait les choux gras de la concurrence, faute d'avoir pris au sérieux une petite SARL de nerds stéphanois à peine sortis du lycée. On étudie *toutes* les offres.

— Tout à fait. Je suis allé un peu vite, sur ce coup-là.

José apprécie qu'on reconnaisse ses torts et Clément sait le faire avec une simplicité de bon aloi qui lui a toujours réussi. Mais il bout et rêve de se venger sur n'importe qui.

— Donc, recadre José, il vous demande d'organiser votre déplacement le plus vite possible. Martine s'occupera de louer la voiture.

Clément sursaute.

— La voiture ? Mais je pensais y aller en train.

José s'éloigne déjà et imprime sur ses traits le respect sacré qu'on doit aux assertions énigmatiques de la Pythie de Delphes.

— M. Cherkesly a parlé d'une voiture.

Un coup d'œil à sa montre confirme à Clément qu'il n'a plus le temps de passer aux toilettes. Il repart vers son bureau mais juste au moment de s'engager dans le couloir il tombe sur JJ que, trop occupé à éviter Josie, il n'a pas vu venir.

— Je voulais te remercier, pour hier.

Ils se font la bise. La main de JJ serre l'épaule de Clément.

— Pas de quoi.

Il aperçoit, dans le couloir, Victor et Jocelyn en petite conversation. Il faut qu'il y aille mais il ne peut planter JJ aussi vite.

— Léonore n'a pas arrêté de me parler de ta copine. Elle l'adore.

— Tant mieux. Tu as trouvé une solution pour aujourd'hui ?

— Elle allait mieux. Je l'ai mise à l'école. On verra bien.

Il est clair que JJ ne souhaite pas s'attarder sur Léonore. Il veut revenir à Meryl, interroger Clément. Il est au bord de deviner. Le plus simple est de contrer en lui posant une vraie question.

— Dis donc, le patron veut m'envoyer à Brest. Tu vois pourquoi ?

Immédiatement, JJ consulte ses bases de données intérieures et cherche une occurrence de la cité finistérienne. Échec.

— Brest ? Le bout du monde. Aucune idée.

Aussitôt, Clément se doute que c'est la bonne réponse. Cherkesly veut l'envoyer au bout du monde. Pourquoi ?

— Pas grave. Merci JJ. Je vais y aller.

Mais JJ n'a pas l'intention de le lâcher si vite.

— Tu peux être sûr qu'il magouille un truc. C'est un pourri.

En quelques jours, depuis l'annonce de sa disgrâce, JJ a laissé s'infecter son ressentiment contre le patron de Vogal. Il se lance dans une diatribe en règle, mûrement ruminée, rappelle tous les manquements du groupe au code du travail, dont il se souciait peu jusqu'à présent, les passe-droits, les opérations suspectes. Si on le vire, il songe à écrire un livre noir.

— Je dois te laisser, supplie Clément.

Mais JJ le retient par la manche.

— En attendant qu'on m'achève, j'entre en résistance.

Clément cherche une réponse qui ne déboucherait pas sur des développements interminables. Il regarde par-dessus l'épaule de JJ et aperçoit Marie qui se dirige vers eux, par lents méandres. Il s'aperçoit que la nouvelle RH est remarquablement élégante, et que sa séduction est plus perceptible de loin. Non que sa proximité révèle une disgrâce atténuée par la distance, mais lorsqu'on se trouve trop près d'elle, la sévérité de sa fonction prend le pas sur la douceur de sa personne. C'est peut-être la tension née du contraste entre les deux qui la rend attirante. Clément situe le centre de son corps quelque part vers le sternum. Il se demande s'il a déjà croisé d'autres femmes ainsi configurées. Ses pensées lui ont épargné une partie du discours de JJ dont quelques bribes se sont, malgré tout, imprimées dans sa conscience. Il y est question de défense. De ligne de défense. JJ veut résister par le langage.

— Comment ça, le langage ?

Ils sont, maintenant, à portée d'oreille de Marie.

— Oui. Leur langage à la con. Je lui opposerai ma propre grammaire. Progressivement, bien sûr.

Cette fois, Clément est inquiet. Le besoin d'uriner est devenu impérieux. JJ est peut-être en train de sombrer dans la dépression clinique qui se signale par des bouffées délirantes.

— Si tu veux bien, l'interrompt Clément, on en parle à la cantine.

— Je vais commencer par rétablir le « ne » des négations, annonce JJ.

Comme Clément, interdit, le regarde une seconde de trop, il explique qu'il compte, pour résister à la novlangue de l'entreprise, rétablir la syntaxe du français puis, progressivement, éliminer les anglicismes, les acronymes. Défense et illustration de la langue française. On joue sur les mots. Et, dans un premier temps, donc, rétablir le « ne » que tout le monde occulte, pour aller vite, pour faire branché. Sauf que le « ne », bien sûr, signifie le refus. Ce sera sa façon de dire non. Pour le reste, on ne pourra rien lui reprocher de concret. Il s'acquittera de ses missions, mais…

— Vous n'avez rien à faire, Jean-Jacques ?

La remarque frontale de Marie déconcerte Clément. JJ sursaute. Il ne l'avait pas entendue arriver. Son visage se décompose quand il la reconnaît. Il ressemble à Léonore et le cœur de Clément se serre. Il a déjà eu l'occasion d'observer ces comportements à la Don Quichotte, chez des personnes désespérées, des marginaux qui travestissent leur disgrâce en sédition. Pauvre JJ. Il cherche quelque chose à répondre puis s'éloigne, ulcéré, sans un mot.

— Bonjour Clément. II vous embête ?

De près aussi, finalement, elle est très attirante. Bizarre qu'il ne l'ait pas remarqué plus tôt. Il lui soupçonne la capacité de doser à volonté sa puissance de séduction. C'est peut-être la forme la plus accomplie de la monstruosité.

— Pas du tout, je…

— Excusez-moi.

Clément se retourne. José, à nouveau, se tient derrière lui. Il paraît un peu essoufflé.

— Bonjour José, récite Marie.

— Bonjour Marie. M. Cherkesly voudrait vous dire un mot, Clément. Il a cherché à vous joindre mais vous n'étiez pas dans votre bureau.

Les traits de Marie se vident de toute expression. Elle s'éloigne avec un petit sourire professionnel et poursuit ses déplacements apparemment erratiques dans l'open space. La vessie de Clément est près d'exploser.

— Tout de suite ?

Question tellement idiote que José ne l'entend pas. Il est déjà reparti. Clément se précipite vers l'ascenseur. Max s'efface pour le laisser passer. L'envie de savoir à quoi pense Max traverse Clément puis s'évapore.

En traversant l'espace qui le sépare du fauteuil où Cherkesly l'invite, d'un geste, à prendre place, il est écrasé par la conscience d'être dans ce bureau. Imprégnant maintenant son corps, elle le ralentit et aggrave le besoin d'uriner. Il se déplace comme dans un cauchemar d'enfant.

— Comment allez-vous, Clément ?

Cherkesly semble, par contraste, particulièrement détendu. Malicieux. Clément se met à transpirer. Au contact du cuir, son dos lui paraît ruisseler.

— Très bien, monsieur, merci.

Il renonce à renvoyer la question au patron. Ce serait raté, de toute façon, et il a déjà laissé passer le moment de le faire.

— José me dit que vous aviez l'air surpris, pour Brest.

C'est bien ce qu'il pensait. Toutes les infos remontent immédiatement. Et c'est Cherkesly qui pilote. Clément est sous contrôle. Il s'est montré naïf. Un autre jeu se joue derrière tout ça. Curieusement, cette découverte le soulage et il se détend, parvient à libérer un peu d'énergie mentale.

— Surpris ? Non. Mais j'avais mis d'autres priorités…

Le boss l'interrompt d'un sourire.

— Vous avez raison. Disons que ce sera l'occasion pour vous d'une petite escapade.

Cette fois, Clément ne comprend pas. Son cerveau mouline. Le chef paraît s'amuser beaucoup, à voir se succéder dans ses yeux les questions affolées qu'il n'ose pas poser. Le mot « escapade » le tétanise par son côté mondain. Le téléphone de Cherkesly attaque une aria. Il décroche, lance quelques mots anglais, clique, raccroche et paraît redécouvrir Clément, assis, en sueur, dans son fauteuil.

— Une escapade ?

Cherkesly sursaute presque, élève sa main de quelques centimètres et la laisse retomber sur le plateau verni de son bureau.

— Que pensez-vous de Meryl ?

L'estomac de Clément se contracte. Une gorgée de café lui remonte jusque dans les fosses nasales. Il ne va pas y arriver. Il ne comprend rien.

— Meryl ? Elle est tout à fait…

Cherkesly attrape un Post-it, le plie et part à la recherche d'une poussière coincée sous l'ongle de son pouce.

— Elle va mieux. Nettement mieux. C'est grâce à vous.

Il ne sourit pas. Clément se tortille, trouve une position moins douloureuse et se concentre sur son système digestif. Cherkesly monologue, maintenant. Il dit que Meryl a retrouvé le sourire. Hier soir, elle est venue le voir, à la maison, elle a bavardé comme autrefois, quand elle était enfant. Elle paraissait joyeuse.

Le timbre très neutre de la voix du patron contraste avec la charge émotionnelle de son discours. Il a l'air de lire un bilan. Interprétant cette discordance comme une forme de pudeur, Clément, sans reprendre l'avantage, se sent moins coincé, et s'autorise un chorus.

— C'est vrai. J'ai eu aussi l'impression…

Erreur. Les premiers séminaires de communication insistent sur ce point : tout énoncé évaluatif, fût-il favorable, portant sur les propos d'un supérieur hiérarchique, vous désigne comme un ambitieux se hissant indûment à une position surplombante. Il vous vaudra toujours une chute douloureuse. Cherkesly se crispe mais ne relève pas.

— Emmenez-la à Brest. Ça lui fera du bien de prendre l'air.

Clément inspire, doucement. La mission bretonne était un prétexte. C'est Meryl que Cherkesly désire envoyer trois jours au bout du monde. C'est lui qui a besoin d'air. Il a trouvé en Clément le chaperon idéal. Naturellement, la révélation est humiliante mais Clément est formé à dompter les spasmes de son amour-propre. Un réseau de perspectives se dessine aussitôt. Il rend un service énorme au patron. Un service personnel. Les retombées sont potentiellement faramineuses. Maintenant, il faut faire profil bas, ne pas poser de questions. Clément adopte une expression un peu trop niaise, signifiant qu'il a décelé la faveur cachée sous la brimade et que, par tact, il feint de ne l'avoir pas vue. Il en rajoute. Assez pour que les choses soient claires.

— Vous êtes sûr que ça ne vous embête pas ?

Cherkesly se penche, pour suggérer la confidence.

— Clément, il va falloir apprendre à concilier le boulot et... la vie.

Il se recule, se focalise sur des gouttes de pluie qui frappent la baie vitrée, puis explique que Meryl redoute les voyages autant qu'elle les désire. Ambivalence classique mais qui revêt, chez elle, une intensité insupportable. Elle n'est pas sortie de Paris depuis des années. Autrefois, avec sa mère, elles passaient des vacances en Bretagne, près de Paimpol. C'est pratiquement sur la route.

Il se racle la gorge puis annonce qu'il leur a réservé deux chambres dans un petit hôtel à Paimpol. Ce sera un genre de pèlerinage. Meryl pourra se promener jusqu'à la villa qu'il louait pour elles, autrefois.

Clément est dépassé. Ça va trop vite et trop loin. Il y réfléchira plus tard. Cherkesly enchaîne. Le développeur qu'il visitera le lendemain à Brest n'est pas un petit joueur. Son projet de logiciel éducatif est nul. Le patron l'a déjà examiné, dans les grandes lignes. Par contre, il est sur plusieurs pistes, très intéressantes, dans le domaine des big data. Clément acquiesce. Il connaît le sujet. Il a lui-même travaillé longtemps sur les big data, ces programmes liés à l'intelligence artificielle, destinés à traiter des masses énormes de données, et à interpréter le langage humain. L'objectif pourrait être, par exemple, de créer un robot capable de fournir des réponses pertinentes aux centaines de mails reçus par les entreprises.

L'ego de Clément se console. Il n'est pas absurde que Cherkesly lui confie cette tâche, puisqu'il a proposé un mémoire intéressant sur l'utilisation potentielle des big data dans la gestion des retours client. Cherkesly ne l'a pas oublié. Qu'il greffe le pèlerinage sentimental de Meryl sur une mission d'expertise prouve qu'il a vraiment confiance en Clément. Et cela relève de la rationalisation la plus élémentaire. À présent, Clément a recouvré ses capacités. Il réfléchit vite.

— Donc je fais semblant de me renseigner sur son logiciel, et j'essaie de savoir où il en est sur les big data.

Cherkesly hoche négativement la tête, soulagé de ne plus avoir à parler de sa fille.

— On ne fait jamais semblant. Vous y allez à fond. Et vous n'essayez pas de savoir quoi que ce soit. Vous faites comprendre que Vogal est intéressé.

C'est moins glorieux. Cherkesly lui rappelle qu'il est un commercial avant tout. Pas un expert. Les tâches d'évaluation seront confiées à d'autres. Au demeurant, poursuit le boss, on laisse toutes les portes ouvertes. S'il le faut, on lui achètera son logiciel éducatif. Un genre d'hameçon. Le truc restera en stand-by ou partira équiper des écoles en Afrique. Ce sera bon pour la com. Par contre, on s'efforce de faire comprendre au petit développeur qu'il n'est pas contractuellement tenu à la loyauté vis-à-vis du groupe qui a sponsorisé ses recherches sur les big data, jusqu'à présent.

— De qui s'agit-il ? demande Clément, ravi d'accéder à du confidentiel.

— France Télécom, lâche Cherkesly avec un reniflement méprisant. Mais le service juridique m'a rencardé sur leur accord. C'est du pipeau. Nos avocats s'en torcheront.

La formule impressionne Clément. Il ne se sent plus du tout humilié. L'entretien s'achève simplement. Ils se serrent la main avec le sentiment d'avoir clarifié quelque chose et de repartir sur des bases. Clément ne repense à Myriam que huit heures plus tard, en prenant le métro.

Il hésite un instant puis appelle Meryl.

— Tu es chez toi ?

— Oui. Besoin d'une baby-sitter ?

— Peut-être. Je peux venir ?

— Je t'attends.

Debout dans la rame, il se demande si elle est déjà au courant du voyage en Bretagne. Il n'arrive pas à comprendre la nature du lien qui unit Meryl et son père. La voix de Meryl est toujours si joyeuse. Il ne l'imagine pas manigancer quoi que ce soit.

Le métro est bondé. Il s'est trouvé une petite place près de la fenêtre noire. Des compagnons de voyage se succèdent. Un Indien, qui s'endort aussitôt, remplacé quelques stations plus tard par une femme fatiguée, les yeux rivés sur l'écran d'une lectrice. Il pense à JJ et à sa négation. Il ne l'a pas revu depuis le matin. Des bouches défraîchies tètent l'atmosphère confinée. Les yeux fixent le vide de l'air ou des écrans. Clément ferme les siens et voit défiler les pages qu'il a lues, toute la journée, les caractéristiques des sociétés que son équipe doit visiter. Il faut bien connaître les détails, qui seront autant d'atouts dans les négociations. Il a rappelé aux autres qu'ils arriveraient dans les boîtes en position de force. Vogal, pour eux, c'est le FBI, la grosse artillerie. Il faut se le rappeler. Il est resté près de deux heures debout dans la lumière du vidéoprojecteur. Il aime expliquer. Il a peut-être hérité quelques gènes de sa mère, après tout.

Clichy lui fait du bien. La promenade dans la nuit. C'est plus calme que Pantin. L'air froid le repose. En sonnant chez Meryl, il espère qu'elle sera seule. Il n'a pas envie de parler de Lou Reed.

— C'est moi ! annonce-t-il dans l'interphone avec une familiarité qui l'étonne lui-même.

Il la connaît à peine et a déjà le sentiment de rentrer à la maison quand il lui rend visite. Tout va bien, aucun de ses amis ne squatte. Elle porte un long tee-shirt jaune orné d'une marmotte et un pantalon de jogging. Cette décontraction affichée n'a pourtant rien d'ostentatoire. C'est comme s'il manquait à Meryl le sens des convenances élémentaires. Mais cette lacune ne paraît traduire aucune révolte contre son éducation bourgeoise. Elle s'en fout vraiment. Des poupées gisent toujours dans le salon, à côté de leurs emballages déchirés.

— Léonore n'est pas là ? Je croyais que tu avais besoin d'une baby-sitter.

Elle ne paraît pas attendre qu'il lui fasse lui bise. Il s'en abstient, entre, s'assied sur une chaise. La fatigue de la journée, tout à coup, l'écrase.

— Oui, mais c'était pour moi.

Elle fronce un instant les sourcils puis sourit et allume la bouilloire.

— Dure journée ? Moi j'ai pas eu le courage d'aller bosser.

Avant de réfléchir à ce qu'elle vient de dire, Clément se surprend à la corriger mentalement. Je *n'ai* pas eu le courage.

— Tu as de la chance de pouvoir te poser la question.

Elle s'écroule sur le canapé.

— Arrête, je sais très bien ce que tu penses.

— Quoi ?

— Je suis la fille de ton boss. Un hyper riche. Mes études sont un loisir. Si je veux, je peux passer ma vie sans rien foutre.

— Et ?

— Et c'est vrai.

Ils se taisent, avec le sentiment d'avoir déjà eu cette discussion. Elle ne les intéresse ni l'un ni l'autre. Le claquement de la bouilloire éveille en lui le désir d'un thé très fort. Mais elle ne bouge pas.

— Justement, Meryl. Sois franche avec moi.

Elle plisse les yeux et pose sa jambe gauche, tendue, sur son genou droit, comme si elle s'apprêtait à réaliser une figure complexe de gymnastique. C'est un geste apparemment très naturel, chez elle, qui doit remonter à la toute petite enfance. Pour cette raison, il n'est pas complètement grotesque.

— Tu veux me parler de la Bretagne ?

Donc elle était au courant. Il ne peut s'empêcher d'être déçu.

— Je dois jouer les chauffeurs, c'est ça ?

À nouveau, c'est l'humiliation qui l'emporte. Cherkesly parvient à lui faire oublier qu'il le manipule. Mais dans ce petit salon mal éclairé, la réalité est cuisante. Meryl hausse les épaules.

— Je sais pas. C'est pas moi qui ai eu l'idée, en tout cas.

Je *ne* sais pas. Ce *n'est* pas moi. Agaçant. JJ l'obsède comme un diablotin. Clément croit l'entendre ricaner. Il se lève et frappe le mur du plat de la main, en un geste théâtral.

— Je ne suis pas un larbin, Meryl.

Elle se redresse et ouvre grand les yeux, surprise :

— Tu veux qu'on s'engueule ?

C'est une vraie question. Sans ironie. Elle n'est pas habituée, n'a pas les codes. Il aurait dû la prévenir, pour qu'elle potasse l'engueulade, dans les couples. Ça le fait rire.

— Non, j'aimerais mieux boire un thé. Je peux le préparer, si tu veux.

Elle acquiesce. Pense à autre chose. Il hésite un instant puis gagne la cuisine et ouvre les placards. Elle n'y prête aucune attention.

— Si tu veux pas que je vienne, c'est très facile, tu sais. J'ai peur de quitter mon appartement. Il aimerait bien me faire faire des séjours à l'étranger, des choses comme ça. Erasmus, comme dans les films.

Clément a fini par trouver une boîte d'Earl Grey, presque écrasée sous un paquet de sucre. Il cherche les tasses. Meryl lui explique qu'elle est trop angoissée pour quitter Paris. Le sentiment d'insécurité la gagne dès qu'elle franchit le périphérique. Ensuite, ce sont des attaques de panique, des vagues de chagrin. Les chemins du monde lui sont tous coupés. Clément trouve deux mugs décorés de personnages bizarres. Une espèce de licorne à gros nez, un lapin monstrueux. Si Léonore les a vus, elle a dû avoir peur.

— Ce n'est pas que je ne veux pas t'emmener, proteste-t-il mollement. Au contraire.

Il a dit « au contraire ». Elle l'a entendu. Elle est dans la cuisine, maintenant. Trop près de lui.

— C'est vrai ? Ça te ferait plaisir ?

Il réfléchit un instant. Oui. Oui, en fait, ça lui ferait plaisir. Il prend les deux tasses, contourne le corps de Meryl sans frôler ses seins et retourne dans le salon. Il réfléchit encore. Au fond, le vrai test, pour Cherkesly, c'est de voir s'il arrivera à persuader Meryl de l'accompagner. Il perçoit maintenant que ce serait un exploit bien plus considérable que de glaner des infos sur les big data que, de toute façon, le patron obtiendra quand il le voudra d'un claquement de doigts. Le plaisir authentique qu'il aurait à voyager avec Meryl et à ne pas parler de boulot avec elle, pendant des heures et des kilomètres, est gâché par cette donnée nouvelle : sa véritable période d'essai a commencé le jour où il a rencontré Meryl. Il ferme les yeux, très fort, se contracte. Il doit envisager les choses sous un autre angle. Il ne s'agit pas d'un dilemme moral où s'opposeraient son ambition professionnelle et l'affection qu'il éprouve pour la fille du patron. L'époque transcende ces conflits archaïques. La loyauté, de nos jours, est d'une nature plus subtile. Elle est essentiellement équivoque. Voilà ce qu'il faut comprendre. Il se demande pourquoi il perd du temps à se trouver des justifications. Réflexes d'enfant de prof. Meryl attend patiemment qu'il ait fini de penser.

— Mais oui. Oui, ça me ferait plaisir.

Elle sourit, attrape une tasse et se rassied dans le canapé.

— Ben alors ?

Il remue un peu les mains en haussant les épaules, renverse du thé sur le sol.

— Alors rien. Tu n'as pas peur de partir toute seule avec moi ?

Elle redevient sérieuse et le scrute à travers la vapeur.

— Je t'ai dit, Clément. Avec toi, j'ai plus peur.

Je *n*'ai plus peur. Ta gueule, JJ.

Il se pose sur la chaise, touille son thé. Elle lui parle de la villa où elle passait ses vacances avec sa mère, tandis que son père restait à Paris pour travailler avant de les rejoindre quelquefois, le week-end. Il y a tout ce qu'il faut, dans ce souvenir. La mer, le sel, la lumière, le granit rose, les talus. Il mesure à quel point Meryl est différente de son père et des gens qu'il fréquente, en général. Elle ne calcule rien. Ne cherche pas à paraître originale ou désabusée. Elle se rappelle son enfance, et l'océan. Ne cherche pas à faire comme si ce n'était pas suffisant. N'essaie pas de rendre son émotion intelligente ou distanciée. Par capillarité, il est de nouveau sollicité par un souvenir. Un fait mineur, qu'il a complètement occulté, parce que ce n'est même pas un fait, justement. C'est un moment. Perdu dans le flux de ses années d'étudiant : il écoute sans l'entendre une émission radiophonique ardue, qui porte sur l'antimatière. La densité des propos, la compétence des intervenants le rassurent. Il aime que d'autres hommes, infiniment savants, conversent sur des sujets essentiels, sans effort apparent, gardant en eux une provision insondable d'énergie, de savoir, propre à tirer l'espèce vers le haut. Il sent à quel point il a, jusqu'à présent, lutté contre sa nature tourmentée, poreuse à l'horreur de la réalité, excessivement sensible à l'angoisse. Mais son autre moi, l'ironique, a toujours opposé à ce penchant mélancolique un effort pour en rire, pour ne plus y penser, pour se concentrer sur des questions abstraites, rassurantes. Il éteint la radio. Il doit au contraire, maintenant, se laisser imprégner par sa propre peur, car sa peur a quelque chose à lui dire, quelque chose qu'il ne veut pas entendre, depuis toujours. Depuis quand ?

— Je ne sais pas.

C'est lui qui a parlé. La phrase est suffisamment vague pour se raccorder à n'importe quoi. De toute façon, Meryl n'a pas entendu. Elle se promène toujours dans le parc de la villa d'autrefois. Il finit son thé, se brûle, se lève.

— Tu t'en vas ?

Elle paraît déçue. Comme si on allait faire les bagages et partir tout de suite. Il se rend compte qu'il en a envie aussi, maintenant. Mais il reste des problèmes. Myriam. Il regarde sa montre : déjà neuf heures. Son retard est encore vraisemblable, mais de moins en moins. Pas de message d'elle.

— Oui, je suis crevé.

— On part quand ?

Bonne question. Il se rappelle que Cherkesly a déjà réservé l'hôtel à Paimpol. Pour après-demain soir.

— Après-demain. Je passe te prendre ?

— Non, je te rejoins à la Défense. Ce sera plus pratique.

Elle a déjà pensé à tout. Il lui fait la bise. Elle sent bon alors que lui exhale un remugle de sueur refroidie. Il a hâte de prendre une douche.

Dans la rue, il appelle Myriam, pour justifier vaguement son retard. Elle paraît très détendue, bavarde un peu. Quelques notes de jazz contemporain flottent entre ses mots. Il se dit qu'elle travaille à ravauder sa toile. En filant, l'autre jour, il y a fait un trou. L'image est idiote. Il raccroche.

À Ourcq, il se réveille brusquement et se rend compte qu'il a dormi profondément tout le long du trajet. Son sommeil ne l'a pas reposé, au contraire. Il se frotte les yeux, comme un môme. La rame est presque vide. Il vérifie machinalement qu'on ne lui a rien volé.

Comme il s'y attendait, Myriam a préparé un bon repas. Une odeur exotique flotte, qu'il n'identifie pas. Encore l'Orient, ou peut-être l'Afrique du Nord. Ça l'énerve. Sa prédilection pour les épices raffinées l'énerve. Il aurait préféré se coucher directement, envoyer valser ses chaussures, écouter de la musique, ne rien faire, ne pas parler. Or il faut qu'il annonce son voyage. Il le sent mal, tout à coup. Irrité par la nécessité de mettre les formes, il balance l'info tout à trac, sans la regarder.

— J'ai un déplacement en région.

Elle s'immobilise, le nez au-dessus de l'assiette où mijote de la soupe vietnamienne. Du moment où il l'a identifié, le parfum de la cardamome brune envahit tout l'appartement. Il remarque incidemment qu'elle a acheté deux nouveaux coussins pour le sofa.

— C'est génial ! Où ?

— Brest.

Il apprécie la brève rugosité du nom. Il n'avait pas envie d'en dire davantage.

Elle réfléchit, maintenant, la cuillère en suspens. Il devine trop tard où ses pensées la conduisent.

— Je viens avec toi.

Elle plante ses yeux dans les siens, tout sourires, avec une expression de défi malicieux évoquant une vieille série américaine, en noir et blanc. Impression renforcée par le fait qu'elle tient une grande cuillère.

— Tu rigoles ?

Le sourire de Myriam disparaît. Il présume qu'il n'a pas réussi à masquer sa consternation.

— Non. J'ai plein de jours à prendre avant la fin de l'année. Et Bertrand m'a dit que ce serait même bien de le faire maintenant, avant le rush de Noël. On part quand ?

— Après-demain.

Elle calcule. Ce sera juste mais ça peut le faire. Bertrand est sympa. Clément lit sur son visage la satisfaction que lui procure son aptitude à saisir l'opportunité. Un petit voyage en amoureux, c'est pile ce qu'il leur fallait.

— Tu me laisses deux minutes ? J'envoie un mail à...

Elle se fige avant d'avoir posé la cuillère. Clément est tout pâle. Il hoche négativement la tête.

— Ça sera... ça ne sera pas possible, Myriam.

L'objection la rassure presque. Normalement, il a raison. Personne ne peut improviser un voyage l'avant-veille.

Elle va lui expliquer mieux. Bertrand, les jours qu'elle peut poser, les arrangements… Mais il continue de hocher la tête et elle soupçonne une catastrophe.

— À cause du billet de train ? Je suis sûre qu'il reste des places. En semaine, on…

— J'y vais en voiture. Avec une… un collègue.

C'est cette petite hésitation sur le genre qui le perd. En moins d'une seconde, Myriam met bout à bout les éléments dont elle dispose, son sauve-qui-peut de l'autre soir, sa nuit ailleurs, ses balbutiements, sa gêne. Il a quelqu'un. C'est sinistrement banal. Elle n'en revient pas. Avec une précision qui la terrifie, elle s'imagine lui jeter la casserole de soupe à la tête. Les nouilles dégoulinent sur ses joues brûlées.

— J'y crois pas, murmure-t-elle.

Il fait un pas en arrière, deux, retourne dans le couloir d'entrée, récupère son sac. Un peu plus tard, tandis qu'il le cale péniblement sur son épaule et cherche à composer le numéro de Meryl, il prend conscience qu'il lui aura fallu moins de cinq minutes pour y fourrer des vêtements et des affaires de toilette. Myriam n'est pas sortie de la cuisine.

Il trouve Meryl assise dans un fauteuil, parmi du linge qui sèche, son ordinateur sur les genoux.

— Ça s'est mal passé, suppose-t-elle d'une voix douloureuse, sans quitter l'écran des yeux.

Il cherche des yeux un endroit où s'asseoir. Le canapé est encombré par des habits étalés à la diable. Il se saisit d'un jean et l'étend sur un radiateur poussiéreux puis prend sa place.

— Oui, j'ai… J'ai été maladroit. Myriam voulait venir.

Meryl passe à plusieurs reprises sa paume sur le bout de son nez. Clément sait qu'elle est en train d'envisager sérieusement la possibilité d'emmener Myriam. Il devine même le moment où elle se dit qu'elle serait ravie de lui céder la place. Rien de plus simple. Cette évidence contrarie Clément. Il ne démêle pas si son irritation provient de la crainte de décevoir Cherkesly, de la déception de voir Meryl renoncer si facilement ou de sa rancœur contre Myriam. Il fait signe à Meryl de laisser tomber. On ne change rien. Elle n'ose pas insister.

— Tu as eu des nouvelles de tes parents ? bifurque-t-elle.

Apparemment, elle les a moins oubliés que lui. Il ne sait plus. Il n'a pas envie d'en parler, mais apprécie qu'elle s'en soucie.

— Ils vivent leur vie. Ils sont grands.

Détachement joué, mais qui cadre assez bien avec son état d'esprit. Il n'est pas prêt à penser à eux, à déterminer s'il souffrira de leur désunion. Il se souvient soudain que, lors de son dernier séjour à Tours, il a remarqué, sans y prêter vraiment attention, que son père avait déposé quelques affaires dans sa chambre à lui. Des livres, des vêtements, des magazines. Sur le coup, il avait pensé que c'étaient des objets en transit, des rangements en cours. Maintenant, il saisit que ses parents font chambre à part. Son père dort dans son lit d'adolescent. Meryl regarde de nouveau son écran. Il la rejoint. Ce n'est plus la Coréenne, cette fois, mais un texte dru, serré, qui lui paraît très spécialisé. Quelque chose comme de la linguistique.

— De temps en temps, j'ai besoin de lire des choses difficiles, s'excuse-t-elle.

Il parcourt un paragraphe. Aucune phrase ne fait sens. Des appels de note et des liens hypertextes perturbent constamment la lecture. Il est aussitôt contrarié, se rappelle certains cours de philo qui le révoltaient par leur caractère volontairement abstrus, selon lui.

— C'est normal. Tu es étudiante.

Elle secoue doucement la tête, pour ne pas l'énerver davantage.

— Non, c'est autre chose. J'aime bien voir que l'auteur de l'article maîtrise à fond son sujet.

Clément est saisi de partager avec Meryl le besoin d'être rassuré par l'intelligence humaine. Il se demande si quelque chose, dans les propos ou dans l'attitude de la jeune femme, a provoqué la résurgence de son propre souvenir sur l'antimatière, dans le métro. Certainement. Des flux circulent donc entre leurs deux esprits. Peut-être se satisfait-il trop de le constater. Cela le soulage de n'être pas la marionnette du patron. Par peur de découvrir que ce qui lui apparaît comme une affinité profonde se révèle un malentendu ou une illusion, il s'interdit de demander des précisions à Meryl. Ce qui l'intrigue, maintenant, c'est la vie érotique de la fille de Cherkesly. Quels sites de sexe fréquente-t-elle ? Il est presque sûr que s'il lui posait la question, elle répondrait sans gêne. Elle semble disposée à aborder franchement toutes sortes de questions personnelles. L'effort qu'il fait pour ne rien demander lui révèle l'étendue de sa curiosité. Et s'ils couchaient ensemble, pour voir ? Qu'est-ce que ça changerait ? Meryl a peut-être la capacité de ne pas trop s'impliquer dans une union physique. De la regarder comme une sorte d'expérience. Ils pourraient étudier ensemble les conséquences de leur acte, les retentissements de tous ordres. Ce serait une façon intéressante d'occuper leurs soirées. N'importe quoi.

Envisager de faire l'amour avec Meryl provoque en lui un désir brutal pour Myriam. Il n'a vraiment pas besoin de ça. Meryl quitte les pages de linguistique et parcourt le site madmoiZelle. Elle adore. Ils regardent ensemble des animaux idiots et des chutes d'enfants qui les apaisent. Au bout d'un moment, Clément perçoit qu'elle vient d'avoir une idée. Elle se lève, attrape un haut et un pantalon noir puis s'enferme dans la salle de bains.

— Tu fais quoi ?

— On sort.

Cette réponse le trouble. C'est la première fois qu'elle prend une décision aussi franche. Son trouble lui confirme qu'il aime les femmes déterminées. C'est aussi déprimant qu'encourageant. Si Meryl se met à évoquer Myriam, ne risque-t-elle pas de devenir la femme de sa vie ? Il se pose la question en ces termes. Elle s'est formulée toute seule, comme une pensée écrite. Meryl ressort de la salle de bains, maquillée, habillée en fille cool. Donc elle connaît les codes.

— On va où ?

— Tu aimes danser ?

— Non.

— Génial. Moi non plus. On restera au bar à regarder les gens.

En marchant vers la station de métro, Clément est habité par des pensées de vieux. Il juge déraisonnable de sortir en semaine avec le boulot qu'il a. Mais il joue son rôle. Le caprice de Meryl lui facilite la vie. La servitude est toujours un soulagement.

Dans le métro, Meryl a de l'allure. Mais l'élégance qu'il lui trouve n'est-elle pas le produit de tout ce qu'il sait d'elle ? Il se soupçonne une aptitude à l'autoconditionnement, issue du dressage qu'il a subi tout au long de sa vie. La liberté, répétait un prof de culture générale, en prépa, consiste moins à faire ce qu'on veut qu'à vouloir ce qu'on fait. Formule parfaite pour les managers.

En sortant des souterrains, Clément se rend compte qu'ils n'ont pas échangé un mot et qu'il ne s'est posé aucune question sur les intentions de Meryl. Il s'est satisfait de lui voir jouer le rôle de l'héritière capricieuse qu'on accompagne à contrecœur. Encore un truc de cinéma. Un copain lui a parlé récemment d'une appli qui calculait le nombre d'heures qu'on a perdues devant la télé, au cours de sa vie. Rien qu'avec les séries récentes, le copain en était à deux mois et demi.

Clément tente de se repérer. Ils sont descendus à gare de l'Est et déambulent maintenant dans le 10e. Non, ils ne déambulent pas. Meryl marche vite. Elle sait où ils vont. Ils enfilent la rue Jarry, longent une bâtisse aux huisseries bleues. Les volets sont fermés derrière leurs grilles. Ils dépassent un traiteur pakistanais. Ne pas penser à Myriam. Rue de Paradis, il remarque la vitrine d'une boutique « Yatou, accessoires pour plaire ». Puis Meryl s'engage sous un porche et sonne à une porte. Un vigile lui ouvre, sur fond de lumière rouge. Un escalier moquetté descend vers des bas-fonds où pulse une musique épaisse.

Il ne comprend qu'un peu plus tard, juché au bar sur un tabouret haut. Jusqu'à présent, il n'a rien remarqué. C'est une boîte perdue, peut-être branchée, bien qu'il ne parvienne pas à définir l'origine des clients. Des cadres, apparemment, mais les cocktails ne sont pas très chers. Le décor semble improvisé. C'est une cave tout en longueur aux murs bruts. Sur les pierres apparentes sont accrochées de loin en loin des photos sous verre, ne représentant rien. Le rouge épais craché par les spots paraît fatiguer les danseurs.

Meryl marque le rythme en remuant le genou. Elle manipule son verre comme s'il s'agissait d'un objet technique, y plonge sa paille, aspire prudemment, examine les bulles. Puis son regard se porte vers le fond de la salle. Clément l'imite et voit ce qu'il fallait voir.

José danse. Son José. Son supérieur. Il ne l'avait pas reconnu à cause de ses vêtements de vieil adolescent. Un slim, une chemise cintrée. Ses cheveux luisent de gel, dans l'air lourd. Et surtout, il étreint une femme beaucoup plus jeune que lui.

— Sa maîtresse, confirme Meryl en égouttant sa paille.

Elle a bien articulé pour se faire comprendre. Son expression est neutre. C'est ça qu'elle voulait lui montrer. Clément n'arrive pas à réfléchir. Il est hypnotisé par la vue de José qui, maintenant, embrasse la fille de toute sa bouche. Elle caresse son dos poilu à travers la chemise. Mal à l'aise, Clément esquisse un mouvement pour descendre de son tabouret, mais Meryl pose la main sur son avant-bras. Il frissonne. Elle désire qu'ils restent. Il obéit.

Fatalement, quand il s'approche du bar, sa main posée sur les reins de sa maîtresse, José tombe sur Clément et se fige. En une seconde, il se désintègre. Il rougit dans la lumière rouge. Ses orbites marbrées lui donnent un air de zombie. Au bureau, José jouit d'une image de père de famille sérieux. Clément est surtout déçu de s'y être laissé prendre. Fugace soupçon : son père a-t-il une maîtresse, lui aussi ? La vraisemblance l'exigerait peut-être. Impossible.

José fixe Clément, ne remarque pas Meryl qui, d'ailleurs, se détourne, comme si elle ne le connaissait pas. Impossible de deviner qu'ils sont venus ensemble. La jeune femme, qui a senti se relâcher la pression de José, l'interroge du regard, mais il ne la voit pas. Il continue d'examiner Clément comme si, au prix d'un effort d'attention soutenue, il pouvait le transformer en un vague sosie. Mais Clément lui adresse un petit salut timide. Il essaie de sourire. José hausse les épaules, envisage de s'expliquer, peut-être, mais tout, dans cette cave, décourage l'échange verbal. On ne peut que boire et danser. Se frotter aux autres. Et puis, qu'y a-t-il à dire ? Il s'éloigne vers l'autre bout du bar, emmenant sa compagne qui traîne comme un animal réticent.

Meryl attend encore un peu. Beaucoup trop pour Clément et José que la présence de l'autre indispose. Elle finit par se lever, paie, sourit au barman, un Jamaïcain blasé qui encaisse sans commentaire.

De retour à l'air libre, Clément attend que ses oreilles cessent de siffler. Ils baguenaudent un peu, se retrouvent dans la rue de Chabrol. Tout est laid, c'est un quartier sans grâce. Les rideaux de fer sont descendus sur des vitrines de téléphonie low cost.

— C'était lui que tu voulais me montrer ? José ?

Il se voulait agressif, mais sa voix tremble. En fait, il est scié. L'idée qu'il s'était faite de Meryl vient d'être anéantie. Elle a voulu lui fournir la preuve de son pouvoir. Maintenant, José est définitivement neutralisé. Donc elle sait qu'il constitue un obstacle – négligeable mais réel – pour les ambitions de Clément. Elle possède aussi des renseignements que tout le monde ignore, à la boîte. Ça aurait filtré depuis longtemps, sinon. Une maîtresse ! Du très lourd ! JJ n'aurait pas résisté.

— Je t'ai dit. Je suis une sorcière. Tu n'as même pas besoin de formuler tes souhaits. Je les exauce. On rentre ? Je suis crevée.

Sur le chemin du retour, Clément commence à mesurer la puissance dont il dispose maintenant, et à envisager les choses sous un autre jour. Il peut devenir le maître de Vogal. Il n'en avait pas conscience, à cause de la désinvolture et de la névrose de Meryl. Il s'interdisait sûrement d'y penser. Sa mère aurait tellement désapprouvé. Il lui reste encore trop d'orgueil. Trop de conscience de sa valeur. Trop de fierté. Mais il ne s'agit plus de ça. Ce que Meryl lui fait comprendre, c'est qu'elle peut lui offrir une autre vie, s'il le veut.

Trente-cinq heures plus tard, Clément, un œil sur le GPS, quitte la route de la Demi-Lune, à Puteaux, pour s'engager dans la rue Félix-Éboué, direction Nanterre. Il doit se concentrer. Conduire en banlieue dans une voiture de location mobilise toute son attention. À ses côtés, Meryl se tait mais ne l'aide pas du tout à se repérer. Depuis leur départ, elle a perdu sa belle humeur. Il se rappelle mal tout ce qui s'est passé depuis qu'il a quitté, pour la deuxième fois, l'appartement de Pantin. Le temps s'est distendu, disloqué. Il revoit JJ, à la cantine. L'image a la précision absurde d'une vision. JJ lui montre un petit roman italien qu'il vient d'acheter, mais Clément a oublié pourquoi. La couverture, pourtant, ne représente rien. On y distingue une forme vague qui, apparemment, n'a aucune prétention figurative. C'est une tache de couleur indéterminée, dodelinant entre le piano et l'ablette. JJ, volubile, analyse l'expérience singulière que ce livre a occasionnée : à peine l'a-t-il ouvert que le nom de la traductrice, aperçu sur la page de garde, l'a arrêté. Non pas son nom, à vrai dire, mais son existence. Sa presque présence. Que l'ouvrage soit passé, pour venir jusqu'à lui, dans les mains d'une femme, mot à mot, le trouble. Au lieu de se muer en images colorées, au lieu de raconter une histoire, les mots qu'il lit tracent le portrait de cette traductrice, dont la féminité, sans qu'il sache comment ni en quoi, imprègne les phrases. Il l'imagine frêle, se représente un visage précis, sérieux, concentré, discerne sa table de travail, son bureau, et, derrière elle, un peu flous, de gros dictionnaires, des ouvrages érudits portant sur l'Italie, sur Rome. Le monde confortable et austère de cette traductrice, sans doute célibataire, sans doute entre deux âges, a pris toute la place de la fiction.

Clément ne l'a écouté qu'à moitié, mais maintenant, tandis qu'il roule dans le tunnel de Nanterre-La Défense et que Meryl, à sa droite, paraît manquer d'air, il y repense. Il se dit surtout que JJ, à présent, lit carrément des livres sur son lieu de travail. Il songe aussi qu'il ne sait rien de la vie amoureuse de son collègue, et aussi que cela ne l'intéresse pas. Puis il s'étonne que la pensée de Myriam ne le hante guère. Dans la nuit, incapable de dormir sur le canapé de Meryl, il lui a envoyé un SMS : « Il n'y a personne d'autre. Mais je ne pouvais pas t'emmener. Je t'expliquerai. »

Elle n'a pas répondu.

D'autres fragments lui reviennent. Une réunion, avec son équipe. Son équipe. Ils bossent bien. L'insomnie et la perspective de son déplacement ont aiguisé son efficacité. Il a connu des états semblables, à l'école de management, quand il tournait au Guronsan. Un mec avait même de la coke. Ça lui semble terriblement lointain. Il esquisse une théorie fugace selon laquelle La Défense n'est pas seulement un palais de verre défiant l'espace. Elle glisse dans son propre couloir temporel. Un peu comme les couloirs des avions.

— Je crois qu'il va falloir que je descende, geint Meryl.

Surpris de la trouver là, il lui lance un regard oblique.

— Tu es malade ?

Il se souvient qu'avec elle, cette question n'a pas beaucoup de sens.

— Oui. Enfin non. J'ai trop peur.

Il lui jette un coup d'œil. En effet, elle est blême. Le coin de ses lèvres paraît moite. Tout à coup, il sait avec certitude ce qu'il doit faire.

— Meryl ?

— Quoi ?

— Il est hors de question que tu m'abandonnes. J'ai besoin de toi.

Elle sourit presque. Comme acteur, Clément est absolument nul. Il doit ralentir, à l'approche du péage de Buchelay. Craignant qu'elle n'en profite pour s'enfuir, il verrouille les portières.

— Arrête, Clément. Je fais une crise d'angoisse, là. Une vraie.

— Prends un Xanax.

— C'est déjà fait.

— Prends-en un autre.

Il a repris sa carte bleue, lui tend le reçu et démarre virilement. On lui a loué une Toyota Auris, flambant neuve, qui atteint les 130 en quelques secondes, sans un bruit. Il se sent presque euphorique. L'angoisse de Meryl ne lui fait pas peur. Au contraire. Elle chasse ses propres ruminations et l'image de Myriam. Il fait gris. Un beau gris clair, humide. Nouveau coup d'œil à sa passagère qui ferme à demi les yeux en cherchant à contrôler son souffle. Sans hésiter, il lui attrape la main et la serre jusqu'à ce qu'elle crie.

— Arrête !

Il rit, trop fort. Elle le regarde comme s'il était la réincarnation de Ted Bundy, le nécrophile glamour.

— Avec moi tu n'as pas peur. Interdit.

Il desserre son étreinte, sans lui lâcher la main. Elle finit par se détendre et ferme les yeux.

— Je vais essayer de dormir.

— Mets un peu de musique, s'il te plaît. J'ai pris mon iPod.

Elle branche l'appareil. Il choisit « Sally Can't Dance », l'un des albums les plus commerciaux de Lou Reed. Justement, ça lui convient bien. Il a eu sa dose de mélancolie, ces derniers temps. Meryl respire plus calmement. Il la lâche, pose les deux mains sur le volant, double un camion et se laisse bercer par la vitesse. Il y a longtemps qu'il ne s'est pas déplacé aussi vite, en plein jour. Il y a longtemps aussi qu'il n'a pas appelé ses parents. Cette évidence le stupéfie. Il a tant à leur raconter ! Il chasse d'abord l'inquiétude où cette pensée le plonge en se disant qu'il a été objectivement très occupé par les événements de ces derniers temps. Mais elle revient dès qu'il se demande pourquoi sa mère n'a pas tenté de le joindre comme elle le fait, habituellement, tous les deux jours. Il se doute de la réponse. Ses parents sont bien en train de se séparer et gardent le silence. Sa joie s'éteint. Il monte le volume.

Meryl ne se réveille qu'aux abords de Rouen. La Normandie est humide, la campagne désolante. Depuis un bon moment, l'iPod a enchaîné sur « Legendary Hearts », qui lui plaît beaucoup moins. Meryl articule péniblement quelque chose. Il coupe le son.

— On arrive quand ? répète-t-elle.

— On roule depuis une heure. D'après le GPS, il en reste plus de quatre.

Elle gémit mais ne parle plus de renoncer au voyage. Il n'aime pas penser que son calme est peut-être dû au tranquillisant. Il se rappelle vaguement certaines béatitudes chimiques de ses années d'études. Des engouements artificiels, des camaraderies oubliées à l'aube. Il s'aperçoit qu'il n'a pas cessé de penser à ses parents, depuis le début du voyage. Mais il n'est pas plus avancé.

— Est-ce que Myriam t'a contacté ? demande tout à coup Meryl.

Il sourit tristement.

— Pourquoi ? Tu t'inquiètes pour elle ?

Meryl observe attentivement son propre genou. D'un air contrarié.

— Je me sens dégueulasse.

Il lève les yeux au ciel.

— Je te rappelle qu'on est deux vieilles copines.

— Oui. Mais Myriam ne le sait pas. Elle ne me connaît pas.

Elle explique. Comme à un demeuré. Il acquiesce et ne peut pas s'empêcher de remarquer l'usage qu'elle fait des « ne ». La marotte de JJ va finir par le rendre dingue.

— Elle t'a vue. Sur Internet. On a fait des recherches.

Meryl comprend. Elle semble même approuver.

— Tu lui as dit que c'était avec moi que tu voyageais ?

— Non.

Le voyage se poursuit ainsi, ponctué de brefs échanges qui semblent suffire à alimenter la réflexion de Meryl. Elle en émerge pour se faire préciser des détails, presque exclusivement sur Myriam. À un moment, Clément essaie de détourner la conversation vers ses propres parents, désireux de savoir ce qu'en pensera Meryl, mais elle ne leur accorde qu'un intérêt poli et revient à Myriam. Il finit par laisser tomber. Des destinations nouvelles apparaissent sur les panneaux, le Mont-Saint-Michel, Rennes, Villers-Bocage, Vire, accrochant des souvenirs de départs en vacances.

Lui, autrefois, c'est vers le sud, qu'il allait. Les Pyrénées.

Au cours d'un de ces voyages, ils ont perdu le chat.

Il se rappelle tout à coup les circonstances de sa disparition, quinze ans plus tôt, le bourdonnement de l'herbe haute sous les rayons de juillet, ses parents somnolents, les restes du pique-nique.

Ils pique-niquaient toujours au même endroit, quand ils descendaient dans le Midi. Quittant prudemment la nationale sitôt que s'inscrivaient dans le paysage certains repères précis – le moulin en ruines, puis les trois cyprès –, son père empruntait un chemin bossu et parfumé qui débouchait, après quelques minutes de douloureux secouements, sur la Prairie du Pique-Nique.

Cette étape cérémonielle signalait le vrai début des vacances. On descendait de l'automobile en frottant son corps endolori. On vérifiait, d'un œil meurtri par le soleil au zénith, que rien n'avait changé, ni la ramure séculaire des chênes qui veillaient alentour et dispensaient leur ombre douce, ni l'enthousiaste cours du ruisseau ondulant non loin, ni, surtout, le toit moussu du manoir, dont la silhouette s'apercevait au fond d'un parc, par-delà le portail bigorné, baroque et rouillé que nul, semblait-il, ne franchissait jamais.

Sauf le chat.

À quinze ans de distance, Clément croit encore entendre ses propres cris, ses appels désolés. Il le savait bien, il l'avait toujours su, que le chat ne devait pas passer cette grille. Jusqu'alors, la magie avait opéré. Le chat respectait l'interdiction que, par télépathie, son jeune maître lui avait imposée, de poser la patte dans le domaine du manoir. C'était un chat poli et obéissant, extrêmement facile à vivre, qui, en voiture, demeurait calmement lové sur la banquette, accompagnait la famille en vacances, pique-niquait avec eux et sautait dans le véhicule aussitôt qu'on donnait le signal du départ. Il avait toujours, jusqu'alors, respecté le périmètre de la Prairie du Pique-Nique, se bornant à flairer les abords du portail, conscient, sans doute, comme l'était Clément, que l'horreur commençait juste après.

Pourquoi, ce jour-là, avait-il enfreint ses engagements ? Certainement pas par négligence, ni par cette inconséquence prétendue des chats, à laquelle les parents de Clément s'étaient efforcés de lui faire croire, excipant, pour minimiser leur responsabilité, des bizarreries du règne animal. Car c'était leur faute. Ils n'avaient pas suffisamment aimé le chat, pas mesuré la place qu'occupait, dans la vie de leur fils, cet être élastique et pelu.

— Il va revenir, avait affirmé son père.

On avait déjeuné tout de même. Sa mère avait fait la sieste, étendue au soleil, un mouchoir noué sur le visage. Mais les ombres veloutées du parc n'avaient jamais rendu le chat. Pas de sonnette, pas de réponse aux appels. En septembre, Clément entrait au collège.

— Je commence à avoir faim, annonce Meryl.

Ils s'arrêtent sur une aire d'autoroute, peu avant la sortie pour Saint-Brieuc. Clément se rend aux toilettes, bruyantes comme une piscine. Des hommes rogues font gronder les chasses d'eau, souffler les sèche-mains, couler les robinets. On se recoiffe avec mauvaise humeur, comme les concurrents d'un rallye ulcérés de partager quelques moments d'inévitable intimité. Il vérifie ses messages. Rien de Myriam, rien de ses parents. Quelques mails de son équipe. Victor est en déplacement vers Maubeuge, Samira coordonne. Il leur indique sa position et ajoute un smiley résolu. Il retrouve Meryl plantée devant les sandwichs triangulaires et grimace.

— Tu ne préfères pas qu'on se pose un peu ? Il y a un restau.

Elle l'écoute à peine, absorbée par le choix.

— Non, j'adore ces trucs-là. Le pain de mie.

Il soupire et déniche un taboulé qui paraît presque abstrait, dans sa gangue de plastique. Les grains de semoule, comme retouchés sous Photoshop, se détachent les uns des autres, gorgés de lumière. Pendant qu'elle examine toute la gamme des casse-croûte, il s'attarde devant les rayons, feuillette un opuscule de récits traditionnels bretons. Une tristesse aiguë lui mord le cœur.

— Ça y est ! signale Meryl.

Elle est allée au plus sobre, finalement. Jambon-emmental. Elle prend aussi une petite bouteille d'eau minérale. C'est un moment douloureusement vide, comme un grumeau de néant, qui peine à s'écouler.

Ils mangent dans la voiture. De grosses gouttes s'écrasent sur la carrosserie. S'il voyageait en compagnie de collègues, il aurait fallu s'exclamer : « Bienvenue en Bretagne ! », mais Meryl n'y pense même pas. Elle attaque son sandwich. Clément remarque qu'elle l'a d'abord ouvert pour scruter la surface du jambon, avant de décoller le fromage et de le retourner. La manducation l'absorbe. Les bouchées paraissent d'abord palpées, du bout des dents et de la langue, avant de descendre précautionneusement dans l'œsophage, aidées, parfois, par une grosse gorgée d'eau.

Clément déplie la fourchette plastique astucieusement insérée dans une loge de l'emballage. Il a l'impression de jouer aux Playmobil. Il mâche. La pluie redouble et le rend somnolent. Sans raison, son moral remonte. Il se sent prêt à reprendre la route. *Force bleue*.

La fin du trajet est plus agréable. Meryl lui parle presque tout le temps. Ils traversent des averses. Elle commence à reconnaître des éléments du paysage. Dinan, au loin, puis Saint-Brieuc. Clément est moins attentif à la teneur des propos de Meryl qu'à leur musique. En fait, oui, elle lui rappelle vraiment Florence Féal. Quand elle n'est pas anéantie par l'angoisse, sa voix offre les mêmes notes brillantes.

Curieusement, la soirée en boîte et la découverte du secret de José n'ont pas bouleversé sa vie au travail. Sa nouvelle mission l'absorbe totalement. Il a juste senti se relâcher une pression. José a disparu du paysage. Ils ne se sont pas parlé depuis, sans que ce silence apparaisse comme un éloignement. Le décor s'est discrètement recomposé. Les rouages tournent mieux. Personne ne pose de question. Et il le doit à cette fille qui tremble à côté de lui, à la place du mort.

Ils arrivent à Paimpol en milieu d'après-midi. L'hôtel est facile à trouver. Cherkesly leur a pris le plus cher, un gros bâtiment XIXe, en granit gris, flanqué d'une épaisse tourelle à demi rongée par les ramifications tordues d'une vigne vierge défeuillée. Ils pénètrent dans un hall surchargé, attendent un moment sous un télamon de faux marbre figurant un gros Bacchus. Tous les détails de la déco concourent au sentiment d'authentique. Un tapis grenat à médaillons dorés court le long du couloir jusqu'au jardin d'hiver, longeant un vaste escalier décoré de marines sous verre. Les guéridons, les crédences et les consoles supportent des bouquets de fleurs séchées ou des lampes à abat-jour anglais. Les boiseries sentent l'encaustique. Un grand homme maigre apparaît tout à coup derrière le comptoir en merisier accablé d'un immense vase chinois.

— Madame, Monsieur, soyez les bienvenus. Il les observe sans sourire. Clément indique son nom et celui de Meryl. Le réceptionniste consulte un gros cahier, tourne une page, se penche, comme pour vérifier quelque chose, puis relève lentement la tête. Sans les quitter des yeux, il attrape deux clés énormes, suspendues au tableau.

— Je vous remercie, s'empresse Clément.

Meryl lève les yeux vers le plafond. Elle semble mal à l'aise. L'homme interrompt le geste de remettre les clés à Clément. Il les tient hors de portée et attend un peu avant de parler, pour être certain qu'il a bien toute l'attention du jeune homme :

— Vous avez la 12 et la 13, au dernier étage. La vue est plus belle. Le restaurant ouvre à dix-neuf heures et vous pouvez prendre votre petit déjeuner à partir de sept heures.

Il demeure un instant immobile, bras tendus et obliques, une clé dans chaque main, attendant un acquiescement. Clément le remercie à nouveau et finit par obtenir les clés. L'homme, maintenant, observe Meryl. Clément attrape les deux sacs et commence à gravir l'escalier, sans un mot.

Les chambres sont toutes les deux très vastes, mais la 12 a nettement plus de charme. Elle plairait à Myriam. Une avancée surmontée d'un toit vitré donne sur un balcon surplombant la vieille ville. Des tentures bohémiennes parent les murs lambrissés. L'écran plat se fond harmonieusement dans une composition feuillue. Une vitrine présente une série de nœuds de marin.

— C'est flippant, commente Meryl.

— Je la prends, si tu veux.

Elle répond à peine et paraît soudain absolument indifférente à tout. Clément renonce à lui demander ce qu'elle souhaite faire, maintenant. Elle prend son sac, disparaît dans la chambre 13 et claque presque la porte.

Enfin seul, Clément s'aperçoit que tous ses muscles sont tendus par les heures de conduite. Il a mal au crâne. Le taboulé de midi ne passe pas. Il déteste être là, se fait couler un bain.

Heureusement, la vaste baignoire d'angle le rassérène. Il essaie de bâtir un programme. Avec Meryl, il est sans doute préférable de prendre l'initiative. Il se remotive en pensant au véritable but de ce déplacement : la conduire jusqu'à la villa de son enfance. La réconcilier avec les fantômes du passé, quelque chose comme ça. Cherkesly l'attend au tournant. Quand il se sentira reposé, il sortira du bain, enfilera la tenue décontractée qu'il a emportée pour l'occasion. Ils iront voir la mer.

Mais au moment où il s'apprête à s'immerger complètement, il entend la porte de sa chambre s'ouvrir avec brutalité. Il a tout juste le temps de se recroqueviller avant que Meryl ne pénètre dans le cabinet de toilette. Elle est d'une pâleur verdâtre, les cheveux collés au crâne par la sueur. Sa respiration siffle :

— Je suis en train de crever.

On dirait une scène de *L'Exorciste*. L'idée le traverse qu'elle pourrait brancher un sèche-cheveux et le jeter dans la baignoire. Il y a longtemps qu'il n'a pas eu aussi peur. Pourtant, à en juger par la façon dont il se tient, presque roulé en boule, son obsession du moment semble être de soustraire son sexe à la vue de Meryl. Elle n'a pas ses lunettes. Ses yeux sont plus grands, à fleur de tête.

— Meryl, attends, calme-toi. Va dans ta chambre. Je te rejoins. S'il te plaît.

Elle ne l'écoute pas :

— Il y avait quelque chose dans le sandwich.

Elle se précipite vers les toilettes, se jette à genoux et vomit abondamment. Clément, un moment tétanisé, profite de ce qu'elle lui tourne le dos pour sortir de la baignoire. Il s'enroule dans une grande serviette blanche et file vers son sac. Tandis qu'elle achève de régurgiter son repas, il se rhabille précipitamment.

Meryl sort du cabinet de toilette en s'essuyant la bouche. Elle tremble. Il est impressionné.

— Tu te sens mieux ?

Elle lui lance un regard égaré.

— Il faut m'emmener à l'hôpital. Vite.

Il s'approche, essaie de lui prendre les mains mais elle se dégage.

— Meryl, calme-toi. C'est une crise de panique. Respire doucement.

L'effet est désastreux. Reculant d'un pas, elle se met à crier :

— Emmène-moi, bordel ! Je vais crever !

Par l'embrasure de la porte encore entrouverte, Clément aperçoit le visage méfiant du réceptionniste qui est monté sans bruit.

— Un problème ?

Clément soupire. Il n'a plus le choix.

— Mon amie est malade. Où sont les urgences les plus proches ?

— Nous avons un centre hospitalier à Paimpol, s'offusque l'autre. Voulez-vous que j'appelle le 15 ?

— Non merci. Ça ira.

Clément jette son propre manteau sur les épaules de Meryl et l'entraîne vers le palier.

Le grand homme maigre détourne la tête vers les toits de la ville, comme s'il s'accordait une petite pause pour admirer le paysage. Clément préfère ne rien ajouter. Il conduit précautionneusement Meryl jusqu'au parking.

Tandis qu'il programme le GPS, elle s'affaisse sur son siège et gémit doucement.

— Ça va aller. On y sera dans cinq minutes.

C'est une situation sans exemple. Une grosse farce sale. Ce que son père appelle le sordide. Clément ne l'a pas rencontré si souvent. Il se souvient seulement du jour où leur vieille voisine s'était cassé le col du fémur. Elle avait réussi à se traîner, en chemise de nuit et sans dentier, jusque sur le trottoir, devant sa porte, où il l'avait trouvée en rentrant de l'école.

Tout à coup, au bout d'une avenue, l'océan scintille. L'hôpital est situé dans l'anse de Paimpol, au bord du littoral.

— Regarde !

Elle lève à peine le nez. Des cheveux retombent sur ses yeux. Elle a oublié ses lunettes à l'hôtel. Apaisé par l'immensité calme, il réfléchit à une phrase. La vue est magnifique, maintenant. Des goélands tournent sur la baie. Le GPS indique qu'ils sont presque arrivés à destination et, de fait, une grande bâtisse blanche se détache sur le fond bleu. À l'horizon, on devine une île.

— Arrête ! crie Meryl. Arrête-toi.

Il se gare sur la berme, en catastrophe. Deux voitures les dépassent et klaxonnent.

— Qu'est-ce qui se passe ?

Toujours pliée en deux, bras croisés, elle lève vers lui ses yeux rougis.

— Il ne faut pas qu'ils me gardent.

Il ferme à demi les yeux, tend une main timide dans sa direction mais n'ose la toucher.

— Meryl, on va faire demi-tour. Tu vas rentrer à l'hôtel, te reposer.

Elle secoue la tête.

— Hors de question.

Tout à coup, la colère le gagne. Il est absolument crevé. Mort de fatigue. Incapable de réfléchir, de prendre la moindre décision. Il voudrait être loin. Seul. Il a envie de hurler. La violence et la rage qui l'envahissent sont si intenses qu'elles le paralysent. Il serre les mains sur le volant.

— Qu'est-ce que tu veux, merde !

Il a hurlé si fort qu'il s'est fait mal à la mâchoire et peine à déglutir. Elle se recule et lui jette un regard terrifié.

— Ne crie pas, s'il te plaît.

— Je te demande ce que tu veux.

Il parle lentement, mais sa rage est toujours là. Blanche. Incandescente.

— Je veux rentrer à Paris.

Il ferme les yeux.

— Meryl, je ne suis pas en vacances. Je dois être demain à Brest pour...

— S'il te plaît...

Alors, il programme le GPS, branche son iPod et met le contact. Ses papiers sont dans la poche intérieure de son manteau. Le reste n'a pas d'importance.

Il roule pendant six heures sans parler, sans penser. Lou Reed chante. Meryl s'est endormie presque aussitôt.

Quand il ouvre les yeux, Émile lui tend un bol de thé. Clément arrache sa tête douloureuse de l'accoudoir du canapé où il s'est écroulé dès qu'il a franchi la porte de l'appartement de Meryl.

— Quelle heure ? parvient-il à articuler.

Sa glotte lui fait toujours mal depuis qu'il a hurlé, la veille. Voyant qu'il ne prend pas le bol, Émile le pose délicatement sur le sol.

— Onze heures et demie.

Il gémit, s'assied. Les murs bourdonnent. Trois poupées le regardent, enlaidies par le jour laiteux. Il fixe son attention sur le plancher ciré. C'est un plancher agréable, compréhensif. Qui en a vu d'autres. Soudain, les pieds nus de Meryl s'inscrivent dans le périmètre de son champ visuel. Il lève les yeux. Elle est toute fraîche, reposée, douchée.

— J'ai appelé mon père.

Il tressaille. La phrase de Meryl lui rappelle qu'il n'existe qu'un monde. Vogal ne flotte pas dans un autre cosmos.

— Et ?

Il a répondu trop vite, trahissant son inquiétude. C'est la première fois qu'il foire à ce point une mission. Le premier gros échec de sa vie, peut-être bien.

— Il dit que ça n'a aucune importance, pour Brest. Il a appelé les gens.

— Les gens ?

Elle hausse les épaules. Le sujet ne la passionne pas. Il est clair qu'elle voudrait revenir sur sa propre crise, tout reprendre, expliquer. Quant à lui, c'est la dernière chose dont il souhaite parler. Il a besoin d'avoir des nouvelles du boulot. De s'y remettre aussi vite que possible.

— Il te dit de prendre ta journée, pour te reposer. Il te verra demain.

Elle s'agenouille et le prend tendrement dans ses bras.

— Ne t'inquiète pas.

Émile toussote, attrape une Barbie et lui arrache lentement la jambe, pour se donner une contenance.

— Laisse-moi, Meryl.

Il se lève. Cette journée vide est le plus dangereux des cadeaux. Il n'a nulle part où aller. Il faut qu'il s'en aille. Tout de suite. Il se lève. Titube. Il sent mauvais.

— Je suis désolée, Clément.

Il se masse le front. Une pomme. Enfermer Meryl dans une pomme, pour l'instant. Se rappeler qu'elle n'est pas comme les autres. La fille du boss. Une grosse pomme rouge.

— Je vais… prendre l'air.

Il fait un pas et shoote dans le bol de thé qui traverse le salon en tournant sur lui-même. Le liquide brun asperge le plancher, les jouets, les vêtements en vrac, avant de s'immobiliser contre une plinthe. Clément enfile son manteau, ouvre la porte et sort sans un regard en arrière. Il vérifie que ses clés sont toujours dans sa poche. Il a garé la voiture juste au pied de l'immeuble. Il monte dedans. Après tout, il a encore le droit de l'utiliser jusqu'au surlendemain. Il démarre.

Pantin est calme, le jeudi en fin de matinée. Il trouve une place à deux rues de chez lui. De chez Myriam. Il n'a pas de plan, à part prendre une douche, dormir, réfléchir. Parcourir à pied la distance qui le sépare de l'immeuble lui fait un bien fou. Un vent léger caresse ses paupières. Les passants sont absorbés par des problèmes qui ne le concernent pas. Il devrait peut-être lire un bon roman. Depuis qu'il est chez Vogal, il n'a plus pris le temps de se plonger dans une fiction. Son travail lui interdit de déconnecter complètement. Même la musique ne parvient qu'à modifier son état de conscience. Elle lui permet de considérer sa to do list sous un jour moins oppressant, de la survoler, d'en dégager les éléments saillants. Ce qui, autrefois, le faisait décoller pour d'autres univers, est devenu le moyen d'évoluer plus efficacement dans celui du travail. Il monte lentement les marches. La fatigue le rend perméable aux bruits lointains des étages, une radio, un aspirateur, des pleurs d'enfants. L'idée qu'une vie, une vie ordinaire se déroule ainsi, aux heures de bureau, ne le réconforte guère. C'est justement à cela qu'il a toujours voulu échapper. Cette juxtaposition d'instants creux, de tâches minuscules ne débouchant sur rien, cette duplication sempiternelle du présent. Sa mère, autrefois, l'avait inscrit à un cours de yoga, puis lui a fait tester la sophrologie. Mais, pour Clément, le retour à l'immédiat du souffle, de la durée, du corps est l'expérience la plus angoissante possible. Un peu comme recommander le lâcher prise à un trapéziste.

Pourtant, à cet instant, son épuisement est tel qu'il ne désire plus que s'effondrer sur le canapé. Et sa conscience se cabre quand il y découvre Myriam. Elle lui tourne le dos, légèrement inclinée vers l'avant, feuilletant un magazine. Il n'a pas anticipé sa présence. Pourtant, ce n'est pas si étonnant. Elle a des jours à poser. Elle n'aura pas eu le courage d'aller travailler. Des heures de palabres se profilent et l'accablent par avance. Impossible de s'y soustraire. Elle se retourne et il sursaute. Pendant une longue seconde, il est terrifié par sa mine défaite, ses yeux creux, son teint brouillé, ses rides prématurées. Puis il comprend. Ce n'est pas Myriam. C'est la mère de Myriam. Au même instant, une chasse d'eau tonitrue et le colonel sort des toilettes.

— Bonjour Clément, lance-t-il aussitôt, non sans vérifier brièvement sa braguette.

La colonelle ne le salue pas. Ils sont au courant. De tout. Ils sont venus exprès.

Clément se racle la gorge mais ses cordes vocales ne réagissent pas. Il s'en tient à un petit roulement d'yeux gêné, comme dans une comédie bas de gamme. Il lui faut une boisson chaude.

— Myriam nous a tout raconté, l'informe la colonelle, comme si elle compatissait à la nouvelle d'un cancer.

Clément hoche la tête. Ils ne paraissent pas spécialement belliqueux. Tant mieux. Il n'est pas en état de se battre. D'ailleurs, il ne connaît pas ces gens. À y repenser, il ne s'est jamais trouvé seul avec eux. Quelque chose, dans la situation, dans l'absence de Myriam, semble l'autoriser à leur parler sans faux-semblants. Mais il n'a rien à leur dire. Ils le regardent, maintenant, tous les deux. Madame a posé ses mains sur ses genoux. Une page du magazine se tourne toute seule. Le voisin n'est pas dans sa cuisine. Clément assiste à la scène plus qu'il n'y participe. S'apercevant que le silence ne le gêne presque pas, il le laisse durer. Dans l'esprit des colonels se forme lentement la certitude qu'il ne va rien leur expliquer, ne leur fournir aucune justification. Il a eu raison de ne pas s'emballer. Il n'est pas automatiquement coupable, après tout.

— Vous lui avez fait beaucoup de peine, dit le colonel sans le regarder.

Clément est certain, à cet instant, que c'est le seul point qui importe, pour ce père. La peine de sa fille. Mais il perçoit aussi que le colonel ne le considère pas comme responsable. Il regarde la souffrance de Myriam comme un phénomène inévitable, attendu de longue date, auquel il s'est préparé depuis le jour où elle a rencontré Clément, et peut-être avant. Sa phrase a sonné comme une confirmation.

— Je suis désolé, parvient à émettre Clément.

Sa voix cassée accrédite ses regrets. Les colonels en prennent acte et semblent maintenant disposés à arranger les choses au mieux. Dans l'intérêt de tous. Ils se chargeront du chagrin de Myriam mais attendent quelque chose en retour. Clément ne met pas longtemps à comprendre qu'ils veulent le voir déguerpir, immédiatement.

— Le plus dur pour elle, confirme la colonelle, c'est que vous soyez revenu. Elle y a cru, vous comprenez.

Le colonel confirme cette analyse, d'une déglutition silencieuse. Clément n'a aucune envie d'entrer dans le débat. Il comprend que le couple a déjà passé des heures à retourner la question dans tous les sens. Ils ont probablement parlé de lui tout le long du voyage depuis Toulon. Il pense à toutes ces trajectoires, dans l'espace et dans le temps, Paris, Toulon, Paimpol, et le voyage sans retour du chat de son enfance.

— Je vais rassembler mes affaires.

Malgré la migraine qui s'installe, il calcule ses déplacements pour frôler le moins possible le corps des deux autres. La colonelle replie ses jambes quand il passe à proximité du canapé. Le colonel se tasse dans un angle. Clément n'a pas grand-chose à récupérer. Quelques livres, quelques vêtements. Il abandonne tout ce qu'il peut. Les photos, les objets que Myriam lui a offerts, un poisson en corne de buffle vernie, rapporté de Bali, une peluche kawaii du singe Monkichi, qui lui font deviner soudain qu'il représentait pour elle un rêve de petite fille. Ses parents semblent le saisir également, et leur émotion est insupportable. Leur dignité le soulage autant qu'elle le met mal à l'aise. Comparée à la sauvagerie de Meryl, elle est presque reposante. Ils se contentent de suivre des yeux tous ses gestes, dès qu'ils pensent qu'il ne les voit pas. Ils ne lui posent aucune question, n'ont pas l'indélicatesse de lui rappeler qu'au fond, l'appartement leur appartient. Si le déménagement de Clément avait été de plus grande ampleur, ils seraient probablement sortis pour le laisser tranquille, mais il a déjà presque terminé. Il se rappelle tout à coup son sac abandonné à l'hôtel de Paimpol. Ils n'ont même pas prévenu le réceptionniste. Cette pensée lui procure un sale petit plaisir. Il est prêt à vider les lieux.

Reculant jusqu'à la porte, il cherche quelques mots d'adieu. Le regard des colonels l'apitoie. Ils paraissent vieux et démunis.

— Rien n'est définitif, affirme-t-il finalement.

Un trouble passe dans leurs yeux. Ils ne comprennent pas ce qu'il veut dire. Lui non plus. C'est sorti tout seul. Une pensée mal formée, fugace, qui a eu le malheur de lui traverser l'esprit et qui a pris corps par hasard.

— Je crois que si, répond finalement le colonel, soudain contrarié. Ça vaudrait mieux pour tout le monde, en tout cas.

Cette injonction à peine voilée blesse Clément. Pour qui se prend-il, ce type ? Que sait-il de son histoire avec Myriam ? Cherkesly et lui outrepassent leurs privilèges de pères. Que prétendent-ils régenter ? Et pourquoi les filles sont-elles si complaisantes à leur égard ?

— Excusez-moi, rétorque Clément d'une voix raffermie, mais ça ne regarde que Myriam et moi.

Au moins lui faire ce cadeau de départ, dont elle ne connaîtra jamais l'existence : la défendre devant ses parents. Défendre ce que fut leur amour. Le tour plus conflictuel de l'échange ne le dérange pas. Au contraire. Il a envie de se défouler, de dire à ces gens tout le mal qu'il pense d'eux, de dénoncer l'emprise qu'ils exercent à distance sur leur Myriam. C'est d'eux que vient la prescription : un héritier. Ils ont fracassé son couple, avec cet enfant imaginaire. Voilà la vérité. Il va le leur dire et leur faire mal. Mais, découvrant leur expression apeurée, il devine qu'il grimace. La crispation de ses mâchoires le lui confirme. Ce n'est pas à eux qu'il en veut. C'est à Meryl. À Cherkesly. Il hoche la tête, sort et claque la porte. Constatant qu'il a conservé sa clé, il hésite à la leur jeter au visage, puis renonce et dévale l'escalier.

À peine dans la rue, il appelle sa mère. Il ne se souvient qu'elle doit être en cours qu'au moment où elle décroche.

— Maman ? Je te dérange ?

Il perçoit un brouhaha suivi de bruissements et d'un silence. Puis c'est la voix miraculeuse de sa mère qui résonne, depuis le fin fond de son enfance. Au téléphone, elle est infiniment plus jeune. Une image d'elle en noir et blanc se forme dans son esprit, comme il emprunte une rue latérale qu'il espère moins bruyante. Sur le périph qui enjambe le boulevard, là-bas, la circulation s'est densifiée. Il redoute fugacement que l'Auris se fasse dépecer, puis se laisse bercer par la douce tristesse de n'être pas à la Défense.

— Pas du tout. Tu vas bien ?

— Et tes élèves ?

— Ils bossent en îlots. Ils peuvent se passer de moi un moment.

— En îlots ?

— On ne dit plus « par groupes ». On dit « en îlots ».

Il n'est pas fâché d'obliger sa mère à lui consacrer quelques minutes de contrebande. Un banc pas trop sale se présente. Il y hisse son sac et s'y assied, les genoux sous le menton.

— Tu m'appelais plus. J'étais inquiet.

L'occultation du « ne », sans être vraiment douloureuse, reste sensible et laisse une petite cicatrice sur ses phrases. Il perçoit le ravissement de sa mère. Son fils s'inquiète. Il ne lui a peut-être jamais offert une telle déclaration. Ses élèves peuvent bien se massacrer en son absence, elle n'abrégera pas la conversation.

— Pas de quoi, vraiment. Beaucoup de boulot en cette période. Les copies.

Il sourit jaune. Les copies. Ce pensum perpétuel. Des tas, des paquets, des monceaux, constamment reformés sur le bureau de sa mère, des piles ridicules, archaïques, avec leurs marges et leurs carreaux, leurs fautes grossières, leurs ratures. C'est peut-être Vogal qui équipera tous les élèves de tablettes. Il se prend à rêver du glorieux avenir au cours duquel l'apprentissage se ramènera à quelques frôlements élégants et silencieux.

— Et moi qui t'embête à te faire tester des logiciels.

Encore une dose de bonheur pour sa mère, aux anges de lui être utile.

— Non, ça c'est intéressant. Je commence quand ?

C'est le moment. La brèche ouverte pour un récit détaillé. Il peut commencer par le fiasco de Paimpol et, de fil en aiguille, en venir à Myriam. Tout déverser. Y compris Meryl. Recueillir l'avis maternel. Sa situation lui rappellera peut-être celle de personnages de romans. De ces ambitieux englués dans des délicatesses de conscience. C'est justement cette idée qui le retient de parler. Il découvre qu'il est furieux contre les romanciers qui se pourlèchent de l'échec. Toutes les histoires qu'on leur fait lire au lycée, dès lors que les élèves sont jugés assez mûrs pour délaisser les exploits chevaleresques, racontent des ratages : Rastignac dégoûté par l'égoïsme des filles de Goriot, Frédéric Moreau nostalgique des bordels de sa jeunesse, Bovary dégueulant son arsenic, sans oublier Gervaise, retrouvée morte, verte au fond d'un trou, Nana que la syphilis pourrit toute vivante, Swann épousant une femme qu'il n'aime plus, Lucien de Rubempré, suicidé, Meursault exécuté, Julien Sorel exécuté. Voilà les modèles qu'on propose aux jeunes. Suspecte, quand même, la récurrence du schéma. La foirade semble signaler le chef-d'œuvre. La littérature n'est qu'une école de la résignation. Il ne racontera rien à sa mère.

— Bientôt. Pour l'instant, on fait une première sélection.

— Je vois. C'est parfait.

Réponse mécanique, accompagnée d'une bouffée de clameurs. Elle a dû entrouvrir la porte de la classe où elle a laissé ses archipels de potaches. Elle va finir par se demander quelle est la véritable raison de son appel, mais ça viendra plus tard. Pour l'instant, elle profite. Sans réfléchir, il lance :

— Papa m'a dit, au fait.

Silence. Il l'imagine, stupéfaite, dans le long couloir mal éclairé du lycée.

— Il t'a dit quoi ?

— Que vous alliez vous séparer.

Nouveau silence. Elle espérait sans doute le lui cacher. Attendre au moins que le gros de la crise soit passé.

— Il t'a dit ça ?

La stupéfaction de sa mère lui dévoile l'erreur qu'il vient de commettre. Elle n'était pas au courant. La confidence de Laurent lui était destinée, à lui seul. Il n'a même pas encore révélé à Thérèse son intention de la quitter. C'était un secret. Le premier qu'ils partageaient, entre hommes. D'ailleurs, Clément se demande s'il n'a pas exagéré. Son père lui a fait part d'un malaise, d'une difficulté conjugale. A-t-il vraiment évoqué la séparation ? C'est une bourde monstrueuse. Impossible à rattraper.

— Pas vraiment. C'est ce que j'ai cru comprendre.

Il voudrait la supplier d'oublier. Le sentiment d'irrémédiable le laisse complètement démuni. C'est bien pire qu'avec Myriam.

— Je dois te laisser, Clément.

Elle ne tremble pas. La froideur professionnelle de sa voix le surprend presque agréablement. Il admire son courage, en cet instant, sa colère. Ses élèves vont passer un sale quart d'heure.

— Maman, j'ai sûrement mal interprété…

Elle a raccroché. Il regarde son téléphone et y voit un message de Meryl : « Reviens quand tu veux. »

Il ne veut pas, mais il faudra bien qu'il revienne. Pour l'heure, sur ce banc, avec son sac, dans ses vêtements froissés, c'est un SDF. Ce qu'il aimerait, ce serait emménager dans l'un des bureaux vides de la Défense. À l'insu de tous ou avec la complicité de madame Lemeur. Il se surprend à caresser ce rêve un peu trop longtemps. Il a lu un livre, autrefois, sur un adolescent qui construisait une cabane dans un arbre, au plus profond de Central Park.

Une pluie soudaine, violente comme un déluge d'orage, vient gifler son courage et le dispenser de réfléchir. Il court vers la Toyota, cherchant d'abord à se soustraire aux gouttes puis les accueillant franchement, langue tendue, col ouvert, yeux écarquillés. Il a l'air d'un fou sanglotant de rire sous la cataracte. Mais à Paris, on ne s'inquiète guère des fous. À Pantin non plus. Il se vautre sur les banquettes neuves, jubile de les tremper.

Ensuite, toutes ses actions redeviennent rationnelles. Il conduit prudemment, ses essuie-glaces écartant à mesure l'ondulant rideau translucide, il ramène la voiture à l'agence après avoir fait le plein et gardé la facturette. Il consulte ses mails professionnels sur son téléphone. Aucun message urgent. Il semble que rien n'ait fuité de sa bérézina. Il revient chez Meryl en métro. Elle a fait le ménage. Les poupées sont assises comme pour une photo de classe, posant devant leurs palais de plastique. Un diffuseur d'huile essentielle baigne l'air de lavande. Émile n'est pas là. C'est une heure étrange, sans contours nets, le début de l'après-midi. Il n'a pas mangé.

— Tu veux du fromage ? propose Meryl, elle-même attablée au bar de sa cuisine, sur un tabouret haut, devant une planchette où s'affaisse un quart de morbier.

Il remarque qu'elle mange aussi la peau.

— Tu as retrouvé l'appétit ?

Elle hausse les épaules. L'ironie ne la dérange pas.

— Tu veux qu'on reparle d'hier ?

Il y a quelque chose d'un peu érotique à ne se parler qu'à la forme interrogative. S'il arrive un jour à désirer Meryl, ce sera peut-être pour la façon qu'elle a de lui poser des questions.

Il se juche à côté d'elle.

— J'aimerais bien.

Elle approuve et engloutit une grosse bouchée, y cherchant ses mots. Le morbier est un fromage curieux, fissuré en son centre, montrant une longue lézarde moisie.

— C'est le fait de quitter Paris. Et aussi de retourner là-bas.

L'explication paraît relever de l'évidence. Elle se ressert.

— Tu as déjà consulté, tu m'as dit ?

Ne pouvant encore évaluer les dégâts que le délire de Meryl aura causés à sa carrière, il a besoin d'être brutal, pour évacuer la rancœur à mesure qu'elle se forme.

Elle compte sur ses doigts :

— J'ai vu d'abord un neurologue, qui m'a mise sous tranquillisants. Puis une psychologue comportementaliste, qui voulait soigner mes phobies en m'invitant à les affronter. Ensuite, un lacanien, très caricatural, silencieux et cher. Et puis un éclectique, puisant dans toutes les doctrines efficaces. Il prétendait que mes problèmes étaient moins liés à la mort de ma mère qu'à l'absence de mon père. Après…

Il lève la main.

— D'accord. Pardon.

Elle coupe un autre morceau de fromage.

— Je suis responsable. J'ai voulu tester ton pouvoir. C'est moi qui ai insisté auprès de mon père pour qu'il t'envoie en Bretagne.

Clément n'en revient pas.

— Vous parlez vraiment de moi ?

— Ça t'excite.

Cette fois, ce n'est plus une question.

Oui, il brûle d'excitation, malgré l'odeur forte du morbier. Cherkesly a-t-il un plan, le concernant ? Un vrai ? Quelque chose qu'il lui fera savoir au cours de la prochaine évaluation ? Va-t-il le prendre sous son aile ? S'il veut, demain Clément accède à l'international, passe son temps dans les avions, gère des projets partout en Europe. Oui. Oui, c'est absolument excitant. Il faut donc changer de sujet.

— Les parents de Myriam m'ont viré.

Avec ça, il est tranquille. Il sait que Meryl a beaucoup de compassion pour Myriam. D'ailleurs, elle cesse de sourire.

— Tu es triste ?

— Je ne sais pas encore. J'ai appris à ma mère que mon père veut la quitter.

Cette fois, Meryl est passionnée. Elle se fait raconter toute l'affaire. Clément doit remonter à la jeunesse de ses parents, se rappeler les mots qu'ils employaient pour se parler, la façon dont ils se touchent. Il n'a pas l'impression qu'ils se touchent. Est-ce qu'ils rient souvent ? Clément n'a jamais beaucoup aimé leur rire. Quand ils échangeaient des blagues qu'il ne comprenait pas, ça le mettait plutôt de mauvaise humeur. Généralement, il faisait une colère pour remettre de l'ordre. Meryl finit par conclure que son père ne va pas forcément partir. Il est juste fatigué de vieillir.

— Il faudrait que tu retrouves le moment, indique-t-elle. Le moment où il ne s'est plus senti heureux avec ta mère. Il y a toujours un moment.

— Il s'est acheté un vélo d'appartement, précise Clément.

— Je sais. Tu me l'as déjà dit.

Ce n'est pas un reproche. Juste une remarque pour l'aider, peut-être, à repérer ses radotages les plus significatifs. Ou moins encore. Clément comprend ce qui le repose tant chez elle. Ses phrases ne recèlent pas toujours d'intentions. Encore moins de sous-entendus. De même qu'elle sait habiter le presque rien, elle possède l'art du premier degré. Elle sait rester en surface sans être superficielle, le délivre du poids des profondeurs. Chez Vogal, on écoute à peine les mots. On fonce au sous-texte. Rien de tel chez Meryl. Mais il est si rompu à débusquer les insinuations, qu'il entend ses mots avec un temps de retard. Elle a parlé d'un moment. Il y a toujours un moment. Il ne devine pas quand son père a bien pu se lasser. Il faut qu'il arrête tout de suite d'y penser, avant que ça ne le tracasse. Il demande :

— Tu crois qu'on pourrait se connecter un peu à la Coréenne qui mange ?

Elle glisse de son tabouret et va chercher l'ordinateur.

— Bien sûr.

Elle a l'air de trouver la requête légitime. Évidente.

Bientôt, ils mâchent tous les trois, en silence.

C'est elle qui lui propose de sortir, un peu plus tard. Il ne pleut plus. Il a enfin pu se doucher. Ces derniers temps, l'hygiène élémentaire, le repos, l'alimentation ont pris une place nouvelle dans sa vie, qu'il n'arrive pas à définir. Plus rien n'est machinal.

Ils marchent assez vite. Les façades trempées paraissent propres. C'est Meryl qui dirige leur petit convoi. Il se demande si elle n'a pas une nouvelle idée derrière la tête. Peut-être compte-t-elle lui révéler d'autres turpitudes cachées qui renforceraient encore son pouvoir chez Vogal. Il en doute. Elle l'a fait une fois, tranquillement, pour asséner une preuve. Mais au fond, elle s'en fout. De José. De Vogal. Elle ne s'intéresse vraiment qu'à lui.

Rue Pierre-Bérégovoy, ils se faufilent entre les grilles d'un parc et des fourgonnettes de livraison, en stationnement. On ne peut pas reprocher à Meryl de rechercher le pittoresque. Ils contournent des tables et des chaises en plastique blanc, disposées là comme pour l'été, oubliées, obsolètes. Rue Jeanne-d'Asnières, les grosses maisons blanches quadrangulaires lui rappellent la Touraine.

— Quelque chose te tracasse ? s'enquiert Meryl, sans le regarder.

Il tressaille.

— Pourquoi ?

— Je ne sais pas. Tu as toujours l'air d'être en vigilance orange.

Elle a raison. C'est son mode de vie.

— Ta dernière métamorphose n'était pas précisément de nature à me rassurer.

— Toutes les sorcières se métamorphosent.

Est-il en train de perdre son temps ? Elle a raison. Il est tracassé. Pendant qu'ils déambulent dans Clichy, la mission avance sans lui. Mais cette promenade sera peut-être bien plus utile pour sa carrière. Ce qui le freine, c'est de se poser constamment la question.

— Tu sais très bien ce qui me gêne, Meryl.

Elle hausse les épaules.

— Je ne te demande pas d'être honnête avec moi. Gère-moi comme un paramètre. J'adore ça.

Elle sourit, puis sonne à une porte. Il se fige.

— Qu'est-ce que tu fais ? On est chez qui ?

— Aucune idée.

Trop tard pour penser. Il ne peut que s'effarer de son propre affolement, de la vitesse à laquelle son cerveau produit des hypothèses, cherche des intentions, connecte des faits, s'épuise à débusquer la cohérence. Une petite vieille vient d'ouvrir. Elle cligne des yeux dans la lumière mouillée. Meryl ne dit rien.

— Excusez-nous, madame, sourit Clément. Nous nous sommes trompés.

— En fait, rectifie Meryl, c'est moi qui ai sonné. Je voulais voir comment mon ami réagirait face à une situation imprévue.

La dame approuve, d'un hochement de tête. Clément admire le naturel de Meryl, sa façon de créer instantanément une connivence avec la petite vieille. Une complicité féminine. Elle propose un verdict :

— Il se débrouille, non ?

Elle sourit, maintenant, minaude presque. Clément grimace maladroitement.

— Je ne sais pas, répond Meryl. C'est la suite qui va être difficile.

La dame approuve, fronce les sourcils, solidaire. Elle cherche une issue honorable pour tout le monde.

— Vous allez me rendre un service. Entrez.

Ils la suivent, dans un vestibule sombre, traversent un salon très rangé. La dame ouvre une porte-fenêtre donnant sur un jardin minuscule et désigne quelque chose, vers les hauteurs du mur d'enceinte. Une fleur unique, une rose isolée.

— La dernière de la saison. Je n'arrive pas à l'atteindre.

Meryl est ravie. Elle s'approche de Clément, noue ses mains autour de son cou. Ce n'est pas un geste équivoque. Il comprend aussitôt et lui fait la courte échelle, la hisse. Bientôt, son visage s'enfonce dans le ventre doux de Meryl. Il ferme les yeux, elle sent bon. Quelques secondes passent puis elle lui donne une petite tape sur l'occiput, pour qu'il la redescende. Elle tient la rose délicatement, entre le pouce et l'index, la tend à la dame.

— Tenez.

— Je vous la donne. Vous ne serez pas venus pour rien.

Clément craint qu'elle ne leur propose de boire quelque chose mais non, elle file déjà vers la sortie, les entraînant dans son sillage. Ils se retrouvent sur le trottoir. Elle leur fait un clin d'œil et referme sa porte. L'épisode perd aussitôt toute réalité. N'en subsiste que cette rose, trop grosse, déjà presque fanée, que Meryl serre sur son cœur.

— C'était quoi, ça ? grince Clément. Une parenthèse romantique ? Je suis censé en conclure quelque chose ?

Meryl plonge le visage dans la rose. Elle est aux anges.

— J'ai adoré ta tête contre mon ventre.

— Meryl…

— Je t'informe, c'est tout. Tu veux des données. Je t'en fournis.

— Je t'ai déjà dit…

— Ne néglige pas mon pouvoir.

Il secoue la tête et se remet en marche. Elle rentre vite, à cause de la rose. Au retour, elle la met aussitôt dans un verre et finit le morbier.

À peine sorti de l'ascenseur, Clément sent que la journée lui sera favorable. José l'intercepte sans chercher à dissimuler qu'il l'attendait. Il adresse tout de même à Clément un regard appuyé. Le message est ambigu, paradoxal, comme une supplique teintée de menace.

— Bonjour Clément. M. Cherkesly veut vous voir.

Clément sourit. Meryl l'en a déjà informé. Mais le patron ne pouvait se dispenser de faire transiter l'info par José. Question de vraisemblance et d'étiquette. C'est un atout car cela signifie qu'il ne tient vraiment pas à ce que son lien avec Meryl s'ébruite. Celle-ci a d'ailleurs eu des instructions claires. Il ne faut plus qu'elle se pointe au siège, sauf en cas d'urgence exceptionnelle. Elle y a consenti et n'en éprouve plus le besoin depuis qu'elle sait que Clément va résider chez elle pendant une période indéterminée.

Pour ne pas éveiller les soupçons, Clément affecte une légère surprise, mais José n'a pas l'air dupe. Au moment où les portes de l'ascenseur se referment, la silhouette de Marie se dessine dans le lointain. Il lui semble bien qu'elle lui a souri, mais c'est peut-être un effet d'optique. Il surprend Max plongé dans la lecture du *Parisien*, assis dans un fauteuil crapaud que Clément n'avait encore jamais remarqué. C'est qu'il commence à s'habituer à monter chez le grand chef. Les détails lui apparaissent. Max prend le temps de plier son journal puis frappe à la porte et s'efface pour le laisser passer. Cherkesly paraît heureux de le voir. Rien, dans son sourire, ne laisse soupçonner le moindre grief.

— Asseyez-vous, Clément.

Volubile, le patron expédie les préliminaires : on fait une croix sur l'affaire de Paimpol. Il a réglé les détails avec l'hôtelier. Leurs affaires vont être renvoyées chez Meryl la semaine prochaine.

— Et pour Brest ? s'enquiert Clément avec une petite grimace douloureuse de fayot.

Cherkesly fait clairement le geste de balancer quelque chose par-dessus son épaule. Un mouvement très limpide, très évocateur. Il avait certainement du talent pour raconter des histoires à sa fille. S'il en a eu le temps.

— On laisse tomber. J'ai contacté la boîte, ils m'envoient le programme. J'ai fait deux ou trois allusions aux big data. Je les laisse mariner pour l'instant.

Clément apprécie le « on ». Il gravite de plus en plus près de l'étoile centrale. Pendant une seconde, il est invulnérable. Et, à sa propre stupéfaction, il s'entend dire :

— Je voulais vous parler de Jean-Jacques Orland.

C'est faux. Il ne voulait lui parler de rien. Juste être rassuré pour la suite et obtenir l'autorisation de se remettre au boulot.

— JJ ! lance Cherkesly, soudain réjoui, comme si on lui avait promis une bonne blague graveleuse.

Il attend. Clément a perdu toute assurance et s'épuise à tenter de comprendre ce qui lui a pris. Heureusement, le patron embraye, avec un sourire presque ému :

— On se connaît depuis dix ans. La longévité dans une boîte, c'est un atout, quelquefois. Meryl m'a raconté, pour la petite.

Clément comprend que JJ n'a plus de souci à se faire pour l'instant. Léonore et Meryl le protègent. Il n'aurait jamais soupçonné que les choses puissent fonctionner de cette façon, chez Vogal Software. Il cherche à rebondir.

— Je me disais qu'il avait besoin d'un peu de temps. La nouvelle RH l'a en ligne de mire.

Les yeux de Cherkesly se sont éteints brusquement. Ou refroidis. Glacés.

— Madame Langre sait parfaitement ce qu'elle a à faire.

Cherkesly se lève :

— Recentrez-vous plutôt sur votre mission. Laissez la gestion du personnel à ceux dont c'est la charge.

Puis, voyant que Clément, debout devant son fauteuil, semble près de se décomposer :

— Vous savez ce qui serait bien ? Que vous veniez dîner à la maison avec Meryl, un soir. On prendrait le temps de parler.

Pendant que Clément, qui n'a pu répondre, recule vers l'ascenseur sous l'œil surpris de Max, Cherkesly, avant de refermer sa porte, tourne lentement son index contre sa tempe, pour signifier qu'on va réfléchir à tout ça. Revenu à son étage, Clément court aux toilettes puis se précipite vers la machine à café. Il reste un long moment, le regard dans le vide, enserrant son gobelet brûlant. Josie passe dans le couloir et, l'apercevant, le rejoint.

— Salut Clément. Il paraît que ça marche pour toi, en ce moment.

Elle semble inquiète. Il est probable qu'elle a passé du temps à se demander si elle n'a pas trop égratigné l'amour-propre de la nouvelle star en pinaillant sur son mailing. Mais Clément est ailleurs. Loin. Heureux que personne ne puisse entendre les paroles de Cherkesly qui résonnent dans sa tête depuis tout à l'heure, comme les cloches d'une cathédrale. Revenant brièvement au réel, il choisit de ne pas rassurer Josie.

— Non. Rien de spécial. Je bosse.

Elle déglutit. Il faudra qu'elle déploie beaucoup d'efforts pour rentrer dans ses bonnes grâces. Déjà qu'elle est verte de ne pas figurer dans la dream team directement formée par le patron !

— Et la Bretagne ?

Il la sonde du regard, pour vérifier que ce n'est pas un coup de pied de l'âne, mais non. Rien ne s'est ébruité. Elle pose la question pour savoir.

— Très bien, la Bretagne. Salut, Jo.

Il trouve son équipe gonflée à bloc. Ils ont bien avancé auprès des développeurs, on a déjà des offres intéressantes à se mettre sous la dent. La petite salle de réunion ronronne, les visages se colorent au gré des écrans PowerPoint successifs. À mesure qu'il acquiert sa vitesse de croisière, le projet dépasse les dissensions initiales. On dirait qu'il les brûle, comme un combustible. Jocelyn, échaudé par son escarmouche avec Clément, a mis les bouchées doubles pour revenir dans la course. C'est lui qui s'est chargé spontanément d'une synthèse. Comme il programme beaucoup, pendant ses loisirs, il propose une petite animation 3D très sympa qui permet de visualiser en musique les mérites respectifs des logiciels. C'est fun et utile. Priscille adore. À la pause, elle confie à Clément que son beau-frère, un type adorable, vient d'être viré de la Croix-Rouge. Il était dans sa période d'essai. Elle insiste sur la gentillesse de son beau-frère. Sur son dévouement. Il vient des paris en ligne et espérait trouver du contenu, à la Croix-Rouge. Il a donné des tonnes d'heures au moment du Téléthon et on le débarque avant la fin de sa période d'essai, sous prétexte qu'il n'est pas assez leader. Viré de la Croix-Rouge parce qu'on est trop gentil ! Le récit prend des allures épiques, charrie des images de nonnes sanglantes immolant un innocent à Moloch. Clément comprend que Priscille est plus ou moins mandatée pour lui suggérer que le beau-frère aurait sa place chez Vogal. Il mesure qu'on lui prête une influence nouvelle auprès du boss. Profitant de la logorrhée de Priscille qui, maintenant, dérive sur les frasques de l'humoriste Dieudonné, il rentre en lui-même et se dit qu'en effet, il n'y a pas d'autres exemples, à sa connaissance, de cadres si souvent convoqués chez le patron. Ou alors des vieux. Et encore. Il sent qu'on va chercher à lui parler, de plus en plus, dans les jours qui viennent. Il sourit. Priscille doit se dire que son beau-frère a sûrement ses chances.

Se dirigeant vers les toilettes avant de se remettre au travail, il tombe sur Marie. Cette fois, ce n'est pas une impression : elle lui offre un sourire resplendissant, conscient de sa propre perfection, manifestant une hygiène dentaire presque excessive. Peut-être parce que, ses lèvres manquant un peu de pulpe, elle a choisi de miser sur ses dents et de soigner sa cavité buccale comme la vitrine d'une bijouterie. Clément s'en veut de l'avoir mise en cause auprès de Cherkesly et se rappelle aussi la façon dont celui-ci l'a défendue. Une brusque montée d'adrénaline le fait frissonner : il y a quelque chose entre ces deux-là. C'est même la raison pour laquelle Marie a été embauchée. Rien d'invraisemblable. Comment interpréter, dans ce cas, les sourires dont elle ne cesse de le gratifier ? Un piège ?

— Clément, maintenant que je ne suis plus la petite nouvelle, on pourrait peut-être se tutoyer ?

Basique. Présenter la prescription comme une prière. Il sourit à son tour.

— De toute façon, le « tu » aurait fini par m'échapper.

Elle modifie légèrement son sourire.

— Pour fêter ça, tu déjeunes avec moi ? J'aime pas trop la cantine.

Je *n*'aime pas trop. Clément renonce à son projet de ne pas prendre de pause repas pour rattraper son retard.

— Avec plaisir. Je t'attends devant l'ascenseur ?

— Je préfère qu'on se retrouve à La Clairière. Treize heures, ça ira ? J'ai une conf call qui risque de s'éterniser.

La Clairière, un restau zen de la Zone Kiwi, aux Quatre Temps. Parfait. Nouveaux sourires, de part et d'autre, puis ils filent.

— Intelligence avec l'ennemi, tonne JJ au moment où Clément ressort des toilettes.

Il brandit son petit livre italien, comme une preuve.

— Salut JJ. Écoute, j'ai l'impression que ça se détend un peu pour toi, en ce moment. J'ai… je n'ai pas de conseils à te donner mais je crois que tu devrais faire profil bas pour le moment.

— Prétérition ! coupe JJ.

Clément commence à se sentir mal à l'aise.

— Pardon ?

— Prétérition. C'est une figure de style. Tu prétends n'avoir pas de conseils à me donner, et tu m'en donnes quand même. Encore une fourberie. Tu es intoxiqué par la communication d'entreprise. Je vais sauver ton âme.

Bertrand les rejoint, un peu hagard. Aux dernières nouvelles, il ne s'est jamais complètement remis de l'affaire des Russes, dans le projet Virgo. Parfois, Cherkesly apprécie qu'on essaie de l'entuber, parfois non. Pour Bertrand, ça ne s'est pas bien passé. Sans être complètement placardisé, il doit refaire ses preuves. Il a déjà tenté plusieurs fois d'approcher Clément qui avait toujours mieux à faire que de lui parler.

— Vous avez vu le match, hier ?

Clément est sonné par la question, qui n'a pourtant pas d'autre objectif que de permettre à Bertrand de reprendre langue avec lui. Elle le ramène à son moi d'avant, celui qui vivait avec Myriam, qui suivait le foot et qui en parlait au bureau. Ce moi d'autrefois, vieux, à peine, d'une quinzaine de jours, et qui n'existe plus. Cela va plus loin : il a l'impression que le foot ne l'intéresse plus. Cette désaffection a été si soudaine et si radicale qu'il ne s'en est même pas aperçu. Comme si quelqu'un avait déprogrammé une zone de son cerveau. Sans aucune raison valable, mais avec l'intuition qu'il ne se trompe pas, il associe cet événement à la soirée tourangelle, chez Alexandre.

Plus précisément, à son retour solitaire et au moment où il a trouvé son père dans la cuisine.

— Non, vraiment, pas eu le temps.

Dépité, Bertrand le supplie du regard. Qu'il lui laisse une seconde chance. Il n'a pas de sujet de secours. Il faut qu'ils se parlent. Absolument.

— Ce jeune homme travaille énormément, confie JJ tout en brisant du bout de l'ongle la pellicule métallisée d'une tablette de Prontalgine.

Agacé par son ingratitude, Clément lui lance un regard noir.

— Tu ferais mieux de planquer ton livre ! Pas étonnant que tu aies toujours mal au crâne !

— Je n'ai rien à cacher, moi, rétorque-t-il en entrant dans les toilettes.

Bertrand cherche un moyen de bâtir à la hâte une complicité avec Clément sur le dos de JJ mais ne trouve pas les mots et laisse passer le moment. Son jeune collègue s'éloigne déjà. Qu'est-ce que JJ a voulu sous-entendre ? Que cache Clément ? Il décide d'attendre que le quadra ait fini de gober ses pilules pour lui poser la question.

À une heure moins cinq, Clément pénètre dans La Clairière. Le décor épuré invite à une détente constructive. On se croirait à l'intérieur d'un frigo tiède. Clément est presque aussi mal à l'aise que dans le bureau de Cherkesly. L'invitation de Marie relève plus de la convocation que du rendez-vous, et il n'a aucun élément pour en saisir les enjeux. Il l'aperçoit qui téléphone, à une table du fond. Elle lui fait signe, sans raccrocher. Il la rejoint, mécontent d'être si docile.

Mais, très vite, les choses s'arrangent. Marie, hors des murs de Vogal, n'est plus la même. Il s'aperçoit qu'elle a noué différemment ses cheveux, sans comprendre comment. Elle joue avec un bracelet de cuir fin.

— C'est vraiment gentil de me consacrer un peu de temps.

La formule est guindée, mais elle l'arrondit d'un sourire timide. Rien à voir avec l'exhibition orthodontique de tout à l'heure. D'ailleurs, elle choisit d'emblée un registre plus confidentiel : DRH est un boulot solitaire. Tout le monde se méfie de vous, tout le monde vous prête des intentions. Elle ne se fait jamais de copains sur son lieu de travail. Clément compatit. Encore une qui veut devenir son amie. Il se demande s'il continuera de voir Myriam, quand tout s'apaisera. Il s'imagine en sa compagnie, aux Enfants rouges. Les bars à vin branchés sont parfaits pour les ex.

— Je sors d'une histoire, lâche-t-il tout à trac.

C'est un coup en partie calculé. Outre qu'il fait état d'une disponibilité sentimentale, il confirme à Cherkesly – au cas où les infos lui remonteraient – que Myriam n'est plus un frein aux visées de Meryl. Il a eu le temps d'y penser : s'il veut l'inviter à dîner, c'est qu'il le considère comme le futur petit ami de sa fille. À cela, Clément voit deux raisons possibles : ou bien Cherkesly est trop traditionaliste pour envisager entre eux d'autres types de relations que le flirt, ou bien Meryl a clairement laissé entendre à son père qu'elle était amoureuse. En révélant à Marie qu'il a bien rompu avec Myriam, il entretient les espoirs tout en laissant grande ouverte une porte de sortie. Bien sûr, si le patron fricote avec la DRH, il prend un risque, mais il sait Marie bien trop intelligente pour lui raconter ses déjeuners avec Clément.

Elle le regarde, légèrement interdite. Il n'a pas envisagé l'hypothèse qu'elle n'ourdisse aucun plan. Il rougit :

— Pardon, je ne sais pas pourquoi…

— Pas de problème. C'est normal d'être bousculé.

Elle a failli, lui semble-t-il, poser sa main sur la sienne, mais la serveuse est arrivée juste à ce moment. Ils commandent. Elle est végétarienne. La nature fournit à Clément une échappatoire opportune. Quelques phrases lui suffisent pour s'éloigner des zones à risque. Il raconte comment on est parvenu à imposer Internet aux Inuits en leur offrant la possibilité de suivre, par satellite, la migration des rennes. Il n'est pas sûr, pour les rennes. Ce sont peut-être des caribous. Elle se demande s'il ne s'agit pas du même animal. En tout cas, ça la conforte dans ses choix alimentaires. Il est un peu déçu par sa conversation. L'anodin ne le dérange pas, mais il s'est habitué, ces derniers temps, aux coups de théâtre. Tandis qu'elle glose sans effort sur les radicaux libres, il repense à ses parents. Il a peut-être porté la dévastation dans leur vie. Il ne voit pas comment réparer. Il faudrait qu'il parle à son père. Le silence de Marie le fait sursauter.

— Excuse-moi, balbutie-t-il, je pensais…

— Ne t'inquiète pas. Je comprends.

Cette fois, du bout des doigts, elle lui touche la main. La vague de désir qui le submerge aussitôt le surprend par sa violence. Il n'a jamais connu ça. Comme si la puissance sexuelle de Marie ne se manifestait qu'au contact de sa peau.

— Je suis un peu nerveux, avoue-t-il en reculant sa main.

Ils ne prennent pas de dessert. Il regrette de ne pas lui avoir demandé ce qu'elle entendait par « je comprends ». Plus moyen d'y revenir. Elle repart sur les caribous.

Après le café, ils traversent l'esplanade au pas de promenade. Il fait doux et gris. L'espace est si vaste que les passants paraissent marcher au ralenti. Dans l'espoir d'obtenir son numéro, il cherche des sujets en rapport avec la téléphonie, se rappelle que le développeur de Brest travaille sous l'égide de France Télécom, mais c'est trop tiré par les cheveux. Dans l'ascenseur, il réussit à frôler son avant-bras. Quand les portes s'ouvrent, il s'aperçoit qu'elle a repris sa coiffure Vogal. Il ne la revoit plus de l'après-midi.

En sortant, épuisé, de son bureau, il tombe sur JJ qui l'attend, penaud.

— Je voudrais m'excuser.

L'intensité du soulagement qu'il éprouve surprend Clément.

— Pas de problème.

Il faudrait s'en tenir là. Mais JJ a encore envie de parler. Clément le soupçonne d'être sous l'effet apaisant de la codéine. Il reconnaît le phrasé pâteux et légèrement exalté qui accompagne, chez son collègue, l'absorption de certains principes actifs.

— Si tu venais manger, ce soir ? Avec ta copine ?

Pendant une seconde, Clément est tout à fait perdu. De qui JJ parle-t-il ?

— On est en pleine… séparation. Je loge chez Meryl, pour le moment, tu sais ?

JJ hoche la tête.

— Oui. C'est à elle que je pensais. Léonore a très envie de la revoir.

JJ n'a l'air ni surpris ni intéressé par le fait que Clément quitte Myriam. Soit il est déjà au courant, soit il s'en fout complètement. Prenant conscience qu'il désire une réconciliation complète et qu'il ne pourra l'obtenir qu'en acceptant l'invitation, Clément s'y résout, sans enthousiasme.

— Pourquoi pas ? Il faut que je l'appelle.

JJ est ravi. Il laisse Clément organiser tout ça. De toute façon, c'est complètement informel, décontracté, il fait comme il le sent, peut venir seul si Meryl n'est pas dispo. Ou bien on reporte à un autre soir. Mais son regard contredit cette bonhomie. Il veut qu'ils viennent tous les deux. Aujourd'hui.

Comme il se dirige vers le RER, le téléphone de Clément joue « Sunday Morning ». Il hésite longtemps et décroche.

— Myriam ?

Il n'entend d'abord que des craquements, ou des frottements. Du vent. Mais il comprend vite que ce sont des sanglots.

— Je l'ai vue… parvient-elle à articuler.

— Qu'est-ce que tu…

— Je suis venue à la Défense, ce midi. Je vous ai vus traverser l'esplanade.

Le vaudeville continue. Il déteste ça. Son irritation le pousse à la faute :

— Mais non, ce n'est pas elle !

Consternation aux deux bouts du fil. Son désir de rattraper son erreur est inhibé par l'inquiétude de savoir que Myriam est capable de traverser Paris pour l'espionner pendant sa pause méridienne. Il ne peut pas la laisser empiéter sur son territoire. Trop dangereux. Trop compliqué. L'appréhension le rend hargneux. Il n'écoute pas ses pleurs. Il faut fermer toutes les portes. Maintenant. Mais elle a déjà raccroché.

Il descend dans le RER. La nécessité de repousser l'invitation de JJ lui apparaît comme une priorité, aussitôt balayée par le souvenir de son regard presque menaçant. Son téléphone, maintenant, joue « Leave me Alone ». Ses parents. Il rejette l'appel.

Résigné, il appelle Meryl qui est ravie de manger chez JJ. Il lui indique l'adresse, tout près de Montparnasse. Ils s'y retrouveront. Il rappelle JJ, pour confirmer. Il faudrait apporter une bouteille, mais la pensée de Myriam le rend incapable de franchir la porte d'un marchand de vin. C'est alors que l'invitation de Cherkesly lui revient en mémoire. La voie d'accès à l'avenir. Il se masse délicatement les cervicales et sent qu'il va mieux.

Quand il arrive chez JJ, les mains vides, Meryl est déjà là et joue avec Léonore. Leurs rires lui parviennent depuis les profondeurs de l'appartement. JJ l'accueille en chemise et chaussons. C'est insolite. L'appartement a du cachet, des poutres apparentes, de hautes fenêtres cintrées. Pour la première fois, Clément mesure que les activités de son collègue chez Vogal lui valent une rétribution probablement confortable. Il a beaucoup à perdre. Aux murs, des photographies d'artistes représentant des jeux d'éclats, de reflets, de moirures. Une musique étrange, que Clément n'identifie pas. Un parfum de curry. Des jouets jonchent le parquet au point de Hongrie.

— C'est le délire, révèle JJ, parlant probablement de sa fille et de Meryl.

Clément se tient aussitôt sur la défensive. Loin du bureau, c'est à peine s'il sait comment s'adresser à JJ. Il redoute d'engager la conversation dans une voie dangereuse, même s'il ne flaire pas encore la nature du danger.

— Installe-toi ! lance finalement JJ en se dirigeant vers la cuisine.

Clément reste debout, observe. Les deux fenêtres du séjour donnent sur un square. Violemment percuté à l'arrière des genoux, il sursaute et se retourne avec une vivacité qui le surprend lui-même. Il trouve Léonore, dans une défroque de fée débraillée, chaussée de rollers, hésitant à éclater en sanglots.

— Elle a mal géré la vitesse, explique Meryl.

Elle paraît très heureuse de le voir et lui offre sa joue, avec une décontraction qu'il ne peut s'empêcher de juger trop familière. Ganté de maniques rigolotes, JJ sort de la cuisine portant une plaque de four chargée d'un assortiment d'amuse-gueules qu'il déverse maladroitement dans des raviers disposés sur la table basse en bois massif.

— Miam ! hurle Léonore qui roule vers les feuilletés, en fourre deux dans sa bouche et se brûle.

Elle hurle. La pièce, pourtant relativement vaste, semble saturée d'électricité. Léonore, maintenant, zigzague entre les fauteuils, le porte-revues, le secrétaire, Meryl à sa poursuite.

— L'école, ça les tue, gémit JJ.

Clément s'enfonce dans le sofa, agréablement peu concerné par le drame. JJ et Meryl secourent Léonore, lui ôtent ses rollers malgré ses protestations hystériques. La scène est pénible mais dispense Clément de se battre les flancs pour trouver des choses à dire. Il se compose un petit sourire compréhensif et s'attarde sur un tableau érotique géométrique, accroché un peu à l'écart de la cheminée. Finalement, Léonore, les yeux gonflés, s'agenouille devant la table basse, picore dans les raviers où elle repose les petits-fours après les avoir mâchouillés.

— J'aime pas ! proteste-t-elle.

L'apathie de JJ décontenance Clément. Il regarde sa fille, bras croisés, comme on suit distraitement un documentaire animalier.

— Il me semble qu'elle va mieux, commente-t-il. Ça siffle moins.

Par touches, un ennui tiède s'empare de Clément. Meryl, qui paraît minuscule au bout du long sofa, contemple la petite fille. JJ finit par se pencher vers le mini-bar, en sort du vin cuit et de la vodka. Comme Léonore réclame un jus de fruits, il se lève en hâte et file vers la cuisine, sa fille à ses trousses.

— À quoi tu penses ? s'enquiert Meryl.

— Je me demandais si les caribous et les rennes, c'était la même chose.

Elle examine la question avec sérieux.

— Je crois.

Elle est en chaussettes. Elle se déchausse à tout propos. Elle lui rappelle vraiment Florence Féal.

— On a une nouvelle DRH. Marie.

Meryl paraît intéressée par la nouvelle. Pourtant, malgré quelques efforts visibles, elle ne trouve aucune question à poser. Clément, laissant reposer sa nuque sur le dossier du sofa, parvient, en se concentrant, à retrouver la sensation des doigts de Marie contre sa main. Il ferme les yeux. Des cris stridents fusent. Le verre de jus de fruits s'est renversé sur le parquet. Meryl se lève, contourne la flaque, revient avec une éponge.

— Je vais la faire manger, annonce JJ. On sera plus tranquilles.

— Je peux m'en charger, propose Meryl, accroupie, Léonore accrochée à ses épaules comme un koala. Nouveaux cris de la fillette, enthousiastes cette fois.

JJ, qui s'était assis, se relève, ramasse les amuse-gueules décimés. La vodka et le vin cuit paraissent abandonnés, au milieu de la table basse. Engourdi, bercé par le souvenir de Marie, Clément laisse se succéder des moments confus. JJ et Meryl, dans les lointains, affrontent la rébellion du réel. Incessamment compliquées par les déplacements bruyants et chaotiques de Léonore, les actions les plus simples prennent un temps fou, tournent mal. La petite refuse de se laver les mains, puis de fermer le robinet. Des couverts se heurtent, tombent sur le carrelage avec un bruit démesuré.

— Je décongèle une purée ! crie JJ comme illuminé par une révélation.

Un moment tenté par le vin cuit, Clément a maintenant envie d'une vodka. Léonore traverse le salon, poursuivie par Meryl. Le micro-ondes sonne. Le parfum de curry se nuance d'une odeur plus âcre. Quelque chose brûle. De plus en plus grisé par l'inaction, Clément profite à fond du sofa. Le ruissellement lointain de la douche, accompagné de nouveaux cris, fait surgir l'image très réaliste de Marie dans une salle de bains design. Il ferme les yeux.

— Ça va ? demande JJ qui s'écroule à côté de lui.

— Un peu crevé.

JJ hoche la tête, sans écouter, et examine la bouteille de vodka. Il lit toute l'étiquette, lui consacre une attention soutenue, entière. Des bruits d'eau leur parviennent, entrecoupés de rires et de comptines braillées à deux voix. Clément demande si ça ne sent pas le brûlé.

— Putain ! hurle JJ qui se relève et part en courant, emportant la vodka.

Il reparaît aussitôt, le visage ravagé, une poêle noircie à la main.

— Foutu !

Soudain furieux, paraissant contenir à grand-peine une rage dirigée contre Clément, il fait volte-face, lance la poêle au jugé. Elle atterrit probablement dans l'évier. Les chants joyeux des deux filles ne s'interrompent pas. JJ se débarrasse de ses chaussons, s'engouffre dans une pièce, revient habillé.

— Il y a un chinois, en bas.

La porte de l'appartement claque. Clément débouche la bouteille de vin cuit, la hume et boit trois gorgées au goulot. Il se sent bien.

Un peu plus tard, un ordre presque harmonieux s'est établi. Agenouillée devant la table basse, Léonore lape, façon chat, les cuillérées de purée que lui tend Meryl. JJ et Clément font tourner un fond de vodka dans de gros verres à whisky. Dès que s'amorce un semblant de conversation, la petite lance une phrase sans queue ni tête ou plonge sa main dans l'assiette. L'alcool détend JJ. On n'attend rien. Le temps passe sans contrainte. Clément avale deux gorgées pour empêcher sa mère de s'insinuer dans le cours amorphe de ses pensées. Il se rappelle tout à coup la figure contractée de Meryl, à l'hôtel de Paimpol. La laideur de ses traits tendus par l'angoisse. Chez elle, les sourcils sont déterminants. Leur froncement fait surgir des rides beaucoup trop profondes pour son âge. Un masque de vieille folle.

Il s'aperçoit que JJ la regarde aussi. Il la scrute. Sa position dans le sofa lui ouvre une perspective dégagée sur le profil de Meryl. Et Clément le voit sursauter. À peine, mais c'était net. Maintenant, il hoche lentement la tête. Il a compris. Il sait qui elle est. Il se tourne vers Clément et l'interroge du regard. Clément détourne le sien. Il n'y a rien à répondre.

Mais JJ ne se décourage pas. Il est patient. Clément n'aime pas du tout son nouveau sourire.

— Meryl, ma fille vous adore.

Le compliment porte aussitôt. C'est assez répugnant. Meryl se rengorge, comme une mésange.

— C'est réciproque.

Clément a envie de partir. Il commence à chercher un prétexte. Ce ne sera pas facile. La soirée a quitté les turbulences. On vogue en eaux troubles mais calmes.

— Je ne vous ai même pas demandé ce que vous faisiez dans la vie, à part fréquenter Clément.

Le verbe plaît à Meryl. JJ sait choisir ses verbes.

— Des études, élude-t-elle.

Il n'insiste pas. Il sait aussi l'art d'éviter les sujets fâcheux. À sa surprise, Clément est brutalement débordé par l'horripilation. Il pose méchamment son verre sur la table basse :

— Meryl est la fille de M. Cherkesly.

Il résiste difficilement à la pulsion d'enchaîner sur les dernières tirades de JJ, concernant sa défense de la langue française et sa croisade contre Vogal.

JJ, feinté par le smash inattendu, semble tituber quelques secondes, puis se reprend.

— Je venais de le deviner.

Coup d'œil à Clément. On simplifie les rapports. Maintenant, ce soir, en tout cas, ils ne jouent pas dans le même camp. Meryl est déçue.

— Je voulais pas vous le dire. Ça va vous gêner.

— Je *ne* voulais pas..., tique Clément, un peu pompette.

Mais JJ lève très haut une paume, comme s'il avait déjà traversé, à son âge, dans sa vie, tant de situations indescriptibles que celle-ci, franchement, ne mérite même pas qu'on lui accorde une seconde d'attention. Sa fille adore celle de son patron. Et alors ? Franchement, et alors ? Comme il en rajoute, un malaise s'installe.

— Vous savez, Meryl, je bosse chez Vogal depuis un sacré bout de temps. Vous étiez toute petite quand j'ai commencé.

Ainsi formulée, la remarque ressemble à un argument impossible à contrer. Léonore, la bouche pleine de purée, imite un réacteur. D'épaisses gouttes jaunâtres tachent la table et le plancher. Anesthésié par l'alcool, Clément apprécie les motifs qu'elles dessinent. La vodka débarrasse les faits de leurs causes, leur confère une sorte d'immanence très belle. Une sympathie profonde le gagne. Sous la pellicule de rancœurs et d'agacements se forme un bloc d'amour vrai. Il ferme un instant les yeux, effrayé d'être si vulnérable. JJ continue de parler. Ses paroles passent dans l'air. L'odeur de brûlé s'est atténuée, pour faire place à celle des nouilles sautées, qui attendent là-bas, dans leur barquette. Plus exactement, il perçoit les deux senteurs distinctement, et aussi celle de la purée, le parfum de Meryl, l'eau de toilette de JJ. L'ébriété le dote d'un nez analytique, au détriment de son oreille qui mélange tous les sons. Il perçoit les voix des trois autres comme les échos d'un motet, au fond d'une église. Yeux fermés, c'est encore plus impressionnant, toutes les odeurs rangées comme dans les étagères d'une officine, toutes les musiques mêlées.

— Notre petit Clément s'endort ! crie JJ en lui abattant sa main sur la cuisse. On va le mettre au dodo !

C'est une claque douloureuse et humiliante. Clément sourit.

— J'ai eu une dure journée, j'avoue.

JJ y voit l'occasion d'une transition maladroite : il propose de coucher Léonore qui proteste vigoureusement. Elle n'a pas sommeil. Elle veut encore jouer. Nouveau moment filandreux. Les voix éclatent et discordent. Clément referme les yeux. Quand il les ouvre, Meryl a disparu dans la chambre de Léonore et JJ met le couvert, sur la grande table en chêne presque noire.

— Les assiettes de ma grand-mère, indique-t-il, concentré.

Clément se lève, trop vite, attend que le vertige se dissipe.

— Un coup de main ?

JJ, complètement absorbé, se mire dans un verre.

— Vous êtes ensemble ? demande-t-il au verre.

Clément hausse les épaules.

— JJ, arrête. C'est compliqué.

L'autre pose délicatement le verre et fait quelques pas dans sa direction.

— Ce qui est compliqué, c'est ma situation. Je peux me faire virer d'un jour à l'autre.

— Je sais.

— Et toi, tu es pote avec la fille du patron, donc tu peux m'aider.

— C'est déjà fait.

Ils se taisent. La voix de Meryl, imitant les trois petits cochons, monte dans les aigus. JJ tourne brusquement la tête en direction de la chambre et file.

— Merde. Pas cette histoire-là. Ça lui fout les jetons.

Resté seul, debout au milieu du salon, Clément essaie de rassembler les bribes qui lui flottent dans la tête. JJ et Meryl finissent par revenir sans Léonore. L'absence de la petite soulage Clément plus qu'il ne l'imaginait. Il respire mieux et se fait la remarque inutile que Myriam, Meryl et lui sont tous trois des enfants uniques. JJ place ses deux invités en face de lui mais la vaste table donne l'impression d'être vide. JJ est tendu. Clément pense d'abord que l'identité de Meryl le met mal à l'aise, mais s'aperçoit bientôt qu'il tend l'oreille pour s'assurer qu'aucun bruit ne parvient de la chambre de sa fille.

— Elle a du mal à s'endormir, soupire-t-il. Cinq ans, c'est la peur de la mort.

Il lance un petit coup de menton en direction d'un gros livre de psychologie pédiatrique, posé sur le buffet. Puis, préoccupé, il déverse dans son assiette une portion de nouilles sautées, qu'il attaque mécaniquement. À la troisième bouchée, il lève les yeux vers ses invités, immobiles.

— Pardon. J'ai la tête ailleurs.

Il fait tourner la barquette et se remet à manger. Pendant plusieurs longues minutes, il ne dit plus rien.

— En tout cas, elle est vraiment adorable, risque Meryl.

JJ déglutit.

— C'est un amour, approuve-t-il, sépulcral.

Aussitôt, la voix de Léonore s'élève. Il sursaute violemment. La fillette les a rejoints et émet une longue modulation sans parole. Clément, se retournant pour la voir, balaie du regard la table basse où subsistent les éclaboussures de purée, déjà sèches et racornies.

JJ s'est levé, il prend Léonore dans ses bras. Clément ne l'a jamais vu si nerveux chez Vogal. Léonore s'agrippe à son père, cache son visage dans son cou. Ils voient son dos tremblant et ses jambes minces. Tout à coup, la situation bascule. Clément est certain que son collègue a perdu la raison. Celui-ci écarquille les yeux et, de sa main libre, relève le bout de son nez, étirant ses narines en une sorte de groin. Puis il brandit trois doigts.

— Les trois petits cochons, s'écrie Meryl. C'est de ma faute !

À ces mots, Léonore se remet à pousser sa plainte sinistre. Ce ne sont pas des chœurs. Plutôt un lamento.

— Il va falloir que j'aille lui tenir la main, prévient JJ, découragé. Ça risque d'être long.

Ils disparaissent tous les deux. La voix du père se mêle à celle de la fille en une mélopée grinçante.

— On ferait mieux d'y aller, suggère Clément.

Meryl sourit. Elle aime comme il lui parle.

— Je crois que j'étais comme elle, à son âge. Ma mère restait avec moi.

— Tu t'en souviens ?

— Elle me l'a dit.

Il fourre quelques nouilles dans sa bouche. Il n'a plus faim. L'envie de se consacrer exclusivement à sa propre personne devient irrésistible. Ses liens avec autrui le tiraillent comme les fils d'une cicatrice, tandis que le bercement sournois de la vodka commence à lui malmener l'estomac.

— Je suis vraiment crevé. On part. Il comprendra.

Elle se lève, docilement. Il griffonne quelques mots à l'attention de JJ, entre les caractères chinois, sur le papier qui enveloppait la barquette du traiteur. La nuit les accueille, vaste et fraîche, traversée de lueurs et de courants. Une sirène tremble dans les lointains. Ils marchent lentement vers la gare Montparnasse, leurs visages offerts à la brise. Clément s'est rarement senti si libre. Meryl le laisse tranquille, tout le long du trajet. Il lui sait gré de sa discrétion instinctive. Son visage lisse est reposant à contempler. Ses sourcils dessinent deux petites bouches poilues et muettes. La figure de Meryl suscite souvent ce genre d'images, parce que les éléments qui la composent manquent de cohésion. Le nez, la bouche, les yeux semblent rassemblés là par hasard. Provisoirement groupés. Clément est vraiment crevé.

Elle n'exige pas davantage qu'il lui parle, une fois à l'appartement. Il n'a pas besoin de gestes pour rappeler constamment qu'il n'aspire qu'au sommeil. Un message de JJ leur présente ses excuses, les informe que la petite s'est endormie puis réveillée un quart d'heure plus tard. Il l'efface. Pas de nouvelles de ses parents ni de Myriam. Priscille lui envoie en pièce jointe une première liste de logiciels retenus, à tester. Il va bien falloir qu'il rappelle sa mère dès le lendemain.

Au milieu de la nuit, il est réveillé en sursaut par le choc sourd de pas sur le plancher. Meryl traverse le salon, se précipite dans la salle de bains. Il s'attend à l'entendre vomir. Étrange, comme les habitudes se prennent vite. Mais rien de tel ne se produit. Il change de position, cherche à se rendormir, puis finit par comprendre qu'il n'y parviendra pas tant que Meryl n'aura pas regagné sa chambre. Il finit par se lever, marche jusqu'à la porte de la salle de bains, qui n'est pas fermée. Il perçoit des bruits qu'il n'identifie pas. Pris d'un doute, il ouvre la porte.

Meryl, assise en pyjama sur le bord de la baignoire, a disposé sur la tablette une série de boîtes de médicaments. Un tas de comprimés multicolores, sous la lumière du néon, resplendit dans sa paume. Il lui attrape le poignet.

— Arrête ! Qu'est-ce que tu fais ?

Elle lui lance un regard trouble. Les rides sont réapparues. Son visage de folle.

— C'est pas ce que tu crois.

— Tu en as avalé combien ?

Elle soupire.

— Je les avale pas. Je les recompte.

Il la lâche et recule. Elle montre un petit carnet, ouvert sur le lavabo, dont les pages sont couvertes de chiffres et de croix.

— Je vérifie que j'ai pas gobé une demi-boîte de calmants.

Le mot « gobé » dégoûte Clément. Il retourne se coucher sans répondre.

Traversant l'esplanade, le lendemain, il est intrigué par un clignotement bleu, caractéristique. Une ambulance stationne devant la tour. Il accélère et se met à courir, sûr, soudain, de savoir ce qui s'est passé. Il distingue maintenant un petit groupe d'employés Vogal, autour du véhicule. Il fait frais, mais la plupart sont en chemise. Bertrand, qui l'a vu arriver de loin, se précipite à sa rencontre et confirme son pressentiment.

— C'est madame Lemeur. Elle a fait un malaise.

Clément hoche la tête. Bertrand paraît contrarié par son apparente apathie. En réalité, Clément est complètement bouleversé. Le choc le laisse gourd, sa tête tourne, il ne s'est pas rendormi, après l'épisode Meryl de la nuit dernière. Il s'aperçoit que Bertrand le fixe et mesure soudain à quel point son collègue le déteste. Cette haine inopportune le met hors de lui.

— Elle s'est écroulée en passant l'aspirateur dans ton bureau, révèle Bertrand d'un ton accusateur, comme si toutes les manigances de Clément, ces derniers temps, son ambition démesurée avaient abouti à cette catastrophe.

— Et toi ? Qu'est-ce que tu fous ici ? Tu viens admirer le spectacle ? Ça te change du foot ?

Il a crié si fort que tout le monde se retourne et le regarde. Il s'en fout, certain qu'il ne ressentira que plus tard, mais décuplés, les effets de la honte qui l'envahit. Il ignore si madame Lemeur est encore en vie et n'a plus la possibilité de poser la question. Bousculant ses collègues éberlués, il franchit la porte tambour, traverse le hall et badge. Au moment où il pénètre dans le sas, les portes du monte-charge s'ouvrent et libèrent deux infirmiers, poussant un brancard sur lequel gît la femme de ménage, minuscule, équipée d'un masque à oxygène.

— Elle va comment ?

Le plus gros des infirmiers lui accorde à peine un regard. Son professionnalisme confine trop à l'indifférence pour être rassurant.

— Écartez-vous, monsieur, s'il vous plaît.

Clément trottine à leurs côtés, retraverse le hall.

— Dites-moi au moins si elle va s'en sortir !

Mais c'est trop tard. Il n'a pas su s'attirer les bonnes grâces des infirmiers qui prennent prétexte des embarras créés par le passage de la porte tambour pour ne pas répondre. À travers la vitre, Clément distingue le visage de Bertrand. Tandis que madame Lemeur est embarquée dans l'ambulance, il fait demi-tour et monte.

Dans l'open space, personne ne paraît particulièrement troublé. Il tombe sur JJ, très heureux de le voir.

— Alors ? demande aussitôt Clément.

— Elle s'est endormie très tard. Elle était complètement sur les nerfs.

Il faut quelques secondes à Clément pour comprendre qu'il s'agit de Léonore.

— Putain, JJ, je te parle de madame Lemeur !

Hésitant une seconde de trop à rire de sa bévue, JJ finit par lâcher les informations : rien de trop grave mais elle a perdu connaissance. On parle d'arythmie cardiaque. C'est sûrement lié à un burn out. Clément s'aperçoit que JJ est impatient d'expédier la question pour pouvoir revenir à Meryl. Il a dû y réfléchir toute la nuit. Ses lèvres humides se frôlent avec gourmandise. Clément le plante là et se dirige vers son bureau. Heureusement pour tout le monde, JJ renonce à le poursuivre.

À part les traces de roue du brancard dans la moquette et un fauteuil déplacé, rien ne laisse supposer que quelque chose de grave se soit passé dans ce bureau. Une pièce dévastée aurait sans doute procuré un peu d'apaisement à Clément. Il déborde d'énergie négative. Tout l'agace. Ce n'est qu'en refermant la porte qu'il aperçoit l'étoffe bleue, en tas, dans un coin. Sa colère reflue quand il reconnaît le tablier de madame Lemeur. On a dû le lui ôter pour lui prodiguer les premiers soins. En y enfouissant son visage, réconforté par le parfum de la femme de ménage, il sent quelque chose de dur contre sa pommette. Le trousseau de clés est resté dans une poche. Il le glisse dans la sienne. Il est parfaitement calme, à présent.

On frappe à la porte. Il sursaute, se retourne, c'est Marie, souriante. Clément tient le tablier à deux mains, comme une cape de torero.

— Ça va ? Tu avais l'air furieux.

Il ferme les yeux, les rouvre, accroche le tablier à la patère puis ôte son manteau et le suspend à côté.

— Oui, je… ça m'a fichu un choc, l'ambulance.

Elle entre complètement et referme la porte derrière elle, mains dans le dos, toujours tournée vers

Clément, toujours souriante. Cette posture galbe sa poitrine. Clément s'assure, d'un coup d'œil latéral, que les clés de Mme Lemeur ne font pas, dans la poche de son manteau, une bosse trop visible.

— Apparemment, ça va aller.

On voit bien qu'elle n'en a aucune idée, et qu'elle s'en moque. On l'a peut-être déjà informée, en revanche, du petit esclandre provoqué par Clément sur l'esplanade. Elle sent très bon. Son parfum est primaire, régressif, rappelant le Petit Suisse à la banane. Elle approche.

— Tant mieux. J'aime bien madame Lemeur.

Cette information surprend la DRH qui s'immobilise, redonnant l'avantage à Clément. La pensée du trousseau de clés ne fait plus battre son cœur aussi fort. Il fait durer, en se taisant, le léger embarras de Marie, et en profite pour la regarder. Elle opte pour une petite moue compréhensive qui lui arrondit les yeux. Puis elle lève un doigt, mimant avec excès le retour aux choses sérieuses.

— Il faudrait qu'on se voie, quand tu auras une minute.

Il acquiesce. Elle ajoute que M. Cherkesly lui a demandé un bilan pro complet sur lui.

Clément s'apprête à demander des précisions mais elle se dérobe et recule pour s'en aller.

— Passe me voir quand tu veux.

Elle est brutalement percutée par la porte, que Jocelyn vient d'ouvrir à toute volée, après avoir frappé deux coups expéditifs. De justesse, Marie parvient à éviter le ridicule, et trouve le moyen de se frotter l'épaule alors que c'est aux fesses qu'elle a été touchée. Jocelyn semble atterré. Il plaque sa tablette contre sa poitrine.

— Vraiment désolé, je…

Clément se sent de nouveau gagné par une fureur délicieuse.

— C'est super de frapper, mais après, dans l'idéal, tu attends qu'on te dise d'entrer !

Marie n'en demandait pas tant. Elle ne fait rien pour aider Jocelyn. Ne le regarde pas.

— Désolé…

— Oui. On a compris. Tu nous laisses, s'il te plaît ? Je retrouve l'équipe en salle de réunion dans un quart d'heure.

Jocelyn renonce à répondre, hoche la tête et sort. Marie pouffe.

— Tu es un killer, toi ! J'adore !

— Ça va, ton dos ?

Troublé par sa propre question, il tempère à grand-peine l'élan qui le porte vers elle et se laisse tomber dans son fauteuil. La contre-plongée révèle la rondeur des seins de Marie. Au lieu de répondre, elle se retourne, comme si elle l'invitait à constater par lui-même.

— Je m'en vais, dit-elle en s'éclipsant. Les femmes sont en danger dans ton bureau.

Plus tard, en salle de réunion, l'ambiance est tendue. Jocelyn a rapporté le comportement arrogant de Clément et Priscille fait carrément la gueule. Il n'est pas impossible que ces deux-là se voient en dehors. Heureusement, le projet avance bien. Victor a potassé un recensement récent et encore confidentiel des usages numériques dans l'enseignement des lettres. À partir de là, il a pu dégager des tendances qui constitueront des indicateurs utiles pour l'évaluation des logiciels. Victor rappelle que le packaging compte presque autant que le contenu. Samira renchérit en suggérant de flouter la frontière entre les deux concepts. Elle évoque la notion de pli chez Gilles Deleuze mais personne ne rebondit. Clément parvient à restaurer la camaraderie en organisant un créaplan, au débotté, pour affiner les items d'évaluation. Chacun note ses idées sur des Post-it et vient les coller lui-même sur le paper board. Jocelyn semble avoir oublié sa rancœur. Il propose les meilleures solutions, et les justifie. On passe les programmes au crible des nouvelles grilles d'analyse ainsi générées et trois d'entre eux se détachent nettement : un kit grammatical reposant sur une approche behavioriste – l'erreur est traitée comme une sorte de phobie que l'on apprend à apprivoiser –, un didacticiel très sexy, agrémenté de courtes séquences vidéo où les mots apparaissent sous forme de petits cochons mutins, et, beaucoup plus ambitieux, une immersion complète dans la phrase, traitée en 3D, avec des niveaux calqués sur ceux de World of Warcraft. L'équipe de Clément a plébiscité le ludique, même si Victor pinaille encore. Il défend un programme beaucoup plus traditionnel visant à rassurer l'utilisateur en lui proposant un graphisme à l'ancienne, filtres imitant le grain crémeux du papier, pointeur de souris en forme de plume d'oie, avec des crissements numérisés en bruitages. Chaque erreur crée un pâté. Pour acheter la paix sociale, Clément ajoute le logiciel en quatrième position. Il se demande de plus en plus s'il a bien fait de solliciter sa mère pour tester les programmes. On discute encore longtemps pour déterminer s'il ne serait pas pertinent de recruter un panel d'illettrés afin de voir comment ils utilisent les dispositifs. Priscille a des amis en psycho qui peuvent interpréter les mouvements des pupilles et fournir des indications très précises sur les mécanismes cognitifs qu'ils révèlent. À midi, ils déjeunent tous ensemble au restaurant. Le rush les stimule. Clément a reçu plusieurs messages de José qui demande où ils en sont. Le commanditaire met la pression. C'est vraiment un gros truc. Jetant par hasard un coup d'œil à son téléphone, Clément y découvre un message de Meryl : « Mon père nous invite ce week-end. Ça te va ? »

Il ne finit pas sa panna cotta mais parvient à dissimuler son émotion. Les autres continuent de causer, autour de la table, sans savoir que, le samedi suivant, tandis qu'ils se disperseront en distractions futiles, lui sera accueilli à la table du chef. À sa connaissance, il est le premier à qui Cherkesly a fait cet honneur chez Vogal. Il se sent habité par un superpouvoir et transmue en magnanimité son désir irrépressible de répandre la grande nouvelle. La *Force bleue* l'habite. Il défie Jocelyn au Baby-foot. À la fin des trois parties, ils sont en nage. Ils décident de remonter les étages à pied, font la course, les filles aussi. Leurs piaillements résonnent dans la cage d'escalier. Alors que Clément allait gagner, le souvenir de madame Lemeur lui donne un point de côté. Aussitôt, cette pensée appelle celle du trousseau de clés qui lui restitue le parfum de Marie. Il termine avant-dernier, devant Samira.

Néanmoins, il est en pleine forme en arrivant chez Meryl, le soir. Décidé à resserrer leurs liens. Il s'est dit qu'il était peut-être possible d'isoler la folie de Meryl dans une pomme et de ne s'adresser qu'à son moi joyeux, son moi vivant. Qui sait, cette méthode aura peut-être même un effet thérapeutique ? La psychanalyse n'a pu qu'illustrer l'inutilité de l'anamnèse. Les zélateurs de la résilience connaissent plus de succès. Pourquoi ne pas tester le déni ?

Dans cette optique, il l'embrasse sur les deux joues. Émile est là. Tant mieux. Il l'embrasse aussi, déclare qu'il a la méga patate, fait des blagues. Le trousseau de clés pèse toujours dans la poche de son manteau. Il le fait tinter. Appeler sa mère ne lui paraît pas un problème. Il va le faire. Il le fait. S'isole dans la chambre de Meryl tandis que les deux autres, contaminés par sa joie, plaisantent autour d'un thé.

— Salut maman, c'est ton fils !

Il ne parlera pas de Laurent. Ni de Myriam. Pour un peu, il se sentirait proche d'une forme de révélation : occulter les problèmes contribue à les dissoudre. L'obligation qui nous est faite de les affronter ne relève-t-elle pas d'une morale judéo-chrétienne un peu rance, survivance de la confession ? Il pense à tous ces films racoleurs sur les secrets de famille, censés empoisonner les générations. Les grandes lignées tragiques. Si Œdipe avait traité la grande peste de Thèbes par le mépris, Jocaste serait peut-être encore vivante.

— Bonsoir, mon fils ! Tu as l'air en forme.

Ça marche, non ? La joie de Clément importe à sa mère bien plus que les aléas de sa vie de couple, bien plus que sa lassitude professionnelle. Le projet est une dope. Mécaniquement, le passé génère de la mort, de la peur, il projette son ombre sinistre sur l'avenir. On aurait moins froid sans les cathédrales.

— Oui, ça va super. Dis-moi, ça y est, on a quatre logiciels à te soumettre. J'ai besoin de ton expertise. C'est pour hier. Je peux te les faire parvenir ? L'idéal, c'est que je les mette sur une plate-forme et que tu les uploades ce soir.

Sa mère est impressionnée, ravie d'être traitée si vigoureusement. Elle se fait expliquer les mots, les démarches, et jure de s'y mettre dès qu'elle a obtenu les interfaces. Il lui fournit des détails techniques et l'entend qui note scrupuleusement. Elle a mis le haut-parleur pour avoir les mains libres. Clément perçoit l'écho enthousiaste de sa propre voix. C'est fou comme il est invincible, ce soir. Il s'aime bien. Tout en explicitant les protocoles, il se demande s'il ne devrait pas tout remettre à plat avec JJ. Avec Myriam. Les conflits sont inévitables. Ils sont nécessaires. Ses parties de Baby-foot avec Jocelyn lui apparaissent soudain comme une idée modélisable, en termes de résolution des antagonismes. Il pourrait proposer à Cherkesly de lancer un appel d'offres sur cette base : la réconciliation assistée par ordinateur.

Distrait, il entend que sa mère s'est lancée dans un récit embarrassé. Il est question de son père. Ayant loupé le début, il se fatigue à combler mentalement les ellipses du discours maternel. Mais il n'ose pas lui faire recommencer. Finalement, comme il ne répond rien, elle répète, par boucles. Il apparaît que tout va mieux. Bien, même. Son père n'est pas parti. Ils ont eu une crise, en effet. Dans l'idéal, elle aurait préféré qu'il n'en soit pas question. « C'est une affaire interne. » Maintenant, elle est derrière eux et Clément s'est sans doute fait du souci pour rien. Il se surprend à éprouver une légère déception. Il doit s'avouer que la séparation de ses parents l'aurait soulagé d'une douleur qu'il ne peut nommer. Profitant d'un nouveau silence, il avoue avoir quitté Myriam.

— Comment ça ? Depuis quand ?

Il est surpris par la stupéfaction de sa mère, puis comprend qu'elle s'explique par la bonne humeur dont il a fait preuve, depuis le début du coup de fil. La suite est facile à deviner : elle va inférer que sa rupture est un immense soulagement pour lui, qu'il a retrouvé la joie. Elle risque d'enchaîner sur des confidences. Son instinct de mère lui soufflait depuis longtemps qu'il n'était pas heureux avec Myriam. Elle va l'encourager à aller de l'avant. Cette perspective l'irrite.

— Depuis quelques jours. C'est très douloureux.

Elle le croit peut-être ironique. Il la laisse dans le doute. Mais la réponse de sa mère le surprend.

— Et elle ? Comment elle va ?

Il n'en sait rien, au fait. Il repense aux colonels.

— Tu veux que je réponde quoi ? C'est une mauvaise question.

Sa mère n'insiste pas.

— On reste sur les logiciels ?

Il sait qu'elle voudrait savoir où il se trouve, se faire raconter les détails, mais elle ne demandera rien. Clément lui a toujours fait un peu peur. Elle acquiesce.

— Je m'y mets dare-dare.

— Plus personne ne dit ça, maman.

— Moi si. Je t'embrasse.

Quand il revient dans le salon, Émile est parti. Tant mieux.

— Alors ? demande Meryl.

Il se laisse tomber dans le canapé. En fait, à cet instant, il adorerait faire l'amour avec Marie. Le souvenir de sa visite matinale dans son bureau l'a hanté tout le jour, générant constamment des influx convertibles en puissance de travail. Mais sa provision de force est encore presque intacte. Ainsi qu'il l'a constaté souvent dans sa vie, le désir sexuel, outre qu'il dope ses performances dans tous les domaines et se métamorphose infiniment, stimule aussi son appétence sociale. Il a besoin de parler avec Meryl. De parler à fond.

— Alors… alors je suis très content de dîner avec ton père.

Gagnée par l'humeur de Clément, elle s'installe, à l'autre bout du canapé, pliant ses jambes comme Florence Féal.

— C'est un autre monde, révèle-t-elle, sur un ton curieusement détaché.

— Qu'est-ce que tu veux dire ?

Elle ne précise pas mais le regarde de côté, comme on observe une anamorphose.

— Est-ce que tu as recontacté Myriam ?

La question lui déplaît mais ne douche pas son élan.

— Non, pourquoi ?

— Parce que c'est moche, la façon dont tu es parti.

— Meryl, pardon mais ça ne te regarde pas.

— Je te loge et je t'introduis chez ton patron. Tu me dois des comptes.

— Bon. Tu veux que je fasse quoi ?

— Que tu l'appelles. Que tu la consoles.

Contrariant. Elle n'a pas tort. Néanmoins, il ne se sent pas prêt. Sa vie avec Myriam est curieusement hors d'atteinte. Comme si on l'en avait amputé. Opéré. L'image du nodule s'impose à son esprit avant d'être remplacée par celle d'une scène de crime mise sous scellés, le temps de l'enquête. Mais il ne les lèvera pas. Non-lieu.

— Je le ferai plus tard, si tu veux bien.

Il ne lui raconte pas que Myriam a vu Marie. Il voudrait changer de sujet mais Meryl ne l'aide pas. Il aimerait prendre un bain. Curieusement, cette idée agit et il se sent plus détendu, moins sale. Il flotte dans le présent. Meryl se lève et met de la musique. Pas du Lou Reed. Peut-être qu'on commence à en avoir marre de Lou Reed. Peut-être qu'il est temps de changer de bande-son. Il est déjà arrivé à Clément de renier complètement un chanteur dont il a été fou pendant des années. Dylan puis Bowie sont passés à la trappe. Lou Reed frissonne au bord du vide.

Un jazz austère, noueux, colore bientôt les murs de l'appartement. Au bout d'une échappée, la grosse rose a jauni. Elle trempe dans son eau sale, la tête douloureusement inclinée vers la surface du plan de travail. Meryl ne songe pas à évacuer les choses mortes. Il voit qu'elle pense encore à Myriam et se demande si elles pourraient être amies. L'évidence ne lui apparaît qu'à cet instant : Meryl n'a pas d'amies. N'a jamais prononcé le prénom d'une fille. Il est vrai que, dans sa vie, les garçons ne se bousculent pas beaucoup plus. Pourtant, c'est sûr, l'absence des filles brille davantage. La solitude a mille visages. Celle de Clément grouille de monde. Il repense à la vodka de JJ et lui demande si elle a quelque chose à boire.

— De l'alcool ?

La question est sincère. Elle n'a l'habitude de rien. La grande famille a engendré une enfant sauvage.

— J'aimerais bien être un peu soûl.

Le langage de sa mère. Meryl s'accroupit, ouvre un petit meuble qu'il n'avait pas remarqué, en tire une bouteille très brune, presque noire, qu'elle lui tend avant d'aller rincer un verre.

Il la débouche prudemment, hume. C'est un Single Malt. La marque ne lui dit rien mais le parfum ne ressemble à rien de ce qu'il a pu connaître. Il en est sûr, c'est une bouteille de collection, dont il n'ose même pas imaginer le prix. Meryl lui tend le verre.

— Sers-toi. Je n'aime pas trop l'alcool.

— D'où vient cette bouteille ?

— Je me rappelle plus. Un ami de mon père, je crois.

« Un autre monde », pense-t-il en regardant le liquide brun tapisser le fond douteux du verre.

Il faut plusieurs secondes à Clément pour reconnaître Max, au volant de la limousine garée devant chez Meryl. Il songe d'abord à une plaisanterie, un élan potache du patron, mais Meryl ne sourit pas, semble à cent lieues de juger la situation exceptionnelle. Elle claque la porte de l'immeuble et semble presque agacée par la stupéfaction de Clément.

— Tu viens ?

L'intonation indique justement qu'on ne plaisante plus. Max, en les apercevant, sort de l'automobile et leur ouvre les portières. Meryl le remercie d'un hochement de tête sans sourire.

— Bonsoir, Max.

Le pantalon neuf de Clément paraît miteux, contre le cuir des sièges. Meryl regarde par la fenêtre. Personne ne parle. Depuis qu'ils ont démarré, tous les bruits de Paris ont été remplacés par une sonate fluide, coulant d'invisibles enceintes.

Clément ne reconnaît pas les rues qu'emprunte Max. Les vitrines et les feux, par-delà les vitres teintées, forment des compositions mobiles et lentes. Les boulevards de ceinture s'ouvrent sur la nuit. On traverse bientôt un espace sans contours, des ciels mauves traversés par des trajectoires d'avions. Puis ce sont des échangeurs, une accélération douce et puissante.

Clément s'est abstenu d'anticiper. Il a pensé le moins possible à cette invitation, craignant d'être déçu, de renforcer son pressentiment que la vie n'offre que du déjà-vu. Il n'a même pas demandé à Meryl à quelle heure ils étaient attendus ni comment ils devaient se rendre dans la vallée de Chevreuse. Tout avait l'air d'aller de soi. La limousine a changé la donne.

Et le haut portail électronique s'ouvrant sur un parc arboré lui confirme quelque chose qu'il n'arrive pas à formuler complètement. La limousine roule à petite vitesse le long d'une contre-allée.

— Il y a des cerfs, l'informe Meryl. On a voulu retrouver l'atmosphère d'autrefois.

Elle n'ajoute rien. Ils se garent sur un vaste espace gravillonné, à côté d'autres voitures anciennes. Une Bentley, semble-t-il. Une Rolls. Mais rien n'évoque le pittoresque des rallyes pour collectionneurs. Ce ne sont pas non plus des véhicules d'apparat. Ils s'imposent comme une évidence. Clément comprend avec un léger décalage qu'il n'est pas le seul invité.

Ils attendent que Max leur ouvre les portières. Clément se surprend à épousseter sa veste, comme dans les films. Max ne lui accorde aucune attention. La villa, brillamment éclairée, semble l'illustration parfaite du mot villa. Une idée d'architecte, en trois dimensions. Sans décalage. Sans humour. Elle occupe l'espace à la façon sérieuse d'un corps de quinquagénaire. La porte principale s'est ouverte. Maintenant, c'est l'homme se tenant sur le seuil qui incarne sans ostentation la fonction de maître d'hôtel. Il ressemble à Alfred Hitchcock. Il s'incline à la vue de Meryl.

Clément se demande si ce n'est pas la première fois de sa vie qu'il voit quelqu'un s'incliner. Il n'entend pas les quelques mots que prononce Meryl. D'ailleurs, il ne la reconnaît plus. Elle se tient différemment et cela suffit à faire oublier qu'elle ne s'est pas changée pour venir. Elle porte toujours son jean, son pull et son blouson. Mais, mystérieusement, sa tenue d'étudiante indifférente s'harmonise avec le décor qu'ils traversent maintenant. Le contraste absolu donne l'impression d'être prémédité. Dès qu'il pose le pied sur les dalles du hall, Clément pense à Myriam. Un élan de tendresse le traverse. Elle aurait voulu être là. Mais la leçon serait cruelle. Tous les détails perçus au passage par Clément, qui suit maintenant le maître d'hôtel, infirment les réflexions et les goûts de Myriam en matière de décoration. Ce mot, ici, n'a plus de sens. Non plus que son fameux « art de vivre ». Les matières, les formes, les lumières, les parfums n'ont pas été choisis en vue d'une hypothétique harmonie. Ils font oublier l'idée même de choix. Tout se rapporte, se ramène à son essence. Par loyauté pour elle, et aussi pour ne pas s'avouer qu'il a vécu jusqu'à présent dans des cavernes, Clément s'efforce de donner un nom aux choses que son regard accroche, dans les enfilades de salon, dans les perspectives qu'il traverse. Une salle de réception déserte s'offre un instant à son regard. Il distingue des boiseries soulignées d'un rechampi blanc, des fauteuils cabriolets à médaillons retapissés, des guéridons, une table à gibier. Il s'étonne de retrouver les mots qu'elle prononçait tandis qu'il rêvait en écoutant de la musique. Le souvenir de ces vocables enfuis redonne de l'épaisseur à son passé. Il se promène dans un rêve de Myriam. Une cage à oiseau, des fenêtres en plein cintre donnant sur le parc, des lustres à pampilles, des dalles à cabochon. Puis un autre salon, des boiseries patinées en gris gustavien, des chandeliers en verre noir, des salerons d'argent. Les pièces regorgent d'objets disposés dans le cadre qu'ils requièrent, mais ce n'est pas une exposition. Ce n'est pas la vie non plus. C'est moins un rêve que le souvenir de quelqu'un qui saurait tout de vous.

Ils débouchent soudain dans une pièce immense au bout de laquelle, devant une cheminée à cariatides ornée de candélabres, un groupe de convives en tenue de soirée converse, un verre à la main. Les dimensions de la salle et la hauteur des plafonds éteignent le son de leurs voix. Le regard de Clément s'attarde sur une étrange table basse formée d'une ancienne housse de cheval d'arçon posée sur des cagettes. Elle supporte plusieurs bonbonnières et des pommes de pin. Cherkesly s'est retourné et marche maintenant à leur rencontre. Il porte un genre de frac. Clément se demande comment il pourra demander où se trouvent les toilettes. Il découvre une forme nouvelle de panique, une angoisse glaciale. Meryl ne lui adresse aucun sourire de réconfort. Elle embrasse son père qui sourit maintenant à Clément.

— Vous avez bien fait de ne pas faire de manière, ment-il en effectuant, avec son verre à whisky, un geste circulaire en direction du jeune homme.

Il le pousse vers les invités, deux doigts durs logés juste sous son omoplate gauche. Clément découvre maintenant leurs visages. Ils n'ont pas tous l'âge du patron. Certains sont plus jeunes, d'autres beaucoup plus vieux. Ils paraissent tous intéressés par Clément, voire heureux de faire sa connaissance. Pas d'ironie de surface, pas de plaisanteries. Un raffinement de vieille école, une attention sincère prêtée à la personne du nouveau venu. Un accueil. Meryl les embrasse et leur sourit. Pour la première fois, Clément la trouve absolument détendue. Il pense à Émile, qui n'imagine pas la double vie de sa « beauté ».

Bientôt, il se retrouve assis sur une méridienne rêche, habillée de portraits d'Africaines en médaillons. À ses côtés, une longue femme souriante lui tend un verre de bourbon. Alentour, les conversations se poursuivent à mi-voix. Clément distingue le maître d'hôtel, à l'autre extrémité du salon, qui s'éloigne vers une porte à trumeau rustique.

— Donc, vous travaillez avec Serge, l'encourage la femme.

Il interrompt le geste de porter le verre à ses lèvres et remplace in extremis un « oui » trop sec par un grotesque « tout à fait ». Elle ne lui en tient pas rigueur.

— Je pilote la branche allemande de Vogal, révèle-t-elle avant de tremper ses lèvres dans une coupe.

La branche allemande. Il est assis à côté de Sonia Bollman, qu'il n'a pas reconnue tout de suite, peut-être à cause de l'éclairage tamisé. C'est la sœur de Cherkesly. Elle a épousé un authentique baron de la Ruhr. Myriam lui a lu une note la concernant, mais il a tout oublié.

— Sonia Bollman ! lance Clément, encouragé par le bourbon, retenant le geste d'appuyer sur un buzzer imaginaire.

Elle lui accorde un petit rire charitable mais avenant. Clément sait qu'avec elle, il pourra compter sur son charme. Il doit s'en souvenir. On le lui a dit souvent. Il est charmant.

— Vous avez révisé ?

Non, il s'est trompé. Elle ne l'aime pas. Il se rappelle maintenant l'article que lui a lu Myriam. Cette dame est férue de généalogie et travaille à redorer les blasons familiaux ternis par les mésalliances et les révolutions. Son mépris mal dissimulé dissipe la peur de Clément. Au fond, l'affrontement lui convient mieux.

— Pas besoin de réviser. Je trouve normal de connaître les filiales de mon groupe. Et le nom de leurs responsables.

Les mots « filiale » et « responsable » sont offensants. Sonia tique et se retient de répondre. Elle a méjugé le gamin. Il est moins inoffensif et plus intéressant qu'elle ne l'imaginait. Peut-être Cherkesly a-t-il demandé à sa sœur de tester Clément. Dans ce cas, le mieux est de rester sur cette ligne de défense active, sans en faire trop. Il faut aussi veiller à boire juste ce qu'il faut.

— Meryl nous parle beaucoup de vous, menace Sonia Bollman.

Il ne commet pas l'erreur de mentir en laissant entendre que, de son côté, il en sait long sur la famille, par l'entremise de la jeune fille. Ce serait déloyal vis-à-vis de Meryl et probablement contre-productif. Il opte pour un sourire modeste, que son interlocutrice valide d'une nouvelle gorgée de champagne. Clément ne relance pas la conversation. Ce n'est pas son rôle. On vérifie qu'il sait se taire sans peiner. Il s'abstient également de chercher une diversion parmi les invités.

— Meryl est adorable.

La fausse proximité créée par l'alcool lui donne envie de partager avec Sonia la surprise de se sentir si sentimental. Mêlée aux groupes qui la courtisent, encadrée, reflétée par les marbres, éclairée par les photophores, il sent Meryl plus proche de lui que dans son appartement d'étudiante. Pourtant, elle n'est pas empruntée, rien n'indique qu'elle souffre de devoir soutenir son rang. Elle parle aux gens. Elle sourit. Elle adresse de temps à autre un petit signe à Clément qui répond en levant ostensiblement son verre. Une intuition lui souffle que Cherkesly n'apprécie pas particulièrement sa sœur. Celle-ci le scrute, maintenant, se demandant quel jeu il joue, pas certaine qu'il improvise. Il se demande soudain s'il n'est pas le premier garçon qu'elle présente à son père, et qui rencontre le cercle des intimes. Pour chasser cette idée qui, confirmée par la cohérence des faits et des détails, se mue en évidence, il boit plusieurs gorgées. Sonia Bollman fait durer le silence.

— C'est une jeune fille brillante, soupire-t-elle.

La phrase, séparée de son sens par l'alcool, circule lentement dans l'esprit de Clément. Il la regarde passer avec la fascination des vaches pour les trains. Sonia Bollman contient mal son énervement, ou son inquiétude. Elle cherche de l'aide parmi les invités, sans bouger la tête, déplaçant ses pupilles vers l'extrémité de ses globes oculaires.

— Nous nous sommes rencontrés par hasard, croit utile de préciser Clément.

Il sait d'expérience que les affirmations sur le hasard sont charitables pour l'interlocuteur qui peut aisément y greffer des considérations métaphysiques sans conséquence. C'est parfois même l'occasion de briller, moyennant un ou deux paradoxes. Mais ici, on n'est pas dans les livres. Ses mondanités de bistro achèvent d'irriter la patronne dont le visage se fige. Cette femme a l'habitude d'être vue de loin, sur des estrades, par-delà les têtes d'auditeurs conquis, ou dans la foule des cocktails, dans la solennité des conseils d'administration. Son temps vaut cher.

— Vous êtes un jeune homme très secret, conclut-elle en se levant.

C'est un bilan. Concis comme une croix dans une case. Elle lui jette un sourire sophistiqué avant de filer vers le buffet, à grands pas d'homme. Les muscles de ses jambes bossellent un peu trop l'étoffe satinée de son pantalon. Clément prend une autre gorgée, expire lentement, ferme les yeux. Quand il les rouvre, Cherkesly a pris la place de sa sœur. Ils se ressemblent désagréablement.

— Nous sommes très famille, confirme-t-il.

Clément est tétanisé. L'alcool, maintenant, le congestionne. Il rêve d'une bonne grippe. Tout le monde, chez Vogal, voudrait être à sa place. Il n'a rien à dire à personne. Il n'est peut-être pas fait pour ça. Au fond, ce qui l'intéresse, c'est de bosser. Cherkesly se lève et l'invite à l'accompagner dans les lointains du grand salon.

— Vous savez, Clément, toutes les sottises qu'on entend sur le temps qui passe, maintenant, j'y crois. Je suis arrivé à l'âge où les pires lieux communs dévoilent leur part de vérité. Et je peux vous dire qu'elle est plus importante qu'on ne se le figure à vingt ans.

Oui, d'accord. Où veut-il en venir ? Clément acquiesce, d'un hochement maladroit qui déçoit Cherkesly.

— Ne croyez pas non plus que j'ignore ce que disent les sociologues sur les riches et sur l'endogamie. Meryl m'a suffisamment bassiné avec ça.

Clément finit par supposer que son chef se justifie. Il a peut-être conscience de la *violence symbolique* que ce décor exerce sur lui. Il faut répondre, dans ce cas.

— Il n'y a pas de honte à réussir, proclame-t-il aussi fermement que possible.

Cherkesly n'a pas l'air d'apprécier.

— J'espère bien.

Clément a mal joué. Il ne lui était pas demandé de donner la réplique. Le boss a des choses à lui dire et il écoute. C'est comme d'habitude. Il espère qu'il est encore temps de la fermer. Prenant sur lui, Cherkesly retrouve le fil de son discours.

— Contrairement à ce que vous pouvez penser, je suis un dissident, dans cette famille. Aucun des autres ne laisserait ses enfants vivre dans un appartement minable à Clichy, pour suivre des études de lettres. Si Meryl était la fille de ma sœur, elle serait enfermée dans un institut suisse ou britannique. Ses cousins, d'ailleurs, ne lui adressent pas la parole. Les millionnaires sont une réalité.

Cette fois, Clément comprend. C'est cela que Cherkesly a voulu lui montrer : la réalité. La matérialité des murs, les dorures, le domaine. Meryl vient de là, et elle le fréquente, lui, Clément. Cette situation a besoin d'être étayée par des éléments concrets. Vogal et la Défense sont aussi des écrans, des dispositifs optiques, abstraits comme des graphes. Les tours de verre imposent le sentiment d'une dématérialisation générale des biens. Tout est virtuel, comme dans les jeux en réseau. Le réseau lui-même se substitue aux contenus qu'il gère. Mais ici, dans cette villa en forme de villa, tout est vrai. Les êtres humains qui s'abreuvent et se sustentent, papillonnant parmi les nappes damassées, renferment des organes, des cellules, des prostates, des matrices pour produire des héritiers gorgés de sang. Clément a trop bu.

— C'est une salope, déclare brusquement Cherkesly.

Clément tique. Une douleur pointue le traverse. Il s'est mordu la joue.

— Ma sœur. C'est une salope. Meryl a dû vous le dire ?

Aucun moyen de deviner ce qu'il vaut mieux répondre. Clément s'en tient à un froncement prudent du nez. De toute façon, le patron ne le regarde pas. Il parle juste assez fort pour n'être entendu que de lui, sans pour autant chuchoter. Ses paroles se perdent dans l'épaisseur des tentures et des bois.

— Elle a toujours détesté ma femme. Et Meryl. Elle a peur d'être dépossédée, vous comprenez ?

Cette fois, les yeux de Cherkesly cherchent les siens. Clément ne se dérobe pas. Le regard du patron lui semble triste. Triste et fatigué par des années de ressentiment.

— Plus ou moins. Je comprends plus ou moins, avoue Clément en se raclant la gorge.

— Bien sûr. C'est impossible à comprendre.

Ils font quelques pas vers une porte à deux battants mais ne la franchissent pas. Clément se retourne et voit quelques convives détourner la tête. Sonia Bollman est invisible.

— Vous êtes le premier que Meryl nous présente, reprend Cherkesly. Ma sœur est furieuse. Elle n'a pas pu s'empêcher de me prévenir contre vous. Elle vous voit comme un arriviste, un profiteur, un parasite…

Il suggère, d'un geste las, une suite de synonymes. Clément préfère se taire. Il n'avait pas du tout mesuré les enjeux de cette réception.

— Je lui ai répondu que vous aimiez Meryl. Et que c'était la seule chose qui m'importait.

Le regard du chef s'est fait plus dur. Presque menaçant. Il s'est départi deux fois de sa réserve tactique. La première avec sa sœur, la seconde à l'instant, cumulant l'impudeur et l'imprudence. Clément voit mal comment cela pourrait ne pas lui attirer, à lui, les pires ennuis. Mais il n'a pas le temps de s'apitoyer sur son sort. Cherkesly attend une réponse. Une confirmation. Il hoche la tête. Ça ne suffira pas.

— Bien sûr !

Long silence du patron. Ce « bien sûr » était nul. Absolument nul. Il vaudrait mieux repartir tout de suite, dans la nuit, prendre un taxi. Se retirer du jeu tant qu'il en est encore temps. Mais, à sa grande surprise, Cherkesly sourit. Il paraît tout à coup complètement détendu, soulagé. Rassuré comme un môme.

— Merci, Clément !

Il lui serre brièvement l'épaule. Sa paume est très chaude. C'est un pacte. Ils ont signé un pacte et Clément n'en devine pas les clauses. Quelques minutes s'écoulent avant que Cherkesly ne redevienne le patron de Vogal.

— Dans un an, si tout va bien, vous remplacez José.

Peut-être y a-t-il eu quelques mots de transition entre les confidences et les perspectives de carrière. Mais Clément ne les a pas entendus. Tout ce qui va se dire ici est off. Chez Vogal, les infos fuitent dans la seconde. La circulation instantanée des rumeurs est un des éléments de la dynamique du réseau. Peut-être le plus important, en termes de management, en tout cas. La villa offre un espace protégé, comme un ordinateur déconnecté où l'on ne stocke que du confidentiel.

Cherkesly ne vérifie même pas sur le visage de Clément l'effet de son annonce. Celui-ci, d'ailleurs, rumine le « si tout va bien ». C'est peut-être le fond du message. Qu'est-ce qui doit aller bien ? Où réside exactement la menace ? Dans le temps. Un an, c'est mille ans, chez Vogal.

— Contrairement à ce qui se dit, poursuit Cherkesly, l'environnement est porteur pour l'écosystème numérique. Mais on a besoin de gens comme vous. Moi je suis déjà trop vieux. Les missions que je vous confierai seront une sorte de façade. À vous de la rendre suffisamment crédible. Je vous veux au top, dans un an, sur les applis proposés par les startups, les instituts régionaux, les plates-formes de test, les technopoles. Ça paraît vague, mais vous aurez les dossiers. Je pense à vous depuis un moment. Même avant Meryl. Et ne croyez pas que ce soit une faveur exceptionnelle. Tout le monde recrute comme ça. Je vous ai parlé des big data et j'y crois, mais je vous attends aussi sur l'infogérance.

Clément comprend mieux. S'il sait se montrer digne de Meryl, s'il permet enfin à Cherkesly de prendre sa revanche sur sa sœur, l'avenir s'ouvrira. C'est une histoire de famille. Il est probable que les cousins de Meryl ont mis une option sur les postes que le patron lui fait miroiter. Pour humilier Sonia Bollman, il est prêt à tout miser sur sa personne. Élément que Myriam elle-même n'aurait pu deviner.

Un mouvement se dessine : la brève apparition du maître d'hôtel dans l'encadrement d'une porte fait confluer l'assistance vers la salle de réception. Par bonheur, Meryl rejoint Clément, à contre-courant, et lui serre le bras.

— Vous avez fini de parler boulot ?

Nullement gêné, Cherkesly montre les dents, comme pour une pub, et attrape le menton de sa fille.

— Je voulais encore lui parler de l'Afrique.

Clément, qui n'a rien dit depuis un moment, s'étonne trop :

— L'Afrique ?

— Oui, Clément. Il y a aussi toute l'Afrique. Nous en recauserons.

Il salue les jeunes gens et, soudain soucieux des préséances, double aimablement les invités pour entrer le premier dans la salle à manger.

Quand Clément y pénètre à son tour, au bras de Meryl, il lui semble percevoir un murmure. On leur indique leurs places. La salle est très dépouillée. Le bleu-gris assourdi des murs met en valeur des rideaux empesés, profondément beiges, où l'on rêverait de se rouler. Meryl est assise à la droite de Clément. À sa gauche, une quadra inquiète lui annonce d'emblée qu'elle gère la maison Paul Jaboutier, dans les Côtes du Rhône, qu'elle restructure et convertit à la biodynamie. Ce soir, on teste son vin. Il faudra être indulgent.

Stupéfait, Clément découvre André, le coach, assis entre deux grandes femmes, à l'autre bout de la table. Rien, dans son attitude sévère, ne rappelle la bienveillance qu'il affiche dans son bureau. Il fixe Clément. Il le surveille.

— C'est un cousin de ma mère, chuchote Meryl. Je le connais depuis toute petite.

Meryl et Clément remercient d'un sourire un sommelier qui remplit leurs verres comme on règle une perfusion, sous l'œil tracassé de la quadra. Clément est soulagé qu'on ne lui demande pas de goûter et de formuler une appréciation. D'ailleurs, le vin est sublime. Autre motif de soulagement, plus personne ne s'occupe de lui. Les conversations bruissent, les plats se succèdent. Pour chacun d'eux, le cuisinier en personne accompagne l'escouade de jeunes serveurs, qui paraissent avoir été recrutés pour l'occasion, et indique modestement la composition des mets : « Carpaccio de Saint-Jacques à la truffe noire », « homard bleu grillé », « tournedos de lièvre »...

Clément ne s'ennuie pas. Il s'abstrait dans ce qu'il croit être une observation méticuleuse et discrète, dont l'alcool ne laissera subsister que des sensations. Le whisky fragmente les instants et densifie les idées au point de leur conférer une présence matérielle dérangeante. Penser à Myriam la fait presque apparaître. Il ressent la vitesse avec laquelle tous ces gens vont vieillir, comme si cette scène appartenait déjà au passé. Un groupe de femmes, à l'autre bout de la table, émet de temps en temps un rire urticant, qui intime de faire chorus. Il s'en abstient, reste à la place qu'il s'est fixée.

— Ça va ? s'enquiert Meryl plusieurs fois.

Elle est fière de le voir là. C'est une revanche. Il n'en mesure pas la portée, mais il partage avec elle le plaisir de contrarier Sonia Bollman, qui n'a peut-être été invitée que pour être contrariée. Elle les observe d'ailleurs, sans pudeur, sans parvenir à se cacher. D'autres visages ont l'air chiffonnés. Un homme affecté d'une sorte de pelade s'évertue à ne jamais croiser le regard de Clément. Cherkesly rit souvent. Une évidente complicité le lie à son voisin de droite, un très vieux monsieur à dentier.

— Ça va très bien, sourit Clément.

— Pose ta main sur la mienne, s'il te plaît.

Il accepte sans hésiter. La main de Meryl est chaude et douce. Elle lui rappelle celle de Marie.

Sonie Bollman sursaute. Elle fixe leurs deux mains comme si quelqu'un avait posé sur la table une galette d'asticots. Il est étonnant qu'elle parvienne si peu à dissimuler son dépit. De la haine circule. Une vieille haine recuite et rancie, si forte que les calculs et l'intérêt ne peuvent la faire taire. Ces sortes de haines que Clément s'est toujours étonné de voir éclater publiquement, au sommet des appareils politiques ou financiers, qu'il pensait naïvement protégés par des intérêts supérieurs. Un coup d'œil lui confirme que Cherkesly jubile de cette fureur dévoilée, ridicule. Les conversations se sont suspendues. Il se fait un moment de silence miraculeux qui, s'il se prolonge, ne pourra plus longtemps passer pour fortuit ni paraître anodin.

C'est dans cette parenthèse qu'il choisit d'approcher son visage de celui de Meryl.

En y pensant plus tard – et il y pensera souvent –, il se dira que son acte était en grande partie motivé par la figure hargneuse de Sonia Bollman, qui lui rappelait peut-être celui d'une ancienne institutrice. D'autres souvenirs ont joué, certainement. Des souvenirs de films idiots, de télé poubelle. Il sait, en la jouant, que la scène sera mauvaise. Si un réalisateur achète les droits de son histoire, il coupera certainement ce passage.

Il ne laisse pas à Meryl le temps d'écarquiller les yeux. Il pose ses lèvres sur les siennes. Il sent se crisper la main de la jeune fille, qu'il n'a pas lâchée.

Leur baiser ne dure sûrement pas très longtemps mais Clément distingue nettement chacune des secondes qui composent ce moment sans pareil. La première est tendue, presque hostile. Meryl refuse. Se refuse. On ne peut pas faire ça, pas ici. Mais il insiste. Il n'est ni ému ni détaché. La haine de Sonia Bollman a certainement donné l'impulsion du baiser, mais son intuition semble entériner l'acte. Il sent qu'il a raison. Les lèvres de Meryl finissent par s'amollir. Elles consentent puis répondent aux siennes. Les pressions s'équilibrent. Elle lui broie les doigts et il croit l'entendre pousser un bref soupir, ou un hoquet. D'autres secondes suivent au cours desquelles les conversations reprennent peu à peu.

Quand il rouvre les yeux, Cherkesly lui adresse un sourire émerveillé. Sonia Bollman parle avec sa voisine.

Il a eu raison.

Beaucoup plus tard, sur le siège de la limousine, il s'aperçoit que leurs doigts sont toujours entremêlés.

— Meryl, je crois que j'avais un peu trop bu.

— Certainement. Tu as bien fait.

— Tu penses que la soirée s'est bien passée ?

Ça ne va pas. Il faut qu'il retire sa main.

— Tu veux savoir si ton baiser te vaudra des bons points ? Certainement. Tu as failli faire vomir la vieille salope.

Les mêmes mots que son père. Mais la tonalité est différente.

La nuance de tristesse qu'il perçoit dans sa voix lui confirme que les règles du jeu ont changé. Officiellement, pour le clan Cherkesly, il *fréquente* Meryl. L'ordre de mission est plus clair. Mais il s'est piégé lui-même. Et il se dégoûte.

— C'est pas si simple, Meryl, je…

Elle s'écarte de lui et penche la tête pour le voir sous un angle différent. Elle sourit.

— C'est quoi, ces pudeurs de jeune fille ? Tu veux avancer, non ? Profite !

— Ça finit mal, ce genre de plans. On va souffrir. Tu vas souffrir.

Elle lui serre la main plus fort.

— Pas de problème.

Ils glissent en silence dans la nuit parfaite. Son téléphone vibre. Message de Myriam : « Est-ce que tu accepterais de me retrouver demain au Loir dans la Théière ? »

Le Loir. Leur salon branché. Il faut réserver longtemps à l'avance, donc elle est sûre qu'il va accepter.

« Avec plaisir. Quelle heure ? »

« 14 heures ? »

« Entendu. »

Il sourit. Elle a réservé. Il lâche la main de Meryl.

C'est un dimanche d'automne sans prétention. La suavité pulpeuse de Myriam le subjugue d'autant plus que, certain de la quitter, il n'éprouve plus d'effroi à sa vue. Définitivement débarrassé de sa présence, il lui serait plus facile de l'aimer. Il sait déjà que les ruptures consistent moins à s'affranchir du passé qu'à faire le deuil de l'avenir. En la voyant assise à la table du salon de thé, il comprend qu'elles n'empêchent pas l'amour. Il va pouvoir enfin lui faire la déclaration à laquelle elle n'a jamais eu droit. Il pose un baiser sur sa joue.

Elle consulte la carte, puis s'enquiert :

— Tu te laisses tenter par la tarte au citron ?

— On peut s'épargner les préliminaires ironiques, non ?

Elle repose la carte bien à plat, la lisse.

— Je ne suis pas ironique. Je veux qu'on se sépare correctement.

— Et la tarte au citron, ça aide ?

— Ça peut.

Ils commandent deux parts. Le décor encombré le fatigue, l'ambiance brocante, les vieux vélos, les chevaux à bascule d'un autre siècle. Il repense à la villa de Cherkesly, tous ces lieux déclamatoires, cabotins. Mais il doit se souvenir de tout. C'est son histoire qui se raconte. Il se lance.

— Myriam, je n'ai rien à te reprocher. Absolument rien. Je t'aime encore, tu es une fille géniale. Je ne peux pas vivre avec toi, c'est tout.

Au coin des yeux de Myriam, deux larmes parfaites se forment instantanément. Elle ne renonce pourtant pas à sourire.

— Je suis contente d'entendre ça.

— Tu n'es toujours pas ironique ?

— Non.

— Je ne sais pas exactement pourquoi il m'est impossible de partager ta vie. Je n'ai pas fini d'y réfléchir.

Un serveur grave, peut-être conscient de ce qui se joue, apporte leur commande, dispose les assiettes garnies de parts énormes, meringuées, pose délicatement les tasses et la théière. L'établissement est plein mais le volume sonore reste supportable. Le serveur s'éloigne avec un sourire navré.

— Tu parles bizarrement. On dirait que tu as préparé tes phrases.

— Quelques-unes, oui.

Elle trempe ses lèvres dans la tasse.

— J'ai juste besoin de savoir s'il y a quelqu'un d'autre. C'est banal, je sais.

Alors, il lui explique tout. Il s'aperçoit assez vite que c'est à lui-même qu'il s'adresse. Il fait le point pour la première fois depuis sa rencontre avec Meryl. L'attention soutenue de Myriam l'aide beaucoup. Tout en parlant, il espère qu'elle le laissera la revoir, de loin en loin, juste pour lui permettre de démêler sa propre vie.

— Elle n'est pas folle, objecte Myriam, quand la culpabilité le pousse à accabler Meryl.

Il est frappé par le respect mutuel que ces deux filles s'inspirent. Il hésite à faire connaître à Myriam la sollicitude que Meryl manifeste souvent à son égard. Il craint d'avoir l'air fourbe.

— Non, elle n'est pas folle. Elle est quoi ? Malade ?

Elle réfléchit en traçant des sillons avec sa fourchette dans sa meringue molle, qui rappelle les rideaux de la salle à manger Cherkesly.

— Elle t'aime, en tout cas.

Il sursaute.

— Tu simplifies.

— Non, bien sûr. C'est toi qui compliques.

Il esquisse fugacement un vaste édifice rhétorique, festonné de distinguos. Il aimerait rappeler que Meryl avait besoin d'un ami puis pense à leurs mains jointes et au baiser.

Ce baiser lyrique, d'un mauvais goût délicieux. C'est trop tard. Il a souri comme chaque fois qu'il avait quelque chose d'énorme à partager avec Myriam. Elle aussi, d'ailleurs, s'est laissée prendre à ce sourire. Elle désire l'anecdote promise et sourit à son tour. Un sourire triste mais confiant et plein d'espoir. En cette seconde, ils sont ensemble à nouveau. Il lui raconte la main de Meryl dans la sienne, sur la nappe, la haine de Sonia Bollman, et la petite transe des lèvres électriques.

Myriam ne sourit plus. Ses pupilles rétrécissent et son regard rappelle soudain celui des alligators juste avant l'attaque. Clément se souvient d'un documentaire saisissant sur le sujet.

— Tu l'as embrassée ? Devant tout le monde ?

Il ignore lequel de ces deux chefs d'inculpation est le plus grave mais il sait qu'il est condamné. Sans appel possible.

— Oui. Laisse tomber. C'est venu comme ça, dans le contexte.

Elle ferme brièvement les yeux.

— Le contexte ?

Oui, exactement. Le contexte. Il est épuisé, maintenant. Il voudrait s'en aller tout de suite.

— Myriam, tu ne vas pas me faire une scène de jalousie, là, maintenant. J'ai été maladroit. Je suis désolé.

D'un geste étonnamment vif, elle plante sa fourchette dans sa part de tarte, qui paraît sursauter.

— Jalousie ? Qu'est-ce que tu racontes ? Je m'en fous, de cette fille. Mais toi, tu t'es grillé. Si tu ne sors pas avec elle, tu es mort. Mort et enterré.

Elle a raison. Il l'a toujours su. Ce baiser de sitcom était un acte d'allégeance, solennel, pompeux. Un serment de fidélité à Cherkesly. Il a offert à son patron ce que tout l'argent du monde n'aurait pu lui procurer : une revanche sur sa sœur et, au-delà, une consolation pour toutes les humiliations subies par Meryl au fil de sa vie. Humiliations qui l'ont peut-être affecté, lui, beaucoup plus qu'elle. Clément repense à l'expression extatique de Cherkesly. Mais les baisers renferment des promesses impossibles à tenir. Il est dans une merde noire.

Myriam, maintenant, ne le supporte plus. Elle abrège et délivre une brève sentence :

— Ça va mal finir.

Elle le lui annonce sans rancune ni apitoiement. Sur le ton qu'elle avait pour le conseiller dans ses choix professionnels. Il prend conscience de l'aide qu'elle lui a fournie, depuis qu'il est chez Vogal, par ses remarques précises, toujours justes. Elle l'a piloté, dès le début. Il pourra difficilement se passer de son expertise

Elle se lève, maintenant, lèvres pincées. C'est une autre femme. Au fond, ils ont atteint leur but. La rupture est consommée. Pas les tartes. Depuis le comptoir, la patronne leur lance des regards torves.

Elle lui accorde encore quelques minutes, dans le Marais. Il lui parle de JJ, voudrait bien son diagnostic aussi sur lui, mais elle s'abstient de commenter. Il fait presque froid.

Il repense à sa matinée avec Meryl : les dimanches sont vraiment pénibles quand on mène ensemble deux existences séparées. Elle a lu ses gros livres de cours. C'est la première fois qu'il la voyait travailler plus ou moins. Depuis qu'il connaît la maison du père, la chambre de la fille paraît factice comme une planque d'agent secret. Il comprend aussi, brutalement, qu'il n'a pas d'amis. C'est Myriam qui invitait des gens. Aucun d'eux ne compte plus, maintenant. Le souvenir inopportun de Muscard, l'étudiant blond de la soirée chez Alex, vient lui pincer les côtes. Dans quelque temps, très peu, Myriam l'aura remplacé. Il sent déjà le goût qu'auront ses regrets. Mais quelques exercices de gymnastique mentale lui suffisent pour se convaincre qu'il ne pourrait plus se glisser dans son ancienne vie. S'imaginant revenir à l'appartement de Pantin, il étouffe.

Elle s'est arrêtée. Elle le regarde.

— Je vais te laisser, maintenant, annonce-t-il sans sourire.

Il s'autorise juste un peu de froideur. De quoi laisser planer un dernier doute. Elle hoche la tête. Le téléphone de Clément sonne. Il résiste un moment puis jette un coup d'œil. C'est son père. Curieux. Il ne l'appelle jamais. Clément ne lui a même pas affecté de sonnerie spécifique. Myriam lui fait un petit signe pour l'autoriser à répondre, puis tourne les talons, remportant une vague victoire. Il décroche.

— Clément ? Je te dérange ?

La voix de Laurent est anormale. Inhabituelle. Est-ce le fait de voir Myriam s'éloigner à grands pas sans se retourner qui empêche Clément d'identifier la nature du désagrément qu'il éprouve ? Il n'arrive pas à déterminer à quoi tient la bizarrerie de la voix paternelle. Ou plutôt, il sent qu'il l'a compris mais que son esprit regimbe à lui livrer l'explication.

— Non, je...

Ça y est. Elle a tourné dans la rue Pavée. Le sentiment d'absence est immédiat. Aigu. Il saisit alors ce qu'il n'a pu s'avouer tout de suite. Son père est complètement ivre.

— Je tenais absolument à te parler. Il le fallait. Ta mère t'a menti.

De quoi s'agit-il ? Dans la vie de Clément, ces derniers temps, tous les moments semblent mal choisis. Rien ne s'emboîte correctement. Il lutte contre le réflexe de contrecarrer la volubilité prévisible de son père. Non, il n'a jamais souffert de son silence, au contraire. Tous ces livres qui s'écrivent sur le silence des pères, sur les souffrances qu'il occasionne... Ce n'est pas son cas. Il n'a rien demandé. Par pitié ! Que les pères gardent leurs secrets.

— Je ne comprends pas ce que tu dis, papa.

Il fait quelques pas, comme pour se lancer au ralenti à la poursuite de Myriam.

— Elle t'a dit que nous étions toujours ensemble. C'est faux. Je suis parti. Désolé de te l'annoncer par téléphone. Je n'avais pas d'autres moyens.

Sa voix tremble d'exaltation contenue. Ce n'est peut-être pas l'alcool, après tout.

— Mais pourquoi ?

Il ne sait pas lui-même sur quoi porte la question. Peu importe. Son père n'a pas besoin qu'on le relance.

— Je suis à l'hôtel, provisoirement. Mais je vais prendre un appartement. Il y a longtemps que ça couvait.

Sans préavis ni raison précise, une colère froide envahit Clément. Il est furieux contre Laurent et comprend vite que c'est à cause des logiciels. Ce départ précipité survient au pire moment. Il se grise de son égoïsme. Sa mère, perturbée, risque de laisser tomber l'évaluation ou de lui rendre une réponse incomplète, de se tromper. Il va se ridiculiser. Son père n'a pas la moindre idée de ce qui se joue en ce moment dans la vie de Clément. La responsabilité des parents s'étend jusque-là. Insatiable, sa mauvaise foi brode sur le thème.

— Je suis très content pour toi, papa.

Bref moment de stupeur. Il espère l'avoir blessé mais la réponse le stupéfie.

— Je savais que tu comprendrais.

Il n'est pas impossible que son père lui ait envoyé des signaux, depuis des années. Qu'il se soit cru deviné par Clément, soutenu. Son mutisme était un message. Il était malheureux, traînait son cafard et sa mauvaise humeur par pure abnégation. Maintenant que le fils unique gagne sa vie, il lève les voiles à son tour. Quelque chose comme ça. Brusquement calmé,

Clément saisit qu'il a le choix entre détromper son père ou le conforter dans cette illusion de complicité virile. Il se tait.

Bientôt, Laurent toussote. Clément l'imagine dans une chambre d'hôtel. C'est inédit. Son père ne sort jamais de chez lui. La situation entraînera fatalement une suite de désagréments. Il faudrait qu'il y pense mais n'en a aucune envie.

— Maman t'a dit que Myriam et moi sommes séparés, au moins ?

Pourquoi « au moins » ? La rancœur de Clément sera donc allusive.

— Je m'en doutais. Depuis votre dernière visite.

Mais bien sûr. Il hérite d'un père rompu aux subtilités amoureuses. Une ère nouvelle s'ouvre. Peut-être voyageront-ils ensemble, visiteront-ils des pays, comme deux vieux garçons enfin complices ? Débarrassés des femmes, ils se raconteront leurs espoirs déçus, partageront l'amertume d'une liberté douloureusement conquise. Il espère que Laurent s'inquiète un peu de savoir où il loge et s'il va bien, mais aucune question ne vient. Il ne lui reparle pas non plus de Meryl.

— Je vais devoir te laisser, papa.

— Je comprends.

Réponse idiote. Ils raccrochent.

Il ne lui reste plus qu'à retourner chez Meryl. Elle sera là, forcément. Elle n'aura pas bougé. Il y a tant de pièces vides dans la maison de Cherkesly. Tant d'étages vides à la Défense. Mais lui n'échappe pas à la promiscuité. Il s'imagine comme une mandorle creuse enchâssée dans une matière trop dense. Et pourtant, tout le monde le désire. Meryl, Marie, Cherkesly, Myriam, probablement. Ses parents l'ont désiré. Cela ne comble rien. Il regrette son ébriété de la veille.

Heureusement, une fois de plus, Meryl se montre très à l'écoute. Il lui raconte en détail son entrevue avec Myriam. Il omet juste son aveu, concernant le baiser. Elle paraît soulagée.

— C'est bien. Tu as été digne.

L'annonce de la séparation de ses parents ne l'étonne pas beaucoup, mais elle s'y intéresse. Ils boivent du thé. Combien de temps pourra-t-il partager l'existence de cette fille ? Est-il prisonnier chez elle ? Se satisfait-elle de le savoir à sa merci ? Probablement pas. Elle n'est ni méchante ni calculatrice. Les chiens font des chats.

— Je crois qu'il faut que j'appelle ma mère.

Meryl vide sa tasse et finit par répondre, un peu embarrassée.

— Ne lui dis rien.

— À quel sujet ?

— À propos de ton père.

Elle ne développe pas, mais il approuve. Sa mère veut le protéger et c'est probablement ce qui la fait tenir. À moins qu'elle ne soit soulagée, elle aussi, de cette séparation. Il n'en a aucune idée. Il ne connaît pas ses parents. Il ne s'est occupé que de lui, depuis toujours. C'est sidérant. Au téléphone, la voix de Thérèse est très gaie.

— Salut mon fils ! J'ai presque fini de tester les programmes.

Il est heureux de son enthousiasme. Tout va peut-être bien, au fond.

— Alors ?

— Il y en a un qui se détache nettement du lot. J'ai rempli les grilles de critère au fur et à mesure, mais je vais ajouter une synthèse personnelle. Des remarques professionnelles, si tu veux. Un point de vue d'enseignant.

Clément sourit. C'est d'elle qu'il tient son appétit de réussite. Il en est sûr, maintenant. Le challenge les enthousiasme autant l'un que l'autre. Il oublie le reste.

— Tu crois que tu pourrais m'envoyer tout ça rapidement ?

— Ce soir. Je ne me couche pas avant d'avoir fini.

Elle a tout son temps, maintenant. Tout son temps pour lui.

— Super. Vraiment super. Courage, maman. J'attends ton mail !

Il va pouvoir faire son compte rendu au patron dès le lendemain. Plusieurs jours d'avance sur la dead line. Forcément un succès pour l'équipe, des conséquences à prévoir, d'autres missions, des remous. Il se sent en pleine forme. Meryl le regarde. Il est heureux qu'elle partage ce moment avec lui. Alors, seulement, il repense à Myriam. Il l'imagine dans son appartement. Peut-être les colonels restent-ils à ses côtés. Les détails, un à un, sortent de l'ombre, le voisin danseur, la cour intérieure, les pas sur les planchers qui craquent.

— Est-ce que tu t'ennuies, des fois ? demande-t-il à Meryl.

— Souvent.

Elle pourrait tout avoir, ne rien faire. Se prélasser. Voyager. Mais quelque chose la cloue à elle-même. C'est sans importance, de toute façon. Qui va la plaindre ?

Il avise, dans un coin de la pièce, à côté des poupées qui s'empoussièrent, son vieux sac de voyage. Il est revenu de Paimpol.

— Tu crois qu'on y retournera ?

Ce n'est pas une question formelle. Il en a envie. Lui aussi, sur cette route bretonne, il a cru voir s'entrouvrir les chemins du passé. Leur échec est commun. C'est beaucoup, déjà, de partager un échec et le souvenir d'un baiser. C'est presque une histoire.

— Si tu me guéris.

Voilà un enjeu possible. Il sait qu'elle le dit pour l'autoriser à s'appuyer davantage sur elle. La soirée dans la villa signifiait aussi cela. Il a compris ce que c'était que de traverser un palais vide. Il s'épuisera, s'il prétend ne devoir ses succès qu'à sa valeur propre. À son mérite. Dans les galeries de glace, la seule sincérité possible consiste à reconnaître l'artifice des reflets. Mais elle ne ment pas quand elle parle de guérison. Et c'est cela qui compte pour elle. À cette aune, les courtisaneries professionnelles sont parfaitement dérisoires.

— Meryl, je ne peux pas *faire semblant* de sortir avec toi.

— Ça ne me dérange pas, je t'ai dit.

Il a beau faire, il n'en revient pas.

— Mais est-ce que c'est ce que tu veux ?

— Je veux pouvoir retourner à l'hôtel avec toi, même si c'est dans deux chambres séparées.

— C'est ça que tu appelles guérir ?

Elle ouvre grand les yeux, déconcertée par la question.

— Évidemment !

Évidemment. La voilà, sa nouvelle feuille de route. Se rendre à l'évidence.

— Alors, on fait quoi ?

— On continue. Est-ce que tu m'aimes bien ?

Il rit nerveusement.

— Oui, je t'aime bien. Je…

— Non, je n'ai pas besoin d'explications. Tu m'aimes bien. C'est parfait. Il y a des gens qui tiennent une vie entière avec ça.

Elle attrape son ordi, se lève, lui pose un long baiser sur le front puis s'enferme dans sa chambre.

Quand il badge, le lendemain, il a l'impression de fouler le sol d'un nouveau monde. Un seul week-end a suffi pour engloutir l'ancien. Son penchant théorique l'incline à envisager un système où la séparation de ses parents, le départ de Myriam, la villa, le trajet de la limousine et le regard aigu de Sonia Bollman s'agenceraient, s'expliqueraient, se refléteraient mutuellement comme dans un poème. La nuit a été longue. L'insomnie lui a interdit de dénier plus longtemps sa responsabilité dans la série d'accidents qui l'ont conduit sur le canapé de Meryl. Il s'est incarcéré lui-même. Comme il s'était enfermé chez Myriam. Déterminer où s'enracine cette tendance à se précipiter ainsi de geôle en geôle n'est peut-être pas le plus urgent. La vitesse de l'ascenseur le grise. Son père lui a démontré la confortable longévité de l'indécision. Combien de temps pourra-t-il demeurer chez Meryl ? Cherkesly, au bout d'un moment, leur offrira un nid d'amour plus vaste. S'il veut fuir, c'est maintenant. Mais fuir, c'est quitter Vogal, saborder son CV, renoncer au poste de directeur commercial. Et alors ? Alors, il sait très bien que personne ne recrutera quelqu'un que Cherkesly a black-listé. Est-il moins déshonorant de reconnaître qu'il se sent bien chez Vogal ?

Sa mère lui a communiqué ses conclusions à quatre heures du matin. Il l'a appelée aussitôt. Combien d'heures avait-elle passées sur ces tests ? Elle n'a pas voulu le lui avouer. Sa voix tremblait d'excitation et de joie. Il a failli lui dire qu'il savait, pour son père, mais n'a pas voulu gâcher ce moment. Meryl dormait. Ils ont parlé longtemps des logiciels. Elle lui a fourni un argumentaire béton. Il se sent assez fort pour contacter Cherkesly dès son arrivée. Bien sûr, un débrief avec l'équipe serait plus prudent. Il va froisser leurs susceptibilités en jouant perso. Mais, de toute façon, s'il est appelé à grimper très vite dans l'organigramme, il doit s'entraîner à ne plus redouter les rancœurs subalternes.

Personne ne ralentit sa progression vers son bureau. Il compose le numéro direct et le patron décroche. Il est OK pour le recevoir tout de suite. Max lui fait un clin d'œil. Il n'a même pas eu besoin de passer aux toilettes.

Pourtant, dès les premiers mots, le malaise s'installe. Cherkesly promène un œil distrait sur les feuillets que lui présente Clément. Il écoute, sans le regarder, ses explications, puis l'interrompt carrément, au bout de dix minutes.

— Écoutez, Clément. On ne va pas perdre trop de temps, si vous voulez bien.

Rien ne permet d'anticiper la suite. Clément n'a pas commis d'erreur. Il n'a pas fait fonds sur une hypothétique complicité, née de la réception de samedi. Il a toujours compartimenté à merveille. L'étude de sa mère ne comporte aucune faille. Elle est même beaucoup plus précise que ce que requérait la mission initiale. À mesure qu'il passe en revue les raisons de ne pas s'inquiéter, il envisage que le problème tient peut-être à ce qu'il s'est montré trop irréprochable. Cherkesly tapote le pad de son portable puis ôte ses lunettes et se frotte les yeux avec une lassitude gourmande.

— Votre équipe a parfaitement joué son rôle. Nous avons respecté tous les protocoles. Il est temps de passer à autre chose.

Clément a besoin de quelques secondes de silence pour être certain d'avoir bien compris. Cherkesly a déjà choisi le logiciel. Les accords sont déjà conclus en sous-main. À quel moment cela s'est-il fait ? En vertu de quelles alliances ? De quels revirements ? Peut-être au cours d'une réception à la villa. Peut-être même pas. Un simple renvoi d'ascenseur, un hochement de tête, une notule de bas de page. De toute façon, les budgets sont dérisoires, pour ce projet. Cherkesly a testé Clément. Point barre. Les protocoles. Bien sûr. Tout ça n'était qu'un jeu de rôles. On a fait tourner pour l'auditoire les rouages décisionnels. Tous les contacts établis par Clément avec les développeurs, les déplacements, les rencontres ont consolidé l'image du groupe. La transparence. Un tour de débutant aussi éculé qu'un appel d'offres pour les marchés publics. Cherkesly a rationalisé la dépense en confiant la mission à Clément, ce qui légitime aux yeux des autres ses prétentions à l'avancement. Quant aux pauvres naïfs qu'il avait sous ses ordres, ils ont été particulièrement bien choisis, aveuglés par leur zèle. Sur tout cela, Clément n'a rien à redire. Mais ce qui le blesse, c'est que sa mère a travaillé pour rien.

Par curiosité, il aimerait bien savoir si le programme choisi par Cherkesly, pour des raisons sans doute bien éloignées de sa valeur pédagogique, est celui qu'elle a élu. Mais le discret embarras du patron, quand il faisait mine de l'écouter, tout à l'heure, ne lui laisse aucun espoir à ce sujet.

— Clément ?

— Oui monsieur.

— Vous semblez contrarié. On apprend bien à piloter dans des simulateurs, non ?

La réponse fuse, beaucoup trop vite :

— Oui, mais personne ne les fait passer pour de vrais appareils.

Cherkesly tique. Il se passe les mains dans les cheveux.

— L'insolence n'a jamais été une preuve d'audace. Ni de talent. Sachez-le. C'est exactement le contraire. Vous ne démontrez que votre incapacité à contrôler vos émotions. Mauvais point.

Plus le patron a raison, plus Clément sent s'emballer la mécanique stérile du ressentiment. Le doux poème de tout à l'heure, l'harmonie du hasard, révèle brutalement sa vraie nature : un enchevêtrement sordide d'emmerdements mal gérés, qui dévore en effet toutes ses réserves de patience. Incapable de former une pomme, il se borne à faire taire les voix qui voudraient injurier l'homme assis en face de lui. Un homme terriblement calme, lui. Amusé. Un peu surpris par les plaques rouges qui apparaissent sur le visage de Clément. Il en reconnaît l'incandescence irritante. C'est peut-être une crise aiguë de probité juvénile, un érythème moral, la protestation étouffée de l'homme autrefois rêvé par sa mère. Toutes les mères profs rêvent de pondre un petit Rimbaud, pas un arriviste frelaté, racorni à vingt-cinq ans, ravalant sa rage, puisant dans le calcul le courage d'être lâche.

— Comme je vous l'ai fait savoir samedi, reprend Cherkesly, vous avez du pain sur la planche. Beaucoup à apprendre pour vous mettre à niveau. Il y aura d'autres missions comme celle-ci. Du travail de terrain, du travail de plateau. Considérez-le comme une formation accélérée, une opportunité rare. Et rappelez-vous que vous la devez à Meryl.

Cette dernière pointe était inutile. Preuve que le patron a aussi ses délicatesses d'amour-propre. Clément sait qu'on ne lui proposerait pas une telle accélération de carrière s'il n'en avait pas l'étoffe. Il a voulu l'humilier, lui rappeler ses compromissions. A posteriori, le regard des invités de samedi lui paraît clairement dédaigneux. Il avait anticipé leur mépris au point de prendre pour de la bienveillance leur art de travestir la morgue en affabilité. Pur conditionnement. Un masque, en tombant, entraîne tous les autres. Effet domino.

— Vous m'écoutez, Clément ?

Il lève la tête et sourit, sans effronterie.

— Oui, monsieur. Excusez-moi. En fait, j'étais contrarié à cause de ma mère.

Il n'a pas voulu prononcer cette phrase mais il devra reconnaître, un peu plus tard, que c'était le meilleur coup à jouer. Neutraliser la pointe de Cherkesly sur Meryl en réévaluant implicitement l'entremêlement des dimensions familiale et professionnelle dans cette affaire. D'ailleurs, pour un patron, cette collusion n'est ni rare ni scandaleuse. Les entrepreneurs forment une grande famille et les grandes familles font des entrepreneurs. Cherkesly n'est pas un monstre froid. Il apprécie peut-être que son poulain se cabre quand on maltraite un peu sa maman.

— Je vous comprends, sourit-il en se levant. Au boulot.

Mais la colère de Clément renaît dès qu'il a mis le pied dans l'ascenseur. Il faut qu'il rassemble l'équipe, de toute urgence, qu'il ponde un laïus dont personne ne sera dupe. Il y aura des sourires ironiques. D'une façon ou d'une autre, ce dénouement sera perçu comme une défaite. Et Clément ne pourra rien révéler. La vérité éclatera peut-être dans un an, si le vent ne tourne pas d'ici là. Il s'est montré beaucoup trop arrogant, ces derniers jours. Ou trop peu attentif à ne pas le paraître. On a forcément daubé sur son compte.

À sa propre stupéfaction, il se rend compte qu'il n'a pas encore pris le temps de se demander ce que JJ va faire du scoop que constitue son lien avec Meryl. De ce qu'il en a forcément déjà fait.

Il faut qu'il réfléchisse. Mais, en sortant de l'ascenseur, il aperçoit Victor et Priscille devant la porte de son bureau. Impossible de leur parler tout de suite. Il est impératif d'envisager toutes les hypothèses. Que savent-ils ? Au cas où JJ aurait suggéré qu'il sort avec la fille du patron, en quoi cela modifie-t-il sa stratégie, pour la suite ? Doit-il les encourager à penser que cette liaison explique l'échec de la mission ? Est-ce vraiment un échec ? Doit-il révéler que la décision est déjà prise ou orienter habilement les débats pour travestir en résolution collégiale un entérinement dont tout le monde pourra faire semblant d'être dupe ? Il n'en a aucune idée. Tout à son petit prurit narcissique, devant Cherkesly, il n'a même pas demandé quel était le logiciel retenu !

Il tourne les talons, traverse le plateau. On le regarde. Il ralentit. Réduit son champ visuel au parcours qu'il se fixe. Direction l'escalier de service. Sa main palpe sa poche intérieure. Ce matin, avant de monter chez le chef, comme un porte-bonheur, il y a transvasé le trousseau de madame Lemeur. Il va descendre au troisième et s'enfermer dans les bureaux vides. Penser. Se ressaisir.

Il s'engage dans l'escalier sans se retourner, d'un pas égal.

La descente des marches rythme ses idées. Il lui semble que sa décision n'est pas mauvaise. L'espace Vogal exclut de se retirer en soi-même. Cherkesly seul jouit de ce privilège. Comme si toutes les idées devaient surgir exclusivement d'un stimulus collectif. C'est étrange, à bien y penser. Et idéologiquement peu orthodoxe, dans un système soi-disant individualiste. Aucun bureau n'est sûr, aucun endroit, à part les toilettes, et encore, il ne vous garantit pas plus de quelques minutes de véritable isolement. Il y a bien la théorie du complot, l'asservissement, la fourmilière, la réduction de l'homme à un rouage, la solitude conçue comme sœur de l'insubordination. Pourquoi ce fétichisme de l'équipe ? La production des objets justifie pleinement le taylorisme, mais pas celle des idées. Ou peut-être que si. Clément a suffisamment fait l'expérience de cette contamination permanente de sa réflexion professionnelle par des pensées parasites. S'il voulait du temps et du calme, il fallait choisir un autre métier.

Il est descendu très vite. La neutralité des murs lui fait un bien fou. Il ne sait pas si madame Lemeur a été remplacée. Son plan est débile, finalement. Il va se faire surprendre par une autre équipe d'entretien. Les locaux sont peut-être surveillés par des caméras. Ou protégés par une alarme.

Mais justement, la légère dose de subversion contenue par son acte cautérise sa blessure. À défaut d'avoir injurié Cherkesly, il va bouder tout seul, comme autrefois, dans sa chambre. Il va regarder Paris en face, le ciel, les avions, l'esplanade. En remontant, il ira mieux, il aura trouvé les armes pour combattre le buzz initié par JJ à son propos, tranché s'il vaut mieux se glorifier d'une relation qui lui vaudra peut-être, après tout, le respect servile de toute la boîte, ou jouer les mystérieux, faire mine de nier. Tout est possible. Tout est encore possible.

Et d'ailleurs, les choses se déroulent à merveille. La clé tourne dans la serrure. La porte s'ouvre. Rien ne se déclenche. Aucune caméra au plafond. On n'est pas dans une série télévisée. En dépit de ses allures grossièrement futuristes, la tour Éole n'est qu'un immeuble de bureaux, un empilement d'étages déjà sur le déclin.

Il s'assied sur la moquette, face à la baie vitrée. Invisible et suspendu, il se repaît enfin du vide, du silence, de la douceur du néant. Déjà, les faits s'ordonnent avec leurs conséquences. Les hypothèses se déploient, se ramifient, se connectent. Il analyse sa réaction, dans le bureau du chef, l'isole, la ramène à ses constituants organiques, neuronaux. Un simple court-circuit. Il cherche d'autres métaphores, se dit, ainsi assis sur le sol, que le fait de n'avoir plus d'adresse personnelle le fragilise bien plus qu'il ne l'avait pensé. Il doit chercher un appartement. Cherkesly comprendra. Il approuvera sûrement. Pour le reste, avant tout, il faut tenter de paraître détendu. Ses attitudes congestionnées, depuis qu'il a rencontré Meryl, le desservent auprès des collègues. Mais pas de défaitisme : ils ont compris aussi qu'on ne pouvait pas lui marcher sur les pieds. Josie l'a compris. Bertrand l'a compris. JJ est un ami. Ne parlons même pas de José. Cela a du sens, forcément. Il est aussi naïf de se représenter l'entreprise comme une jungle que comme un éden. L'entreprise, c'est le monde, ni plus ni moins. Les alliances et les intérêts y sont seulement un peu plus lisibles. Il n'est pas particulièrement en péril. Il va remonter, dans quelques minutes, demander à Cherkesly quel est le programme retenu puis rattraper le coup auprès de l'équipe. Le patron n'a aucun intérêt à le mettre en difficulté. On peut même transformer tout ça en succès, organiser une petite fête de fin de projet, inviter le développeur. Ne pas oublier que des dizaines d'autres actions sont menées en même temps, et que tout le monde n'est pas focalisé sur les logiciels pédagogiques. Dans deux jours, l'histoire sera réglée. Il faut qu'il s'attaque rapidement à la suite et donne des gages d'ambition et de sérieux.

Il se détend, ça y est.

Ce qui diffère, à cet étage, ce n'est pas seulement le vide. C'est la lumière. La lumière naturelle. Chez Vogal, l'éclairage électrique, démultiplié par les spots, tamisé, diffracté, morcèle autant qu'il écrase. Ici, pour peu qu'on se tienne, comme il le fait, tout près des vitres, on pénètre dans une clarté très concrète, très brute, une lumière matérielle. Celle dont jouissent les oiseaux, les insectes. Elle paraît plus épaisse, plus nourrissante. Au sol, les rayons parviennent épuisés.

Il a déjà connu cette impression, sur le Kilimandjaro. Une lumière de plus en plus dense, à mesure que s'appauvrissait l'oxygène, à l'approche du sommet. Il gardait les yeux rivés sur le dos humide d'Alexandre.

Il touche le mur de verre, geste qu'il ne s'autorise pas, d'ordinaire, et en ressent le poids, la tiédeur.

Il ne sursaute pas quand une main se pose sur son épaule. C'est peut-être parce que sa propre paume est toujours plaquée contre la baie, qui lui communique toute la force du bâti, la puissance de l'immense structure. La main, sur son épaule, ne lui veut pas de mal. Il en reconnaît immédiatement la chaleur, l'électricité douce.

— J'avais compris que tu serais là, dit Marie.

Le sourire de Clément est un peu contraint, mais ce n'est pas parce qu'il lui en veut. Il s'aperçoit juste qu'il n'avait pas intégré Marie dans ses équations. Maintenant, elle lui apparaît moins comme une inconnue que comme une solution. Il fait un pas vers elle.

— Comment tu as su ?

— L'autre jour, dans ton bureau, tout ton petit manège avec les clés de la femme de ménage.

Femme de ménage. Quelle expression sinistre. Marie est méprisante mais le mépris lui va bien.

— Je n'ai pas la moindre intimité, alors ? murmure-t-il en faisant un pas supplémentaire.

— Aucune.

Leur baiser est brutal. Très mal élevé. Peut-être pour atténuer le caractère hollywoodien que le ciel gris où ils s'enchâssent confère à la scène. Une grandiloquence superflue. Ils gémissent, se pressent maintenant contre la vitre. La peau de Marie tient ses promesses. Ce n'est ni le lieu ni le moment. C'est parfait. Il se force à ne pas comparer ce baiser à l'autre, dans la villa. Surtout pas. Leurs mains se glissent sous les vêtements et ils ne pourront plus faire semblant très longtemps de ne pas se demander jusqu'où ils iront. Des questions très triviales se posent déjà, qui accroissent leur excitation. Ils gémissent encore, ferment et rouvrent les yeux, tournent, oscillent, discernent en alternance le grand plateau vide et la Défense ensoleillée. Quand Clément achève de déboutonner le chemisier de Marie, la porte s'ouvre sur JJ.

Personne ne crie. L'enchaînement des gestes est même étrangement calme, presque naturel. Marie se tourne et se rajuste, Clément se recoiffe. JJ dit quelque chose qu'ils finissent par entendre, il les a vus descendre tous les deux par l'escalier de service, il s'est inquiété. Il les a suivis. La porte n'était pas fermée.

En effet. Sur ce point, les pensées de Clément achoppent. En entrant, il n'a pas donné le tour de clé qui l'aurait vraiment protégé du monde. Il a remis le trousseau dans sa poche intérieure. Ils l'ont senti tous les deux, dans leur étreinte.

— Non, JJ, tu ne t'es pas inquiété. Tu nous as suivis par curiosité. Et maintenant, tu es fou de joie.

Marie jette un coup d'œil à Clément. Elle aimerait mieux qu'il se taise.

— Là, tu tiens un scoop.

C'est presque admirable. Un atout aussi énorme dans le jeu de JJ, juste au moment où la partie s'achevait pour lui. Sans compter la jouissance de les tenir tous les deux. Elle, surtout, espère Clément. JJ avait tout compris avant lui. Peut-être même qu'il guettait l'occasion, sans oser espérer que les choses se produiraient dans la tour. Il n'a même pas besoin d'aller cafter chez Cherkesly. Il n'a pas besoin de parler. Marie sait que si elle tente quoi que ce soit contre lui, il lâchera la bombe.

— Qu'est-ce que tu racontes ? proteste mollement JJ. J'ai rien vu.

— Je *n*'ai rien vu.

Silence. Marie est rhabillée. Elle se dirige vers la porte.

— Votre petit jeu ne m'intéresse absolument pas, annonce-t-elle. Dites ce que vous voulez à qui vous voulez. Cela n'aura aucune incidence.

Elle sort, sans claquer la porte.

— Désolé, bougonne JJ, penaud.

— Moins que moi. Tu comptes faire quoi ?

— Mais rien ! Qu'est-ce que tu veux que je fasse ?

Ils restent là, face à face, sur la moquette. Clément enfonce les poings dans ses poches.

— C'est moi qui l'ai attirée ici, indique Clément.

Cette tentative maladroite semble réjouir JJ.

— Je m'en fous. Je te jure que je m'en fous. Tu sais que Léonore est encore chez Meryl ? Elle avait 39 au réveil.

Ils remontent ensemble, par l'ascenseur. Les émotions refluent peu à peu et Clément retrouve son calme beaucoup plus vite qu'il ne l'avait pensé. Son entretien avec Cherkesly, après ce qui s'est passé au troisième étage, paraît anecdotique. Il n'a même pas besoin de préparer le point avec l'équipe. Un mémo du patron l'attend dans ses mails, lui précisant le nom du logiciel retenu. JJ a disparu dans le décor, Marie aussi, la réunion se déroule à merveille, il parvient sans peine à brouiller les cartes. Leur travail est un succès. Un peu avant midi, une morosité post-natale menace de ternir leur joie mais Jocelyn y remédie en proposant qu'on se fasse une bouffe, un de ces soirs. Excellente initiative. Le voilà, le réseau qui manque à Clément. Son équipe. Une légende commence peut-être ici, dans ces bureaux, une saga dont on pourra encore raconter les débuts, dans vingt ans, quand ils auront tous fait fortune. Il ne leur reste plus qu'à devenir amis. À faire des bouffes. Ils conviennent d'un soir, s'embrassent. Victor pique.

Clément consacre le reste de la journée à étudier les futurs dossiers qui lui incombent déjà. Il sent qu'il monte en compétence. Cherkesly a bien garni sa to do list. Il ne néglige pas non plus le networking, autour de la machine à café. Toujours aucune trace de JJ, ni de Marie. Concernant cette dernière, il s'étonne de ne constater chez lui aucun des dégâts ordinairement occasionnés par les flambées de désir, par les étreintes. Celle-ci a pourtant été violente. Mais le corps de Marie n'a pas creusé de manque. À peine s'il en conserve le souvenir. Le troisième étage est hors de la réalité. Le vide y dissout tout.

Le soir, il s'arrange pour arriver tard chez Meryl, afin d'éviter JJ. Quand il y entre, l'appartement est encore plein de la présence de Léonore. Un désordre neuf, son sac de Paimpol grand ouvert, ses sous-vêtements suspendus en guirlande sur un fil tendu entre le lit et le fauteuil.

— On a joué à la maman, l'informe Meryl, ravie.

Une douce fatigue l'étreint. Il s'écroule dans le canapé, écoute Meryl lui raconter leur journée, lui montrer les dessins de Léonore, des bonshommes ronds comme des fœtus hideux, hérissés de doigts et de cheveux. Sa mère aussi conservait ses dessins. Il n'est jamais parvenu à leur trouver le moindre intérêt, la moindre beauté, la plus légère trace d'innocence. Il n'y lit que des angoisses.

Plus tard, ils mangent devant la dernière saison de *Six Feet Under*. Meryl a vu la série plusieurs fois. Elle commente chaque image. Elle adore ce regard sur la mort. Ça l'a beaucoup aidée, pour son deuil.

Quand il commence à s'assoupir, elle lui prend la main et la garde dans les siennes, sans quitter l'écran des yeux.

André ne dit rien. On attaque la cinquième minute de silence absolu. Clément n'avait pas remarqué le petit réveil à quartz, posé sur l'angle du bureau. C'est un objet démodé. Sur son écran noir, les chiffres s'y forment avec peine et tremblotent.

Le coach est passé prendre Clément dans son bureau, environ une heure après son arrivée.

— Suivez-moi, s'il vous plaît, a-t-il soufflé d'une voix fatiguée.

Clément n'a eu d'autre choix que d'obéir puis de s'asseoir quand André l'en a prié, d'un hochement de tête, de se glisser dans son champ visuel, comme on descend dans un bassin glacé. Depuis, il ne dit rien.

Si l'attitude d'André avait été, à peine, plus théâtrale, si elle lui avait paru étudiée, il aurait sans doute fini par se rassurer peu à peu. Mais le coach le regarde sans ciller. Comme s'il avait besoin de tout ce temps pour le voir vraiment. Il ne contrôle pas non plus sa propre image, le léger affaissement de ses traits. Clément ne peut s'empêcher de songer au masque mortuaire imité par Meryl.

En cinq minutes, il a eu le temps d'accepter la certitude. JJ l'a balancé. Peut-être pas directement, ni même volontairement. Il a parlé à quelqu'un. Ce moment a dû être pour lui un shoot incomparable. De la puissance pure. Pendant que Clément, hier, ravaudait son orgueil, la nouvelle contaminait Vogal. À l'heure qu'il est, elle a dû prendre les proportions d'une geste épique. Leurs orgasmes en série font encore vibrer la tour.

Il n'arrive pas à penser, à cause du silence et des chiffres rouges du réveil. Ce qui va se passer ne dépend plus de lui. C'est reposant. Les combinaisons sont inutiles, les anticipations aussi. Plus moyen d'abolir la durée. Plus la peine. Ces cinq minutes vont durer toute sa vie. Il commence à se déconnecter, laisse glisser des images anciennes. Un rêve le traverse. Il retourne chez ses parents, reprend possession de sa chambre. Son père aussi rentre à la maison. Ils ne font rien, n'utilisent pas le vélo d'appartement. Comme il n'a plus d'argent pour payer l'abonnement de son téléphone, on ne l'appelle plus jamais.

Il faudrait se lever et partir. Sans un mot. Aucune autre option. Prendre le temps de quitter le bureau, marcher lentement jusqu'à la porte, ne pas regarder André, rassembler ses affaires et quitter la tour. Il sursaute quand le coach prend la parole, au bout de six minutes :

— Dites-moi ce qui va se passer.

Sa voix, son ton détaché agissent comme un acide.

— Comment voulez-vous que je le sache ?

— Imaginez. C'est votre boulot.

Par contraste avec les six minutes de silence, la rapidité de sa réponse déconcerte. On change de tempo. Et de vocabulaire. Plus d'histoire de masque ni de vérité comme avec JJ.

— J'imagine qu'on va me virer. Marie aussi, probablement. Et Jean-Jacques. Vous trouverez un moyen.

André acquiesce. Moins pour confirmer le pronostic de Clément que pour souligner le caractère prévisible de sa réponse.

— M. Cherkesly est très affecté par votre duplicité.

Il ne quitte pas Clément des yeux. Le harponne du regard. C'est efficace et douloureux.

— Je n'ai pas à m'expliquer avec vous.

— Je vous conseille de le faire, cependant.

Clément est déstabilisé par l'inflexion clairement menaçante. Ce n'est pas le coach, qui parle, c'est l'ami de la famille.

— Ce qui s'est passé avec madame Langre n'était pas prémédité. D'autre part…

— D'autre part ?

Clément hésite et ravale un soupir. Il est peut-être en train de trahir Meryl, pour la deuxième fois.

— D'autre part, ma… relation avec Meryl Cherkesly a toujours été strictement amicale.

On ne peut formuler moins bien les choses. André a un bref mouvement de recul.

— Vous êtes un pauvre type.

Nouveau silence, d'une minute complète. Clément finit par se secouer.

— Je vais rassembler mes affaires. Je serai parti à midi.

Le coach pose ses lunettes sur son bureau et lisse sa moustache en observant un détail invisible.

— J'étais très attaché à Mme Cherkesly, déclare-t-il d'une voix sourde. Et j'ai toujours veillé sur Meryl. Personnellement, je serais tout à fait favorable à ce que vous abandonniez votre poste.

Clément fronce les sourcils. Quelque chose ne colle pas. André compulse une liasse de feuillets agrafés, les soulève un par un comme s'ils étaient très lourds. Il fait toujours aussi sombre, dans ce bureau. Pénombre, silence et lenteur. Trois produits de luxe chez Vogal. Un relâchement de la pression chronique s'opère. Sans doute parce que André semble vraiment affecté, démuni. Il n'a pas le contrôle. À la faveur de cette défaillance, Clément comprend qu'on veut lui imputer des crimes qu'il n'a pas commis. À aucun moment il ne s'est engagé vis-à-vis de Meryl, ni de son père. Il n'a rien calculé non plus avec Marie. Et JJ s'est comporté comme un salaud. Clément ne mérite pas d'être viré pour ça. Il n'est pas un pauvre type.

— Votre opinion ne m'intéresse pas, finit-il par lâcher.

Il est furieux, maintenant. Et sa réaction surprend André, que ses pensées ont conduit sur un autre chemin, beaucoup plus sentimental et nostalgique.

— Moi je vous en veux, finit-il par préciser. Mais pas M. Cherkesly.

Du coup, la fureur de Clément s'évanouit, aussitôt remplacée par une peur inexplicable. Il ne comprend plus.

— Comment ça ?

Le coach remet ses lunettes, les plaque presque contre ses yeux, se penche en avant pour bien distinguer tous les détails du visage de Clément. Pour se les rappeler le plus longtemps possible.

— Il a été très contrarié, bien sûr, quand on lui a rapporté la rumeur qui courait sur votre compte et sur celui de madame Langre. Très peiné de découvrir que tout le monde était au courant de votre relation…

strictement amicale avec Meryl. Nous en avons parlé longuement, ce matin. Et s'il n'avait tenu qu'à moi…

Il se recule brutalement, frappe de son dos le dos de son fauteuil. Clément ne se serait pas attendu à un tel mouvement de sa part. André reprend la liasse de feuillets.

— M. Cherkesly craindrait de faire de la peine à Meryl en vous licenciant. Il aimerait que tout se passe en douceur.

La formule est énigmatique mais Clément n'ose pas demander d'éclaircissements.

— Quant à madame Langre, sa compétence n'est pas remise en cause par ce bref moment d'égarement.

On ne va pas les virer. Tout continue. C'est le plus logique, en effet.

— Reste le cas de votre ami Jean-Jacques.

Il ne prend même pas la peine d'insister ironiquement sur le mot « ami ».

— Le concernant, notre décision est prise depuis un certain temps.

Avant que ses différentes informations aient eu le temps de sédimenter, Clément se demande pourquoi, dans ce cas, le coach l'a convoqué. Était-ce à la demande de Cherkesly ?

— Je tenais à vous dire, en mon nom propre, que vous étiez un pauvre type, conclut André en se levant.

Quand il sort, JJ l'attend devant la porte.

— Clément, je vais aller voir le patron. J'ai fait une énorme connerie.

Il semble n'avoir jamais été aussi sincère. Son crâne brille. Clément y distingue une grosse veine bleue, qui bat.

— Je me doutais que tu ne pourrais pas te retenir, JJ.

Comment lui dire qu'il ne lui en veut même pas ? Comment annoncer à JJ que ses jours chez Vogal sont comptés, cette fois, que plus rien ni personne ne le protège ? Qu'il sera le destinataire exclusif de la déception du chef ? Il va pouvoir demander une indemnité compensatoire à la mère de Léonore.

— Ça s'est fait malgré moi. C'est Roland qui m'a cuisiné quand il nous a vus remonter, hier. Il a posé des tas de questions, et de fil en aiguille…

Clément lui pose une main sur l'épaule et s'éloigne. JJ n'ose pas le suivre. En traversant le plateau, Clément devine les sourires et perçoit les regards. Jocelyn l'attend dans son bureau. Son expression de triomphe lui déplaît aussitôt.

— Qu'est-ce que tu fais là ? J'aurais besoin d'être un peu seul.

Jocelyn pouffe.

— Ben ça va être dur, vieux, vu que maintenant, ici, c'est chez moi. José vient de me briefer. Je reprends tes dossiers.

Clément recule d'un pas.

— Et moi ? Je fais quoi ?

Jocelyn hausse les épaules.

— Tu attends mes instructions. En attendant, tu peux toujours aller te reposer au troisième.

Clément n'aurait jamais imaginé que l'absence de son père prendrait autant de place. Il se sent ridicule, assis dans le fauteuil du salon, face à sa mère. Il a l'air d'un visiteur. Elle tourne sa cuiller dans une tasse qu'il ne reconnaît plus. Rien n'est pareil. En pensée, il visite toutes les pièces, les chambres, le bureau. Laurent n'est nulle part. Il cherche en vain des comparaisons pour s'expliquer l'impression de déséquilibre qui l'affecte. Ses gestes ressemblent à des tâtonnements. Tout se soustrait à l'évidence ordinaire. Il n'a pas été aussi triste depuis la disparition de son chat.

— Ça fait longtemps que ça couvait, confirme Thérèse.

Clément a déjà souvent entendu cette phrase, prononcée par d'autres. À vingt-cinq ans, il a peut-être déjà fait le tour des phrases.

— Pourquoi vous ne m'avez rien dit ?

La question surprend Thérèse. Elle l'examine comme un objet singulier, perd de vue la réponse et pense à autre chose. C'est nouveau aussi, cette façon d'être distraite. Entrer dans l'âge adulte signifiera donc, pour Clément, ne plus bénéficier, de la part de sa mère, d'une attention complète. Ses questions resteront suspendues.

— Il est toujours à l'hôtel.

Cette idée d'hôtel l'inquiète. Elle l'aime encore. Pourquoi encore ? Elle l'aime. Elle n'a rien vu venir, rien vu passer. Cela ne couvait pas, non. C'est arrivé sans prévenir. Et maintenant il est à l'hôtel. C'est-à-dire seul. C'est-à-dire sans elle. Clément comprend son père. Dans son souvenir, le bain chaud qu'il a pris à Paimpol, malgré l'irruption de Meryl, s'est paré d'une douceur profondément reposante. Il plaint Thérèse. Mais il ne peut pas la prendre dans ses bras. Il se tasse dans son fauteuil.

— Je pourrais peut-être passer le voir ?

Elle pose lentement les yeux sur lui, avec la même distraction que tout à l'heure, comme si les mots qui sortaient de la bouche de son fils étaient des objets concrets, intéressants en eux-mêmes. Il se demande si elle n'a pas déjà sombré dans la dépression. Il voudrait lui proposer une promenade, au bord de la Loire. Pourquoi des choses aussi simples sont-elles impensables ? Dès qu'un élan le pousse vers elle, il se sent écrasé par un sentiment de facticité ridicule. Les autres fils se promènent avec leur mère. Ou peut-être pas. Elle est déjà si vieille. C'est affolant.

— Tu es sûr que c'est définitif, avec Myriam ?

Elle mesure, en la prononçant, la vanité de sa question, renonce à l'amender, voudrait quand même connaître la réponse.

— Certain.

Il lui a tout dit, plusieurs fois. Raconté le Loir dans la Théière. La première version, résumée, n'a pas satisfait Thérèse. Elle est bizarrement revenue sur la tarte au citron. C'est un des détails qui ont inquiété Clément, cette insistance sur l'épaisseur de la meringue. Déjà, quand il lui a annoncé qu'il venait passer le week-end à Tours, tout seul, elle s'est préoccupée de ce qu'il désirait manger. Ils ont dû établir le menu de chaque repas, au moins dans les grandes lignes. En repensant à leurs échanges, depuis qu'elle est venue le chercher à la gare, il s'aperçoit qu'elle a beaucoup parlé de nourriture, en insistant sur son propre projet d'arrêter le gluten, dès que possible.

C'est certainement le signe d'une décompensation. Il faut prendre les détails au sérieux.

À ce propos, il se souvient de quelque chose, que quelqu'un lui a dit.

Quelque chose sur le début du désamour. Était-ce Myriam ou Meryl ? L'idée, c'était que la désaffection sentimentale de son père avait un commencement. Il avise les albums photo, soigneusement alignés par Thérèse sur un rayon de la bibliothèque. C'est elle qui les a prises, triées, rangées, archivées. Laurent ne s'est jamais préoccupé de tenir les annales. En soi, c'est sûrement révélateur. Après coup, tout devient suspect.

Il se lève, avec une indifférence ratée, feuillette les premiers albums, ceux qui couvrent la longue période où ses parents ont vécu sans lui. Une certitude le frappe : il ne les a jamais ouverts avant. Les pages craquent. Le plastique raide qui protège les clichés se décolle à contrecœur. Il ne reconnaît pas ce jeune homme qui lui ressemble. Son père, inlassablement photographié, dans toutes les villes du monde, arpentant, sillonnant, gravissant. Son père devant tous les paysages, éclaboussé par des soleils radieux. Clignant des yeux.

Et souriant.

Des centaines de sourires. Des yeux grands ouverts, des cheveux aux quatre vents. Un corps léger, musclé, alerte. L'exaltation d'être au monde.

Quelquefois, Thérèse rejoint Laurent dans l'image. Peut-être un autre touriste, attendri, a-t-il accepté d'immortaliser la joie de ces jeunes amants. Le plus souvent, le cadrage approximatif trahit l'utilisation du retardateur. Elle a couru pour poser à ses côtés, sur fond de ruines, de vallées, de nuages. Elle a les joues rouges, les cheveux dans les yeux, elle s'accroche à son bras. Leurs sourires ne sont jamais forcés. Ils s'efforcent plutôt de contenir leur hilarité. Couleurs passées d'un temps où tout était drôle.

Puis le couple mûrit, déménage. L'absence de Clément commence à faire tache. Ils sont vite trop vieux pour cavaler ainsi en riant d'un paysage à l'autre. Dans le décor de leurs appartements successifs apparaissent des objets appelés à devenir familiers. La bibliothèque, le fauteuil où Clément vient de se rasseoir. Certains meubles, plus neufs. Ils s'embourgeoisent mais repoussent encore la venue de leur progéniture. Ils se sont peut-être fixé une date, un âge. Les années quatre-vingt sont déjà bien entamées. Clément viendra au monde à la fin du premier mandat de François Mitterrand. Ils n'ont plus beaucoup de temps. Ils voyagent toujours, dansent. Certains réveillons paraissent carrément transgressifs. Les grands-parents sont ivres. Tante Monique, bras levés, porte une perruque verte. Clément va bientôt naître.

Avant d'ouvrir l'album de sa naissance, il a déjà compris. Mais il est tout de même surpris de le voir s'éteindre si vite.

Le sourire de son père.

Il n'en retrouvera, de loin en loin, que la version crispée, artificielle. Comme s'il n'y arrivait plus. C'est toujours Thérèse qui prend les photos. Dès qu'elle apparaît à l'image, en revanche, elle est radieuse.

Quant à lui, depuis le début, il fait la gueule.

Il ne le comprend que maintenant. Ces portraits de lui, il les connaissait, mais il ne mesure la morosité de sa physionomie que par contraste avec l'exultation évanouie de son père. Il avait toujours pensé que Laurent était un homme grave. Lequel d'entre eux a calqué sur l'autre cette expression systématiquement soucieuse ? À l'adolescence, Clément boudait en pleine connaissance de cause. Mais avant ? Les autres enfants sourient, pouffent, éclatent de joie. Toutes les images de lui paraissent destinées à l'identification judiciaire. La ressemblance avec Laurent le met mal à l'aise. Il range les albums.

— Tu vas passer le voir, alors ? s'enquiert sa mère, soudain désireuse d'être fixée.

Il secoue lentement la tête.

— Plus tard.

Elle soupire, pose sa tasse.

— Je commence à avoir une petite faim. On mange ?

Josie n'a pas la rancune élégante. Son acrimonie presque tapageuse révèle à Clément combien elle a souffert, ces dernières semaines. Elle s'est fait du souci. Et la brutale disgrâce du chouchou ne la rassure qu'à moitié. À son habitude, elle opte pour la peccadille humiliante, glosant sans fin sur le dernier rapport de Clément, sur le préventif des techniciens professionnalisés. Elle rappelle que seules des interventions jugées interruptibles lui sont affectées. Ce point capital doit apparaître à la toute fin du document, évidence qui n'a pas suffisamment frappé Clément. Josie fera son chemin, mais ne montera pas très haut. Clément voudrait le lui faire comprendre. À son corps défendant, elle attache trop d'importance à la lettre des documents de travail. Même si elle en a mesuré la puissance nocive, surtout dans un contexte managérial, comme aujourd'hui, une part d'elle vise la perfection. C'était sûrement le genre de fille qui rendait des copies nickel, comme Florence Féal. Avec des marges roses et de l'encre bleue. Des boucles, des points sur les i.

— Tu m'écoutes, Clément ?

Il sourit. Elle tressaille. L'aventure de Clément avec Marie a dû la piquer au vif. Prolongeant son sourire, il nourrit les fantasmes de Josie sur les coucheries supposées dans les bureaux. Après tout, même si ce n'est pas elle qu'il a embrassée au troisième, il a confirmé la réputation de libertin qu'elle devait à peine oser lui prêter. Le sourire de Clément indique qu'elle a peut-être sa chance, mais creuse aussi toutes ses failles, son physique sec, son visage ennuyeux.

Puis elle comprend que ce n'est pas à elle qu'il sourit. Elle devine la présence de quelqu'un, dans son dos.

Elle se retourne. C'est la femme de ménage. Celle qui a eu un malaise. Elle est déjà de retour.

— Excuse-moi, Josie, dit Clément.

Il la plante là et se dirige vers madame Lemeur. L'élan qui le porte vers elle le surprend lui-même. Il se retient de courir. Il la prend dans ses bras et l'embrasse sur les deux joues.

Gênée, elle lance un regard sévère à Josie qui les observe, son gobelet dans une main, le rapport de Clément dans l'autre.

— On m'a dit que c'était vous qui aviez mon trousseau de clés.

Elle n'a pas l'air contente, madame Lemeur. Pas commode.

Clément fouille dans ses poches.

— Mais oui ! Je l'ai… Je vous l'ai gardé.

Il le trouve, le lui tend, puis la suit sans réfléchir à travers l'open space. Elle se dirige vers le local technique où ils pénètrent tous les deux. Elle referme la porte.

C'est à ce moment seulement que Clément éclate en sanglots. Des pleurs très liquides, silencieux, interminables, qui lui coupent la respiration. Un vrai chagrin de gosse dont madame Lemeur ne sait que faire. À vrai dire, elle est déjà bien en retard et comptait mettre les bouchées doubles. Classeaux, son chef, lui a laissé entendre qu'il ne s'était jamais mis en arrêt maladie, malgré son arythmie chronique.

— Excusez-moi, braille Clément, mais depuis que vous êtes partie, j'ai quitté ma copine, j'ai failli me faire virer et mes parents se sont séparés.

Entrecoupée de spasmes, cette phrase est sortie très lentement. Madame Lemeur n'a pas l'air de juger que les explications fournies justifient un tel déversement d'humeurs. Elle cherche des mouchoirs, trouve un gros rouleau de papier, en arrache une feuille qu'elle lui tend. Elle ne s'offense pas qu'il ne prenne aucune nouvelle d'elle, alors qu'elle vient d'être hospitalisée. Il se mouche. Ça va mieux.

Voyant qu'elle ne compte pas prolonger davantage cet entretien ni lui offrir la moindre consolation, comprenant même qu'elle lui en veut de s'être introduit dans un espace privé à l'aide de ses clés, au risque de la compromettre, Clément se redresse et ne trouve rien à lui dire. Il finit par sortir du local.

Il a beaucoup à faire. Des mails sans saveur s'accumulent dans sa boîte. Jocelyn et Samira s'en donnent à cœur joie. Ils lui délèguent les corvées. On ne lui demande plus de prêter l'oreille aux réunions, ni d'exprimer son ressenti. Purgatoire ordinaire. Le temps que son histoire s'efface. Marie est en formation, à Copenhague, pour une semaine.

Comme il lève les yeux, il constate que la voie vers l'escalier de service est parfaitement libre. À la manière des Indiens d'Amérique qui sont capables, dit-on, d'utiliser la totalité de leur champ visuel, Clément sait désormais prévoir les obstacles susceptibles de contrarier ses déplacements dans l'open space. En l'occurrence, une diagonale s'est dégagée. Josie tarabuste Roland, Victor téléphone, Priscille et Samira consultent un écran, il file.

Dans l'escalier, il appelle Meryl. Il suppose qu'elle ne sait rien, pour Marie et lui. Son père s'est évidemment abstenu de l'informer, JJ a su se taire. Après son entretien avec le coach, il est retourné chez elle, leurs soirées ont été normales. Émile est venu deux fois.

Elle répond tout de suite.

— Salut Meryl, tu es à la fac ?

— Bien sûr que non. Tu veux me voir ?

Il descend, de plus en plus vite, dévale les escaliers quatre à quatre. Les paliers se succèdent.

— J'aimerais beaucoup.

— Beaucoup ?

— Tu peux venir tout de suite ? Je t'attends dans le hall de la tour.

Elle a déjà raccroché.

Il s'assied dans le fauteuil en cuir, loin des hôtesses d'accueil. La pluie bat le parvis et le vent fait vibrer la porte tambour.

Il va lui raconter ce qui s'est passé au troisième étage. Il préfère qu'elle l'apprenne de lui. Il n'aura même pas à travestir la réalité. Comme à André, il dira que c'est Marie qui lui a sauté dessus.

Meryl sera forcément malheureuse, mais pas très longtemps. Elle lui dira qu'il n'a pas à se justifier, ni même à la tenir au courant de ses aventures.

Il repense à Jocelyn, à Josie, à tous ceux qui, là-haut, triomphent.

Il faut qu'il fasse amende honorable. Qu'il s'explique. Qu'il dissipe les malentendus. Il faut qu'elle l'aide. Elle le fera. Elle parlera à son père.

En deux jours, grand maximum, Cherkesly lui rendra son bureau, ses dossiers, sa confiance.

Il se lève, traverse le hall en direction de la porte tambour. Deux hommes paraissent venir à sa rencontre, ils se ressemblent et cette ressemblance absorbe soudain toute l'attention de Clément. Dans le temps qu'il va mettre à les croiser, il voudrait pouvoir en résoudre l'énigme. C'est une ressemblance complexe, ni similitude, ni analogie. Symétrie, peut-être, comme si chacun d'eux constituait le reflet de l'autre dans un miroir déformant. Mais il n'est pas possible de distinguer l'original. Il faudrait beaucoup plus de temps, beaucoup plus d'attention que n'en autorisent les convenances. Ce sont peut-être des amants. L'un des deux, plus amoureux, a façonné sur l'autre sa silhouette, dans l'espoir que cet effort vers l'identité apparaisse comme un gage de soumission. Clément y pense encore bien après les avoir croisés, bien après avoir franchi les portes et s'être retrouvé, sous la pluie, sur l'esplanade.

Il n'est pas instantanément trempé. C'est une pluie conciliante, qui donne à observer le détail des motifs qu'elle dessine sur les vêtements. Les passants s'arcboutent contre elle, alors que, passé le moment de l'impact sur la peau du cou, les gouttes apaisent plus qu'elles ne fâchent. Il décide de se laisser faire. La mine contrariée des gens qui le prennent pour un type bizarre, à moitié dérangé, le dédommage un peu des vexations qu'il a subies. Il est bien, là, pour penser. Il pourra voir Meryl sortir de la bouche du métro. Levant les yeux, il tente de déterminer où se trouve le bureau du patron. Mais, de l'extérieur, il est invisible. On peut peut-être le localiser, au prix de calculs fatigants.

Une goutte dans l'œil l'en dissuade. Délaissant le ciel, il s'intéresse à une feuille de journal qui traverse l'asphalte, au ras des dalles. L'esplanade est un carrefour de courants invisibles. Comme un poisson plat, la feuille agite ses coins puis se roule. L'air l'écrase au sol. S'il embrasse Meryl, il prendra des avions, reverra l'Afrique. Le hasard pourrait le conduire près d'Alexandre, jeune médecin courageux au teint hâlé, adulé dans les villages de brousse. Le hasard ou le destin. Cela formerait une boucle et ils y réfléchiraient tous les deux, sur une terrasse. Cette scène se joue en lui avec beaucoup de réalisme. Il entend des insectes. Des souvenirs très lumineux du Kilimandjaro se libèrent par bouffées. Il pleut, mais pas plus. L'eau ne traverse pas ses vêtements. Des billes d'eau roulent dans les côtes du velours. Certains soirs, Max viendra les chercher en limousine, et ils iront passer la soirée à la villa. Cette fois, le patron sera seul, ils boiront des liqueurs hors d'âge, joueront aux échecs et parleront de leurs projets. L'image se modifie brutalement. Il voit ses parents dans la villa. Ils sont venus ensemble, pour l'occasion. Le maître d'hôtel débarrasse sa mère de son manteau. Il ferme les yeux. Une dame passe trop près de lui. Il se rend compte que le mot dame revêt pour lui une signification aussi précise qu'insaisissable. Ou plutôt, il reconnaît une dame au premier regard. Il la distingue de la femme et de la fille. Myriam sera un jour une dame.

La solitude de Meryl est d'une nature particulière. Il n'en connaît pas d'autre exemple. Tout à coup, il est au bord de comprendre son secret, cette terreur qu'elle a de se vouloir du mal. Ce que c'est que de vivre sans pouvoir compter sur soi-même. Il peut la soulager d'elle. En soulager son père. La pluie a fini par trouver le chemin de sa peau. Elle s'obstine maintenant, noie ses paupières, détrempe son dos. Il a déjà senti vibrer plusieurs fois son portable. Depuis combien de temps se tient-il immobile sur le parvis ? Une autre dame passe, ou peut-être la même, qui s'inquiète pour lui. Il lui sourit. Elle s'enfuit. Même au milieu de cette esplanade, sous la pluie battante, entre toutes ces murailles de verre, il n'est pas aussi seul que Meryl.

Et soudain, elle apparaît. C'est sa silhouette, parmi d'autres, à la sortie du métro. Il reconnaît sa façon de lever la tête vers les nuages. Elle n'a pas de parapluie. Ses grosses chaussures noires alourdissent son pas, tandis qu'elle entame la traversée de la place.

Elle va finir par l'apercevoir.

Comme à l'époque où il lisait ses livres de science-fiction, il s'imagine projeté dans le futur et se voit de très loin. D'après. Il n'est pas encore vieux mais son corps s'est alourdi. Ses yeux le brûlent. Ils ont fixé beaucoup d'écrans, scruté la nuit. Autour de lui, il devine des étoffes tendues, des murs épais. Il reverra ce moment où Meryl, l'ayant reconnu, seul, grelottant, trempé, a bifurqué pour le rejoindre. Ça y est. Elle l'a vu. Sa surprise a été brève. C'est l'une des singularités de Meryl. De ses qualités, peut-être. Rien ne l'étonne longtemps.

— Tu m'attends sous l'averse ! s'exclame-t-elle en le rejoignant. J'adore.

Il baisse la tête. Aucun mot ne vient. Son portable bourdonne. La pluie complique tout.

— Meryl…

Elle approche sa main du visage de Clément mais la paume s'arrête à quelques centimètres de la peau, la survole doucement puis se pose à plat sur le crâne du jeune homme et s'enfonce dans la chevelure trempée. Elle appuie un peu comme pour éprouver la solidité d'une structure.

— Tu veux me parler de Marie ?

Son visage inondé sourit. Il ferme les yeux.

— Il ne s'est rien passé.

— Je sais. Viens.

Elle lui prend la main, il se laisse faire. Leurs deux silhouettes s'éloignent à travers l'esplanade luisante et se perdent peu à peu dans le jeu des reflets. La pluie redouble et chasse les derniers passants. Il n'y aura bientôt plus personne au pied de la tour.

La couverture de *Nos âmes seules* a été imprimée
avec le Pantone fluo n° 804C et pelliculée Soft Touch ;
la police utilisée est Elle Gabor Light, créée par Peter Gabor.
L'ouvrage, composé en Berkeley Old Style,
est imprimé sur papier Lac 2000.

Composition et mise en pages
Nord Compo à Villeneuve-d'Ascq

Cet ouvrage
a été achevé d'imprimer
sur Roto-Page
par l'Imprimerie Floch
à Mayenne en mai 2015

N° d'impression : 88443
Dépôt légal : août 2015
Imprimé en France